朝鮮森林植物篇

中井猛之進著

（14・15輯収録）

第 5 巻

朝鮮森林植物編

14輯

馬　錢　科	LOGANIACEAE
夾竹桃科	APOCYNACEAE
紫　草　科	CORDIACEAE
	BORAGINACEAE
馬鞭草科	PYRENACEAE
	VERBENACEAE
唇　形　科	LABIATAE
茄　　　科	SOLANACEAE
玄　參　科	RHINANTHACEAE
	SCROPHULARIACEAE
紫　威　科	BIGNONIACEAE
茜　草　科	RUBIACEAE
菊　　　科	COMPOSITAE

目次　Contents

紫　葳　科　BIGNONIACEAE

茜　草　科　RUBIACEAE

菊　　　科　COMPOSITAE

圖版
Plates.

馬錢科

LOGANIACEAE

（一）主要ナル引用書類

著者名	書名
G. Bentham et J. D. Hooker	Loganiaceæ in Genera Plantarum II. 2. p. 786–799 (1876).
Alph. de Candolle	Loganiaceæ in Prodromus systematis naturalis regni vegetabilis IX. p. 1–37 (1845).
L. Diels	Gardneria nutans in *Engler* Botanische Jahrbücher XXIX. p. 534 (1900).
St. Endlicher	Loganiaceæ in Genera plantarum p. 574–577 (1836–40).
A. Franchet et L. Savatier	Loganiaceæ in Enumeratio plantarum in Japonia sponte crescentium I. p. 321–322 (1875).
F. B. Forbes et W. B. Hemsley	Gardneria nutans in Journal of the Linnæan Society XXVI. p. 121 (1890).
T. Makino	Gardneria multiflora in Tokyo Botanical Magazine VI. p. 53 (1892). XV. p. 103–104 (1901).
A. Progel	Loganiaceæ in *Martius* Flora Brasiliensis VI. 1. p. 250–299 Pl. 67–85 (1868).
A. Rehder et E. H. Wilson	Gardneria in Plantæ Wilsonianæ I. 3. p. 563–564 (1913).
Fr. de Siebold et J. G. Zuccarini	Gardneria nutans in Abhandlungen der mathematische-physicalischen Klasse der Academien der Wissenschaften zu München IV. abt. 3. p. 165–166 (1846).
H. Solereder	Loganiaceæ in Natürliche Pflanzenfamilien IV. 2. p. 19–50 (1892) et in Nachträge zu II–IV. p. 282 (1897).
J. Lindley	Loganiaceæ in a natural system of Botany ed. 2. p. 306 (1836).

（二）　朝鮮産馬錢科植物研究ノ歴史其他

1914年余ハ濟州島植物調査報告書ニほうらいかづら　Pseudogardneria nutans アル事ヲ報ゼシガ、其後其花ヲ得テ檢スルニ莖葉ハ全然ほうらいかづらノ如クナルモ雄蕊ハ全然無毛ナル別種ナレバ之ニえいしうかづら Gardneria insularis, *Nakai* ノ名ヲ與ヘテ東京植物學雜誌第三十二卷二百十九頁ニ發表セリ。本科ノ木本植物ハ實ニ此ノミニシテ其後ノ調査ニ依レバ本種ハ全南（莞島、玲島、甫吉島）對馬ニ分布ス。本科ニハ草本ニあいなへ Mitrasachne capillaris, *Wallich* ト云フモノアリ、濟州島、全羅、慶尚ノ各地ニ産スルー二寸許ノ小草本ナリ。何レモ何等ノ効用ナケレドモえいしうかづらハ盆栽ニ仕立テ其紅果ヲ觀賞セバ相當ナル觀賞用植物トナシ得ベシ、但シ寒氣ニ耐エザル故京城ニテハ温室ヲ用キザレバ冬期枯死セン。

（三）　朝鮮産馬錢科木本植物ノ分類

馬　錢　科

Loganiaceæ.

草本、灌木又ハ喬木、葉ハ對生、全緣又ハ鋸齒アリ。花ハ岐繖狀、稀ニ總狀、兩全又ハ單性、四數又ハ五數、輻狀相稱、萼片ハ覆瓦狀ニ排列ス。花冠ハ合瓣、漏斗狀、鐘狀又ハ輻狀、裂片ハ鑷合狀、又ハ覆瓦狀又ハ旋回ス、雄蕊ハ花冠ノ裂片ト同數、花筒又ハ花筒ノ口ニ附ク、葯ハ概ネ二室、子房ハ上位、二室稀ニ不完全ノ二室又ハ一室又ハ三室以上アリ。卵子ハ少數又ハ多數、果實ハ蒴又ハ核果又ハ漿果、種子ハ有翼又ハ無翼、胚乳アリ。

世界ニ三屬三百餘種アリ、主トシテ暖地産ナリ、朝鮮ニ二屬二種アリ、中一屬一種ハ木本植物ナリ。

ほうらいかづら屬

纏攀性ノ木本植物、無毛、葉ハ對生、有柄、全緣、二年生、花梗ハ腋生ニシテ一個乃至三個ノ花ヲ附クルモノ又ハ三岐シテ多數ノ花ヲ附クルモノアリ。萼ハ短ク四裂又ハ五裂、裂片ハ相重ナル、花冠ハ四裂又ハ五裂、裂片ハ鑷合狀排列、雄蕊ハ四個又ハ五個花筒ノ口又ハ基部ニ附キ離生又ハ聚葯、花糸ハ極メテ短シ。子房ハ二室、卵子ハ子房ノ各室ニ一個

乃至二個、花柱ハ單一、柱頭ハ二叉ス。果實ハ漿果樣二室、種子ハ各室ニ一個アリ、胚乳アリ、幼根ハ下向。

東印度、支那、臺灣、濟州島、全南諸島、四國、九州、本島ニ亘リ六種アリ、其中一種ハ朝鮮產ナリ。

え い し う か づ ら
（第 一 圖）

數間ノ高サニ纏攀スル灌木、枝ハ細ク無毛、一年生ノモノハ綠色ナリ。葉ハ對生深綠色光澤ニ富ミ無毛、葉身ハ帶卵披針形、橢圓形又ハ卵形兩端トガル、花梗ハ腋生一個乃至三個ノ花ヲ附ク、花ハ下垂ス、苞ハ小ナリ。萼片ハ丸ク無毛、花冠ハ長サ七糎許無毛、裂片ハ鑷合狀ニ排列ス、雄蕋ハ無毛、離生、花糸ハ短シ、葯ハ內向二室、葯間ハ伸出ス、子房ハ二室、卵子ハ各室ニ二個アリ、花柱ハ單一無毛、柱頭ハ少シク二叉ス、果實ハ橢圓形長サ一珊餘紅色。

濟州島、甫吉島、玲島、莞島等ニ產ス。

（分布） 對馬。

Loganiaceæ, *Lindley* Nat. Syst. ed. 2. p. 306 (1836) et Veg. Kingd. p. 602. *Endlicher* Gen. Pl. p. 574 (1836-40). *G. Don* Gard. Dict. IV. p. 164 (1838). *Al. de Candolle* Prodr. IX. p. 1. (1845). *Proger* in *Martius* Fl. Brasil. VI. 1. p. 250 (1868) *Solereder* in Nat. Pflanzenf. IV. 2. p. 19 (1892).

Loganeæ, *R. Brown* in *Flinder's* Voyage II. p. 564 ex *Endlicher* l.c.

Potalieæ, *Martius* Nova Gen. et Sp. Pl. II. p. 91 et 133 (1826).

Potaliaceæ, *Lindley* l.c.

Strychneæ, *Aug. P. de Candolle* Theorie élémentaire de la Botanique p. 217 (1313).

Strychneaceæ, *Blume* Bijidragen 26 stuk p. 1018 (1826).

Herbæ, frutices v. arbores. Folia opposita integra v. serrata. Flores cymosi v. rarius racemosi, hermaphroditi v. monœci actinomorphi 4-5 meri. Sepala imbricata. Corolla gamopetala hypocrateriformis v. campanulata v. rotata, lobis valvatis v. imbricatis v. contortis. Stamina corollæ lobis isomera fauce v. tubo corollæ affixa. Antheræ plerumque biloculares. Ovarium superum 2-loculare rarius subbiloculare v. 1-∞ loculare. Ovula in loculis 1-2 v. ∞ amphitropa v. anatropa. Fructus capsularis v. drupaceus v. baccatus. Semina alata v. exalata albuminosa.

Genera 3 ultra 300 species per totas regiones orbis terrarum incolæ, inter eas genera 2 species 2 in Corea sponte nascent, quarum genus 1 species 1 est planta herbacea.

Gardneria, *Wallich* in *Roxburgh* Fl. Ind. ed Carey I. p. 400 (1820). *Endlicher* Gen. Pl. n. 3351 (1836–40). *Alph. de Candolle* Prodr. IX. p. 19 (1845). *Bentham* et *Hooker* Gen. Pl. II. 2. p. 798 (1876). *Solereder* in Nat. Pflanzenf. IV. 2. p. 41. (1892).

Gardnera, *Wallich* l.c. II. p. 308 (1824).

Pseudogardneria, *Raciborski* in Anzeiger der Acad. Wiss. Krakau (1896) apud *Solereder* in Nachträge zu Nat. Pflanzenf. IV. 2. p. 282. (1897).

Frutices alte scandentes glabri. Folia opposita integerrima petiolata. Pedunculi axillares 1–3 flori v. trichotome paniculati. Calyx brevis 4–5 partitus lobis imbricatis. Corolla subrotata alte 4–5 fida lobis valvatis. Stamina 4–5 fauce v. basi corollæ affixa connata v. libera. Antheræ subsessiles. Ovarium 2-loculare. Ovula in loculis 1–2. Stylus simplex. Stigma bilobum. Bacca globosa 2-locularis. Semina in loculis solitaria. Albumen carnosum. Radicula infera.

Species 6 in India, China, Formosa, Archipelago Koreano, Quelpært et Japonia incolæ. In Korea sequens unica species adest.

Gardneria insularis, *Nakai* (Tab. 1).

in Tokyo Botanical Magazine XXXII. p. 219 (1918).

Pseudogardneria nutans, (non *Raciborsky*) *Nakai* Report Veg. Isl. Quelpært. p. 74. n. 1032 (1914).

Ramus viridis glaberrimus teres. Folia opposita viridia glaberrima, petiolis 8–13 mm. longis, laminis ovato-lanceolatis v. oblongis v. ovatis utrinque attenuatis v. acutis 6–9 cm. longis 2,7–4 cm. latis. Flores nutantes. Pedicelli axillares 1–3 floris glaberrimi apice sensim incrassati, bracteis parvis acuminatis 1–3 mm. longis. Calycis lobi obtusi quincunciales glaberrimi 1.0–1.5 mm. longi. Corolla 7–9 mm. longa alte 5-fida glaberrima, lobis aestivatione valvatis demum revolutis. Stamina 5 corollæ lobis alterna et in basi corollæ adnata glaberrima libera. Filamenta libera brevia. Antheræ introrsæ biloculares. Connectivum productum. Ovarium 2-loculare. Ovula in quoque loculo 2. Styli glaberrimi filiformes. Stigma emarginatum. Fructus ellipsoideus 1–1.2 cm. longus ruber.

Nom. Jap. Eishu-kadzura.

Hab. in silvis Quelpært, Wangto, Chinto et Hokitsutô.

Distr. Tsushima.

夾竹桃科

APOCYNACEAE

（一）主 要 ナ ル 引 用 書 類

著 者 名 — **書 名**

W. J. Bean — Trees and shrubs hardy in the British Isles Vol. II. p. 599 (1914).

G. Bentham et J. D. Hooker — Apocynaceæ in Genera Plantarum II. p. 681–728 (1876).

Alp. de Candolle — Apocynaceæ in Prodromus systematis naturalis regni vegetabilis VIII. p. 317–489 (1844).

A. Gray — Memoirs of the American Academy of Arts and Science VI. new series p. 403 (1859).

J. Lindley — A natural system of Botany ed. 2. p. 299–302 (1836).

W. Miller — Trachelospermum in *L. H. Bailey's* The Standard Cyclopedia of Horticulture VI. p. 3361–3362 (1917).

J. Müller — Apocynaceæ in *Martius* Flora Brasiliensis VI. 1. p. 1–179. Pl. 1–53 (1860).

R. Oliver — Perechites Thunbergii in Journal of the Linnæan Society IX. p. 166 (1867).

C. K. Schneider — (1) Illustriertes Handbuch der Laubholzkunde II. p. 851 (1912).
(2) Trachelospermum in Plantæ Wilsonianæ III. part 2. p. 332–342 (1916).

K. Schumann — Apocynaceæ in *A. Engler* und *K. Prantl* Die natürlichen Pflanzenfamilien IV. abt. 2. p. 109–189 (1895).

Fr. de Siebold et J. G. Zuccarini — Floræ Japonicæ Familiæ Naturales in Abhandlung der mathematisch-physicalischen Klasse der Academien der Wissenschaften zu München IV. abt. 3. p. 163–165 (1846).

C. P. Thunberg	Flora Japonica p. 110 (1784).
F. A. G. Miquel	Flora Indiæ Batavæ II. p. 458–459 (1856).
G. Don.	Apocyneæ in a natural system of Dichlamydeous Plants IV. p. 69–105 (1838).

(二)　朝鮮產夾竹桃科植物研究ノ歷史其他

　1889 年四月三十日 *W. B. Hemsley* 氏ハ Index Floræ Sinensis 第二卷ニ *Oldham* 氏ノ採品ニ基キ Trachelospermum jasminoides ガ朝鮮群島ニアルコトヲ記シ、1900 年 *J. Palibin* 氏ハ其著 Conspectus Floræ Koreæ 第二卷ニ之ヲ寫シ、1911 年余ハ花房義質、內山富次郎氏ノ採品ニ基キテ同種ヲ拙著 Flora Koreana 第二卷ニ記シ、1914 年ニハ濟州島植物調查報告書並ニ莞島植物調查報告書ニ同種ヲ載セタリ。其當時迄ハていかかづらハ皆支那產ノ Trachelospermum jasminoides ト同一種トシアリシモ、其後 *Schneider* 氏ノ精檢ニ依リテ支那產ノモノハ ていかかづら ヨリモ 毛多ク、萼片大ニ、果實ハ 180 度ニ開キ全然別種トスベキ事、明トナレリ、故ニ余ハ *Siebold Zuccarini* 兩氏ガ1846年ニ用キシ Malouetia asiatica ノ名ヲ移シ其所屬換ヲナシテ Trachelospermum asiaticum ニ改ム。近時迄 1784 年 *Thunberg* 氏ノ用キシ Nerium divaricatum ノ名ヲ用キテ之ヲ Trachelospermum 屬ニ移シテ Trachelospermum divaricatum ノ名ヲ作リテていかかづらノ學名トスルモノアリ。*Kanitz, Schneider, K. Schumann, W. Miller,* 松村ノ諸氏ノナス所ナリ。

　抑モ Nerium divaricatum ナル植物ハ三友花、學名ヲ Tabernæmontana coronaria ト云フモノニテ、*Linné* 氏ノ名ヅクル所ナリ。今ハ Tabernæmontana coronaria ノ異名トシアリ。*Thunberg* 氏ガ書キシ時ハ日本ノ ていかかづらハ三友花其物ト考ヘテ Nerium divaricatum 其儘ヲ用キシナリ。然ルヲ *Thunberg* 氏ガ始メテ命名セシ名ナル如クシテ Trachelospermum divaricatum ナル新組合セヲ作スハ不條理ナリ。斯ル例ハ往々アリ。蘭科植物せきこくヲ *Thunberg* 氏ガ *Linné* 氏ノ命名セシ Epidendrum moniliforme 即ハチ Phajus grandifolius くわくらんト誤リテ其著 Flora Japonica ニ記セシ時更ニ誤植ヲモナシテ Epidendrum monile トナリ居ル其誤植名ヲ採用シテせきこくノ學名ヲ Dendrobium monile, *Kränzlin* トセシ如キ、又ひひらぎヲ *Thunberg* 氏ガ歐洲產ノ Ilex Aquifolium, *Linné* ト見誤リテ Flora Japonica 中ニ記セシヲ採リテ恰モ *Thunberg* 氏ガ始メテ Ilex Aquifolium ナル名ヲ作リシカノ如ク之ヲ Osmunthus 屬ニ移シテ Osmunthus Aquifolium, *Siebold* et *Zuccarini* トナセシガ如キ 是ナリ。斯ル不都合ノ名ハ極力之ヲ廢除スルヲ要ス。ていかかづらハ朝鮮ニアルモノニ二形アリ一ハ毛多キ種ニシテ一ハ毛少キモノナリ前者ハ全南本土ニ多ク後者ハ島嶼及ビ濟州島ニ多シ、何レモ日本内地ニ産ス。

　ていかかづらハ我邦ニテハ觀賞用ニ用キル事稀ナルモ歐米ニテハ其ヲ産セザル故觀賞用トシテ珍重ス。

　本科植物ニハ他ニ朝鮮産植物トシテ二屬二種アリ、即チ左ノ如シ。

Amsonia elliptica, *Roemer* et *Schultes*
　　　ちやうじさう　　　　　　（莞島、海南半島）産。
Apocynum venetum, *Linné*
　　　バシクルモン　　　　　　（忠北、平南）産。

（三）　朝鮮産夾竹桃科木本植物ノ分類

夾 竹 桃 科

Apocynaceæ.

　喬木又ハ灌木、直立又ハ纒攀性、乳汁アリ、葉ハ對生又ハ輪生、稀ニ互生、單葉、全縁稀ニ托葉アリ。花ハ岐繖花序又ハ總狀花序ヲナシ整正、萼片ハ五（四）個離生又ハ基脚相癒着シ、永存性、始メ相重ナル、花冠ハ合瓣、裂片ハ五（四）個始メ左方又ハ右方ニ旋回シ多クハ漏斗狀ヲナス。雄蕋ハ五（四）個、花冠ノ裂片ト互生ス。花糸ハ極メテ短ク又ハ全然ナシ。葯ハ内向ニシテ通例先端ニノミ花粉ヲ有ス。花柱ハ通例雄蕋ト癒着ス。子房ハ二個、上位、離生又ハ癒合ス。果實ハ蒴又ハ漿果、種子ニハ冠毛アルモノ多シ。胚ハ直、幼根ハ上向。

　世界ニ百三十二屬七百餘種アリ、主トシテ熱帯ニ産ス、其中三屬三種ハ朝鮮ニモ産シ、木本植物ハ一屬一種ナリ。

て い か か づ ら 屬

　纒攀牲ニシテ莖ヨリ附着根ヲ出シテ外物ニ附ク。葉ハ對生又ハ三枚宛輪生、單葉、有柄、全縁、二年生、花ハ岐繖花序ヲナス。萼ハ五裂ス、萼片ハ披針形又ハ極小、花冠ハ漏斗狀、裂片ハ五個、右旋ス。雄蕋ハ五個、花糸ハ全部花筒ニ癒着スル故葯ハ無柄ナリ。花盤ハ輪狀往々五裂ス。

子房ハ二個離生、花柱ハ一個、柱頭ハ卵形、蒴ハ細長ク棒狀、種子ハ細ク冠毛アリ。

　東印度、支那、ボルネヲ、馬來、フキリッピン、臺灣、日本、朝鮮ニ亘リテ十五種アリ。其中朝鮮ニ次ノ一種アリ。

て い か か づ ら
（第　二　圖）

　纏攀性ノ瀧木、枝ハ附着根ヲ出シ木ニ附着ス、根ヨリ生ズル若枝ハ纖弱ニシテ下ニ向フ毛アリ、葉ハ橢圓形又ハ卵橢圓形又ハ廣披針形ニシテ表面ハ綠色葉脈ニ沿ヒ白色トナリ無毛ナリ、裏面ハ淡白色ニシテ一面ニ毛アル事ト葉脈上ニ毛アル事トアリ葉柄ニハ逆毛アリ、花ヲ附クル枝ハ褐毛アリ、葉ハ廣披針形又ハ卵橢圓形又ハ長橢圓形、表面ハ光澤アリ、裏面ニハ葉脈上又ハ全面ニ毛アリ、花序ニ微毛アリ、花序ハ頂生枝ハ對生織房花序ヲナス、苞ハ細ク微毛アリ長サ2-5粍、小花梗ニハ微毛アリテ長サ2-3粍、萼片ハ五個長サ4-5粍綠色、內面ハ無毛ナレドモ外面ニ毛アリ。花筒ハ長サ6粍先端雄蕊ノアル所ニテ擴大シ口ニ密毛アリ。裂片ハ5個緣ハ反卷シ長サ7粍許、雄蕊ハ五個殆ンド無柄內潛又ハ僅ニ抽出シ內面ハ花柱ノ肥厚部ト癒着シ先端ニノミ花粉アリ。葯間ハ膜質ニシテ長ク抽出ス、果實ハ細長キ角狀、種子ハ無毛ニシテ長サ15粍銀白色ノ冠毛アリ。

　全南、慶南、沿岸ノ諸島ニ生ズ

　（分布）　本島、四國、九州、對島。

　一種枝ニ毛ナク、葉ニ毛ナク花序モ毛ナク、花筒ノ口ハ雄蕊ニ沿ヒ微毛アルアリ、**てうせんていかかづら**（第三圖）ト云フ。

　濟州島、莞島、慶南、全南、珍島、佐治島ニ產ス。

Apocynaceæ, *Lindley* Nat. Syst. Bot. ed. 2. p. 299 (1836). *Endlicher* Gen. Pl. pl. 577 (1836–40). *Loudon* Arb. et Frut. II. p. 1254 (1838). *Alp. de Candolle* Prodr. VIII. p. 317 (1844) *Bentham* et *Hooker* Gen. Pl. II. 2. p. 681 (1876). *K. Schumann* in Nat. Pflanzenf. IV. 2. p. 109 (1895).

　Apocineæ, *Jussieu* Gen. Pl. p. 143. p.p. (1789).

　Apocyneæ, *Persoon* Syn. Pl. I. p. 264 (1805). *R. Brown* Prodr. Fl. Nov. Holl. p. 465 (1810). *Bartling* Ord. Nat. p. 203 excl. Pl. (1830). *Humboldt Bompland* et *Kunth* Syn. Pl. Aequin. II. p. 275 p.p. (1823). *G. Don* Gen. Hist. IV. p. 69. (1838).

Strychneæ, *A. P. de Candolle* Théorie elem. ed. 1. p. 217 (1813).

Strychneaceæ, *Blume* Bijdr. 16de stuk p. 1018 (1826).

Arbores v. frutices erecti v. scandentes volubilesve lactiferi. Folia annua v. biennia opposita v. verticillata rarissime alterna integra rarissime stipullata. Flores cymosi v. racemosi regulares. Sepala 5 (4) libera v. basi coalita persistentia. Corolla 5 (4) loba sinistre v. dextre contorta sæpe infundibularis. Stamina 5 (4) lobis corollæ alterna. Filamenta brevissima v. nulla. Antheræ introrsæ tantum apice polliniiferæ. Styli staminibus adhærentes. Ovarium biloculare superum liberum v. connatum. Fructus capsularis v. baccatus. Semina vulgo cum coma coronata. Embryo rectus. Radicula supera.

132 genera et circ. 700 species præcipue in regionibus tropicis incolæ, quarum 3 genera 3 species in Corea indigenæ.

Trachelospermum asiaticum, (*Siebold* et *Zuccarini*) *Nakai* (Tab. II.). Trees and shrubs indig. Jap. proper I. p. 306. f. 170 (1922).

Malouetia asiatica, *Siebold* et *Zuccarini* in Abhandlung. mathematische physicalischen Klasse Acad. Wissensch. Muench. IV. 3. p. 163 (1846).

Nerium divaricatum, (non *Linné*) *Thunberg* Fl. Jap. p. 110 (1784).

Perechites Thunbergii, *A. Gray* in Memoires Acad. Science & Arts. Ser. 2. VI. p. 403 (1859). *Oliver* in Journ. Linn. Soc. IX. p. 166 (1867). *Miquel* Prol. p. 62 excl. pl. e Bonin-sima.

Trachelospermum divaricatum, (*Thunberg*) *Kanitz* in Termész. Füzet. II. p. 46 (1878). *Schneider* Illus. Handb. Laubholzk. II. p. 581. p.p. et in Pl. Wils. III. part 2. p. 337 p.p. (1916). *W. Miller* in Stand. Cyclop. p. 3362 (1917).

T. divaricatum, (*Thunberg*) *K. Schumann* in Nat. Pflanzenf. IV. 2. p. 173 excl. syn. et fig. in p. 167. (1895). *Matsumura* Ind. Pl. Jap. II. 2. p. 507 (1912).

T. jasminoides, (non *Lemaire*) *Franchet* et *Savatier* Enum. Pl. Jap. II. p. 438 (1879). *Maximowicz* in *Engler* Bot. Jahrb. VI. p. 65 (1885).

T. crocosotomum, *Stapf* in Bull. Misc. Inform. Kew. (1906) p. 74. *Bean* Trees and shrubs II. p. 599.

Rhynchospermum jasminoides, (non *Lindley*) *Franchet* et *Savatier* Enum. Pl. Jap. I. p. 315.

R. japonicum, *Siebold* fide *Lavallée* Arb. et. Arbris. p. 175 (1877).

α. **pubescens,** (*Makino*) *Nakai* comb. nov.

Trachelospermum jasminoides var. pubescens, *Makino* in Tokyo Bot. Mag. XXVI. p. 122 (1912).

Alte scandens. Rami cum radicibus truncis arborum v. súpra saxum adhærentes. Rami rosulati graciles sursum pilosi, foliis oppositis v. ellipticis v. ovato-oblongis v. lanceolatis petiolis pilosis, laminis supra viridibus v. secus venas albidis lævibus, infra albescentibus pilosis v. tantum secus costas pilosis 10–30 mm. longis 5–15 mm. latis. Rami floriferi nec non fructiferi hornotini fuscente-pubescentes, foliis late lanceolatis v. ovato-lanceolatis v. oblongo-ellipticis supra viridibus lucidis infra secus costas v. toto pilosis basi acutis apice acutis v. attenuatis integerrimis. Inflorescentia pilosa terminalis decussato-corymbosa. Bracteæ lineares pilosæ 2–5 mm. longæ. Pedicelli pilosi 2–3 mm. longi. Sepala 5 angusta 4–5 mm. longa viridia intus glabra extus pilosa. Corollæ tubi 6 mm. longi apice inflati ore dense barbati, limbis 5 apice truncatis margine revolutis et undulatis 7 mm. longis. Stamina 5 sessilia inserta v. paulum exerta intus in parte clavato styli adhærentia sagittata, apice intus pollinifera. Connectivum membranaceo-productum. Filamenta tubo corollæ toto connata apice intus pilosa. Styli inserta apice clavati. Fructus cornutus. Semina glabra 15 mm. longa apice truncata et coma argentea coronata.

Nom. Jap. Teika-kadzura.

Hab. Prov. Keishô austr., prov. Zenla austr., ins. Chitô, ins. Chintô, ins. Hokitsuto.

Distr. Hondo, Shikoku et Kiusiu.

var. **glabrum,** *Nakai* (Tab. III).

Rami glabrati. Folia glabra. Inflorescentia glaberrima corolla ore intus tantum secus stamina barbata.

Nom. Jap. Chôsen-teika-kadzura.

Hab. in Quelpært, insula Wangto, Prov. Zenla, insula Chintô et prov. Keisho austr.

紫草科

CORDIACEAE
BORAGINACEAE

(一) 主要ナル引用書類

著者名	名書
S. Endlicher	Asperifoliæ in Genera Plantarum p. 644-651 (1836-40).
G. Don	Boragineæ at Cordiaceæ in Gardner's Dictionary IV. p. 306-393 (1838).
J. Lindley	(1) Ehretia serrata in Botanical Register XIII. t. 1097 (1827).
	(2) Boraginaceæ in Vegetable Kingdom ed. 3. p. 655-6, Ehretiaceæ in ibidem p. 653, Cordiaceæ in ibidem p. 628-629 (1853).
	(3) Cordiaceæ, Ehretiaceæ, Boraginaceæ in natural system of Botany ed. 2. p. 272-275 (1836).
Aug. Pyr. de Candolle et Alph. de Candolle	Borragineæ in Prodromus systematis naturalis regni vegetabilis IX. p. 466-559 (1845).
C. B. Clarke	Boragineæ in *Hooker* Flora of British India IV. p. 134-179 (1885).
M. Gürke	Borraginaceæ in die natürlichen Pflanzenfamilien IV. 3 a. p. 71-131 (1893).
G. Bentham et J. D. Hooker	Boragineæ in Genera Plantarum II. 2. p. 832-865 (1876).
Fr. de Siebold et J. G. Zuccarini	Asperifoliæ et Cordiaceæ in Abhandlungen der mathematische-physicalischen Klasse der Academien der Wissenschaften zu Muenchen IV. abt. 3. p. 149-151 (1846).
A. Franchet et L. Savatier	Borragineæ in Enumeratio plantarum Japonicarum I. p. 333-338 (1875).
F. A. G. Miquel	Boragineæ et Cordiaceæ in Prolusio Floræ Japonicæ p. 26-29 (1866).

J. *Matsumura*   Borraginaceæ in Index plantarum Japonicarum II. 2. p. 522–528 (1912).

T. *Nakai*   Borrhaginaceæ in Flora Koreana II. p. 101–108 (1911).

(二) 朝鮮産紫草科植物ノ種類ト効用

本科ニ屬スルモノハ概子草本ニシテ木本ハ唯ちしやのきノミ、次ノ各種アリ。

1). Bothriospermum secundum, *Maximowicz* Primitiæ Fl. Amur. p. 202 (1859).

     てうせんはないばな   濟州島、京畿、黄海、平南。

     f. albiflorum, *Nakai* Flora Kor. II. p. 105 (1911).

     白花てうせんはないばな   平南。

2). Bothriospermum Imaii, *Nakai* Flora Kor. II. p. 105 (1911).

     おほはないばな   平南。

3). Bothriospermum tenellum, *Fischer* et *Meyer* Ind. Semin. Hort. Petrop. (1835) p. 24.

     はないばな   朝鮮半島、濟州島。

4). Brachybotrys paridiformis, *Maximowicz* Diagnoses Plant. Nov. Asiaticarum XI. p. 543 et *Oliver* in *Hooker* Icones XIII. p. 43. t. 1254 (1878).

     たうさはるりさう   京畿、江原、平北、咸南、咸北。

5). Cynoglossum asperrimum, *Nakai*. sp. nov.

     おほるりさう   濟州島、甫吉島。

6). Ehretia thyrsiflora, *Nakai* Trees and Shrubs I. p. 327 (1922)

     ちしやのき   濟州島。

7). Eritrichium pectinatum, (*Pallas*) *Alph. de Candolle* in Prodr. syst. nat. reg. veg. X. p. 127 (1846).

     るりむらさき   咸北。

8). Lappula anisacantha, *Guercke* in Nat. Pflanzenf. IV. 3a. p. 107.

     おほいぬむらさき   咸南。

9). Lappula deflexa, *Gürcke* l.c.

をかむらさき 　　　　咸南、咸北。

10). Lappula Myosotis, *Moench* Method. pl. hort. Bot. et agri Marburg. p. 417 (1774).

のむらさき 　　　　咸北。

11). Lithospermum arvense, *Linné* Sp. Pl. p. 132 (1753).

いぬむらさき 　　　　濟州島、欝陵島、慶北、京畿、咸北。

12). Lithospermum Murasaki, *Siebold* Syn. Pl. Oecon. p. 52. n. 191 (1830).

むらさき 　　　　全南、忠北、慶南、江原、平南、咸南、咸北。

13). Lithospermum Zollingeri, *Alph. de Candolle* Prodr. X. p. 587 (1846).

ほたるかづら 　　　　濟州島、全南、慶南。

14). Mertensia maritima, (*Linné*) *Link* Handb. zur Erkennung der nutz. häuf. vork. Gewächse I. p. 58 (1829).

Subsp. asiatica, *Takeda* in Journal of Bot. p. 222 (1911).

はまべんけいさう 　　　　江原、咸南、咸北。

15). Myosotis intermedia, *Link* Enum. Pl. Hort. Reg. Bot. Berol. I. p. 164 (1821).

えぞむらさき 　　　　京畿、咸南、咸北。

16). Tournefortia sibirica, *Linné* Sp. Pl. p. 202 (1753).

var. angustior, (*De Candolle*) *Nakai* Veg. Isl. Wangto p. 13. (1914).

すなびきさう 　　　　濟州島、莞島、欝陵島、慶南、咸南。

var. angustissima, *Nakai*.

ほそばすなびきさう 　　　　濟州島。

17). Trigonotis coreana, *Nakai* in Tokyo Bot. Mag. XXXI. p. 218 (1917).

てうせんたびらこ 　　　　濟州島、咸北。

18). Trigonotis Icumæ, (*Maximowicz*) *Makino* in Tokyo Bot. Mag. XX. p. 92. (1906)

つるかめばさう 　　　　慶北。

19). Trigonotis peduncularis, (*Trevi.*) *Bentham* apud *Baker* et *Moore* in Journ. Linn. Soc. XVIII. p. 384 (1879).

たびらこ 　　　　濟州島、慶南、慶北、全南、全北、京畿、江原、咸南、咸北。

20). Trigonotis radicans, (*Turczaninow*) *Maximowicz* in Mél. Biologiques XI. p. 273 (1881).

　　てうせんかめばさう　　　全南、京畿、江原、平南、平北、咸南。

右ノ中觀賞用トシテるりむらさき。とうさはるりさう。てうせんたびらこ。おほるりさう等ハトリドリニ美シ。むらさき（紫草）ノ根ハ染料トナシ又外用トシテハ腫物、神經痛ヲ治シ內服シテハ大小便ヲ利ス。

（三）　朝鮮產紫草科木本植物ノ分類

紫　草　科

Cordiaceæ.

草本、灌木又ハ喬木、葉ハ互生、單葉、托葉ナシ。花ハ頂生又ハ腋生、總狀又ハ圓錐花叢ヲナシ又ハ尾卷狀、萼ハ離生四個又ハ五個又ハ多少癒着ス。花冠ハ合瓣、脫落性、裂片ハ四個又ハ五個覆瓦狀ニ排列ス。雄蕊ハ花冠ノ裂片ト同數ニシテ其レト互生シ花筒ノ基部ニ附ク、葯ハ二室。子房ハ二室至乃十室又ハ離生ス。各室ニ一個以上ノ卵子アリ。花柱ハ一個、子房ノ先端又ハ其基脚ヨリ生ズ。果實ハ核果又ハ二室又ハ四室。胚ハ直又ハ曲胚乳少シ。

世界ニ八十五屬千五百餘種アリ。

ちしやのき屬

灌木又ハ喬木、葉ハ互生、全緣又ハ鋸齒アリ。花ハ枝ノ先端ニ繖房花序又ハ圓錐花叢ヲナス。萼ハ五裂、覆瓦狀ニ排列ス、花冠ハ合瓣五裂シ裂片ハ覆瓦狀ニ排列ス、雄蕊ハ五個、通例長シ。子房ハ二室又ハ四室、花柱ハ一個概ネ二叉ス。果實ハ核果、丸ク、四個ノ一室ノ核又ハ二個ノ二室ノ核ヲ藏ス。種子ニ胚乳少シ。

主トシテ熱帶地方ニ產シ四十餘種アリ。日本ニ九種ヲ產ス。朝鮮ニハ濟州島ニ左ノ一種アルノミ。

ちしやのき

（第　四　圖）

通例喬木、大ナルハ高サ數丈、幹ノ直徑ハ三尺以上ニナルモノアリ、樹膚ハ柿ノ膚ニ類シ葉形モ相似タル故一見見誤リ易シ。落葉樹ナリ、枝ハ無毛、葉ハ倒廣披針形又ハ倒卵形ニシテ通例兩端トガレドモ往々基脚

丸キモノアリ、小鋸歯アリ。花枝ノ葉ハ長サ 2-18 珊許、幅ハ 1.5-8 珊毛ナシ、葉柄ハ長サ 1-5 珊、裏面ニ毛ナク、表面ニハ微毛生ズ、花ハ圓錐花叢ヲナシ枝ノ先端及ビ先端ニ近キ葉腋ニ生ジ、花密生ス、微毛アリ、萼ハ長サ 1.5 糎許、裂片ハ丸ク緣ニ微毛アリ、 花冠ハ輻狀、白色、裂片ハ或ハ丸ク或ハトガル、雄蕋ハ抽出ス、葯ハ黄色、果實ハ直徑五糎許、橙色ニ熟シ後黑褐色トナル。

濟州島ニ產シ稀ナリ。

（分布） 支那、本島西部、琉球、九州、臺灣。

Cordiaceæ, *R. Brown* Prodr. Fl. Nov. Holland. p. 492. (1810). *Lindley* Nat. Syst. ed. 2. p. 272 (1836). *G. Don* Gard. Dict. IV. p. 374 (1838). *Endlicher* Gen. Pl. p. 643 (1836–40).

Borragines, *Adanson* Familles des Plantes II. p. 173 (1763).

Boragineæ, *Jussieu* Gen. Pl. p. 143 (1789). *Ventenat* Tableau du règne Veg. I. p. 259 (1799). *R. Brown* l.c. p. 492. *Bartling* Ordines Nat. p. 196 (1830). *Humboldt Bompland* et *Kunth* Syn. Pl. Aequin. II. p. 189 (1823). *G. Don* l.c. p. 308. *Alph. de Candolle* Prodr. IX. p. 466 (1844).

Asperifoliæ, *Linné* Prælect. in ord. nat. pl. ed *D. Giseke* p. 489 (1792). *Batsch* Tabula affin. reg. veg. p. 190 (1802). *Endlicher* Gen. Pl. p. 644 (1836–40).

Sebestenæ, *Ventenat* l.c. p. 381.

Asperifoliaceæ, *Reichenbach* Consp. reg. veg. p. 118. excl. gen. (1828).

Cordieæ, *Dumortier* Analyse des familles des plantes p. 25 (1829).

Ehretiaceæ, *Lindley* l.c. p. 273 (1836).

Boraginaceæ, *Lindley* l.c. p. 274.

Borraginaceæ, *Gürke* in Nat. Pflanzenf. IV. 3. p. 71 (1893). *Schneider* Illus. Handb. Laubholzk. II. p. 587 (1911).

Boragineæ, *Lindley* sic *Bentham* et *Hooker* Gen. Pl. II. 2. p. 832 (1876).

Herbæ, frutices v. arbores. Folia alterna simplicia exstipullata. Flores terminales v. axillares racemosi v. paniculati v. scorpioides. Sepala libera 4–5 v. basi leviter connata. Corolla gemopetala decidua, lobis 4–5 imbricatis. Stamina corollæ lobis isomera et alterna basi tubi affixa. Antheræ biloculares. Ovaria 2–10 locularia. Ovula in loculis 1–∞. Styli simplices apicem v. basin ovarii affixi. Fructus drupacei v. 2–4 loculares. Embryo recta v. curva. Albumen paucum.

Genera 85 species ultra 1500 in orbe adsunt.

Ehretia, *Schreber* Gen. Pl. n. 257 (1789–91).
Lutrostylis, *G. Don* Gard. Dict. IV. p. 391 (1838).
Frutices v. arbores. Folia alterna integra v. serrata. Flores cymosi v. thyrsoidei. Calyx 5-partitus, lobis imbricatis. Corolla gamopetala 5-loba, lobis imbricatis. Stamina 5. Ovarium 2–4 loculare. Styli 1 vulgo bifidi. Fructus drupaceus sphæricus pyrenis 4, unilocularibus v. 2–bilocularibus. Semina albumine pauco.

Ultra 40 species præcipue in regionibus tropicis incolæ.

Ehretia thyrsiflora, (*Lindley*) *Nakai* (Tab. IV). Trees and Shrubs Jap. I. p. 327 f. 179 (1922).

E. serrata *β*. obovata, *Lindley* in Bot. Regist. XIII. sub nota tab. 1097 (1827). *Alph. de Candolle* Prodr. IX. p. 503 (1844).

Cordia thyrsiflora, *Siebold* et *Zuccarini* in Abhandl. Akad. Muench. IV. 3. p. 150 (1846). *Lavallée* Arb. et Arbris. p. 177 (1877).

Ehretia serrata, (non *Roxburgh*) *Miquel* Prol. Fl. Jap. p. 29 (1866). *Franchet* et *Savatier* Enum. Pl. Jap. I. p. 333 (1875).

E. acuminata, (non *R. Brown*) *Matsumura* in Tokyo Bot. Mag. XII. p. 84 (1898) et Ind. Pl. Jap. II. 2. p. 524 (1912).

Arbor trunco diametro usque 1 m. cortice irregulariter fissa. Rami glabri. Folia annua late oblanceolata v. obovata utrinque attenuata interdum basi rotundata, margine serrulata. Folia ramorum floriferorum 2–18 cm. longa 1.5–8.0 cm. lata glabra. Petioli 1–5 cm. longi. Flores thyrsoidei densi pilosi. Sepala 1.5 mm. longa, lobis rotundatis margine ciliatis. Corolla rotata alba, lobis rotundatis v. acutis. Stamina exerta. Antheræ flavæ. Fructus drupaceus 5 mm. latus aurantiacus demum atro-fuscens.

Hab. in Quelpært rara.

Distr. Hondo occid., Kiusiu, Liukiu, Formosa et China.

馬鞭草科

PYRENACEAE
VERBENACEAE

(一) 主要ナル引用書類

著者名	書名
W. Curtis	Vitex Negundo in Botanical Magazine t. 364 (1797).
C. v. Linné	Ovieda, Volkameria, Clerodendrum, Vitex in species plantarum ed 1. p. 637–8. ed. 2. p. 888–890. Callicarpa l.c. ed. 1. p. 111. et ed. 2. p. 161. Siphonanthus ed. 1. p. 109.
F. B. Forbes et W. B. Hemsley	Verbenaceæ in Journal of the Linnæan Society XXVI. p. 251–266 (1890).
J. Briquet	Verbenaceæ in die natürlichen Pflanzenfamilien IV. abt. 3 a. p. 132–182 (1894).
S. Endlicher	Verbenaceæ in Genera plantarum p. 632–638 (1836–40).
A. Rehder	Verbenaceæ in Plantæ Wilsonianæ III. 2. p. 366–379 (1916). Vitex in Cyclopedia of Horticulture p. 3480–3481 (1917).
C. J. Maximowicz	Verbenaceæ orientali-asiaticæ in Mélanges Biologiques XII. p. 502–524 (1886).
Fr. de Siebold et J. G. Zuccarini	Verbenaceæ in Abhandlungen der mathematische-physicalischen Klasse der Akademien der Wissenschaften zu Muenchen IV. abt. 3. p. 152–157 (1846).
J. Lindley	Verbenaceæ in natural system of Botany ed. 2. p. 277–278 (1836). in the Vegetable Kingdom 3rd ed. p. 663–664 (1853).

J. C. Schauer	Verbenaceæ in *Alph. de Candolle* Prodromus systematis. naturalis regni vegetabilis XI. p. 522–700 (1847).
G. Bentham et J. D. Hooker	Verbenaceæ in Genera plantarum II. 2. p. 1131–1160 (1876).
C. B. Clarke	Verbenaceæ in *Hooker* fil. Flora of British India IV. p. 560–604 (1885).
G. Bentham	Verbenaceæ in Flora Hongkongensis p. 267–273 (1861). Buddleieæ in *Alph. de Candolle* Prodromus systematis naturalis regni vegetabilis X. p. 432–447.
B. Hayata	Verbenaceæ in Materials for a Flora of Formosa p. 216–224 (1911).
W. Roxburgh	Callicarpa in Flora Indica ed. Carrey I. p. 390–396 (1831).
A. Franchet et L. Savatier	Verbenaceæ in Enumeratio plantarum Japonicarum I. p. 358–361 (1875).
J. de Loureiro	Porphyra in Flora Cochinchinensis p. 87–88 (1793).
T. Nakai	Verbenaceæ in Flora Koreana II. p. 134–137 (1911).
J. Matsumura	Verbenaceæ in Index plantarum Japonicarum II. 2. p. 528–539 (1912).
C. K. Schneider	Verbenaceæ in Illustriertes Handbuch der Laubholzkunde II. p. 590–597 (1911).

（二）　朝鮮產馬鞭草科植物研究ノ歷史

本科ニ屬スル植物ハ全道ニ生ズル馬鞭草トだんぎく、かりがねさうノ三種ヲ除ク外ハ皆木本植物ナリ。

1890年 *W. B. Hemsley* 氏ハ The Journal of the Linnæan Society 第二十六卷ニ Callicarpa japonica, Callicarpa mollis, Clerodendron trichotomum, Caryopteris divaricata ノ四種ヲ戴ス。

1900 年、*J. Palibin* 氏ハ Conspectus Floræ Koreæ 第二卷ニ Verbena officinalis, Callicarpa japonica, Callicarpa mollis, Vitex trifoliata v. unifoliata, Clerodendron squamatum, Clerodendron trichotomum, Caryopteris divaricata ノ七種ヲ載ス、其中 Clerodendron aquamatum ひぎりハ京城ニ栽培セシモノニテ朝鮮産ニハ非ズ。Vitex trifoliata v. unifoliata ハ Vitex rotundifolia ニ改ムベシ。

1911 年 *H. Léveillé* 氏ガ Fedde 氏ノ Repertorium 第九卷ニ Microtæna? coreana ナル新種ヲ記セシハ Caryopteris divaricata ノ誤ナリ。

同年余ハ Flora Koreana 第二卷ニ Verbena officinalis, Callicarpa mollis, Callicarpa japonica, Callicarpa purpurea, Vitex trifolia v. ovata, Clerodendron trichotomum, Clerodendron japonicum, Caryopteris Mastacanthus, Caryopteris divaricata ノ九種ヲ載ス、其中 Vitex trifolia v. ovata ハ Vitex rotundifolia ニ Caryopteris Mastacanthus ハ Mastacanthus sinensis ニ改ムベク、Clerodendron japonicum ひぎりハ朝鮮植物ヨリ除藉スベキモノトス。

1913 年 *H. Léveillé* 氏ハ Fedde 氏ノ Repertorium 第十二卷ニ Callicarpa Taquetii ナル一新種ヲ記セリ、是ハ Callicarpa japonica ノ一變種ナリ。

1914 年余ハ濟州島植物調査報告書ニ Callicarpa japonica, Callicarpa mollis, Callicarpa purpurea, Callicarpa shikokiana, Caryopteris divaricata, Clerodendron trichotomum, Verbena officinalis, Vitex ovata ノ八種ヲ擧グ、其中 Callicarpa purpurea トセシハ Callicarpa japonica ノ一形ニシテ Callicarpa shikokiana ハ Callicarpa japonica var. luxurians ニ、Vitex ovata ハ Vitex rotundifolia ニ改名スベシ。

同年余ハ莞島植物調査報告書ニ Callicarpa mollis, Callicarpa japonica, Callicarpa purpurea, Verbena officinalis, Vitex ovata ノ五種ヲ載ス、Vitex ovata ハ Vitex rotundifolia トナル事前例ノ如シ。

1915 年余ハ智異山植物調査書ニ Callicarpa japonica, Callicarpa purpurea, Clerodendron trichotomum ノ三種ヲ擧グ。

1918 年余ハ金剛山植物調査書ニ Callicarpa japonica, Callicarpa purpurea, Clerodendron trichotomum ノ三種ヲ擧グ。

1919 年余ハ欝陵島植物調査書ニ Callicarpa japonica, Clerodendron trichotomum, Vitex ovata ノ三種ヲ載ス。Vitex ovata ノ改名ハ前出ノ如シ。

（三）　朝鮮產馬鞭草科植物ノ分布

むらさきしきぶ屬 Callicarpa.

こしきぶ一名こむらさきハ江原、京畿、慶北、咸南ノ南部、莞島、珍島等ニ分布シ特ニ河畔ニ多シ。

むらさきしきぶハ濟州島、欝陵島、大黑山島ヲ始メ沿岸ノ諸島ニ皆產シ北ハ京畿、江原、黃海ノ諸道ニ至ル。

こばむらさきしきぶハ其一變種ニシテ濟州島ヨリ北ハ京畿道迄分布シ、枝細カク葉形小ナリ。

おほむらさきしきぶハこばむらさきしきぶニ對シ枝太ク葉形大ナル一變種ニシテ海岸植物ナリ、欝陵島及ビ濟州島ニ分布ス。

やぶむらさきハ濟州島、大黑山島、南岸ノ諸島及ビ全南ノ南部ニ產ス。

こばのやぶむらさきハやぶむらさきノ一變種ニシテ分岐多ク、葉ノ少サキモノナリ、甫吉島ニ多シ。

くさぎ屬 Siphonanthus.

くさぎハ濟州島、欝陵島ヨリ北ハ京畿、江原、ニ至ル迄分布ス。

びろうどくさぎハくさぎノ一變種ニテ褐毛アルモノナリ、京畿、江原、忠南等ニ發見セリ。

はまがう屬 Vitex.

はまがうハ海岸植物ニシテ濟州島、巨濟島、莞島、珍島、絕影島、欝陵島等ニ產ス。

こにんじんぼくハ慶北、忠南等ニ產ス。

（四）　朝鮮產馬鞭草科植物ノ効用

こむらさきハ其果實濃紫色ニシテ美シク庭園ニ植エテ眺ムルニ足ル、草本ニモだんぎくハ花美シキ爲メ古來庭園用、生花用トス、其他むらさきしきぶ、くさぎ等ハ歐米ニテハ栽植スレ共日本ニハ余リニ多キ爲メ栽培スルモノナシ。

はまがうノ果實ハ蔓荊子ト云ヒ、驅蟲用トス。

（五）　朝鮮產馬鞭草科木本植物ノ分類

馬 鞭 草 科

Pyrenaceæ.

草本、灌木又ハ喬木、葉ハ對生又ハ輪生稀ニ互生、單葉又ハ掌狀複葉

又ハ羽狀複葉、全緣又ハ鋸齒アリ、托葉ナシ。花序ハ總狀、岐繖狀、繖房狀、頭狀、花ハ輻狀又ハ歪形、兩全又ハ多性、萼ハ下位、鍾狀又ハ椀狀四個乃至八個ノ裂片アリ稀ニ無裂片、花冠ハ合瓣、四個乃至八個ノ裂片ヲ有シ兩脣トナルアリ、裂片ハ覆瓦狀ニ排列シ、花筒ハ細長キモノ多シ、雄蕋ハ四個二強雄蕋又ハ二個ハ退化消滅スルアリ、稀ニ花冠ノ裂片ト同數ナリ。花糸ハ離生、葯ハ二室內向、花柱ハ單一、柱頭ハ二叉ス、子房ハ上位四叉シ初メ二乃至五室後四乃至十室トナル。胎坐ハ中央、各室ニ一個ノ卵子ヲ附ク、果實ハ核果又ハ蒴、種子ハ有胚乳又ハ無胚乳。

世界ニ六十七屬八百餘種アリ其中五屬九種ハ朝鮮ニ產ス、就中三屬六種ハ木本植物ナリ。屬ノ區分法次ノ如シ。

1 { 花冠ハ輻狀、果實ハ四個以上ノ核ヲ有ス。………………むらさきしきぶ屬
　　花冠ハ歪形。……………………………………………………………… 2

2 { 果實ハ四個ノ核ヲ有ス。……………………………………………くさぎ屬
　　果實ハ一個ノ四室ヨリ成ル核ヲ有ス。………………………はまがう屬

Pyrenaceæ, *Ventenat* Tableau du règne végétal II. p. 315 (1799). *La Marck* et *Aug. P. de Candolle* Fl. Franc. III. p. 501 (1805).

Verbenaceæ, *Jussieu* in Annales du Musée Paris VII. p. 63 (1806). *Persoon* Syn. Pl. II. i. p. 138 (1806). *R. Brown* Prodr. Fl. Nov. Holland. p. 510 (1810). *Humboldt Bompland* et *Kunth* Syn. Pl. Aequin. II. p. 39 (1823). *Lindley* Nat. Syst. ed. 2. p. 277 (1836). *Endlicher* Gen. Pl. p. 632 (1836–40). *Schauer* in *Alph. de Candolle* Prodr. XI. p. 522 (1847). *Bentham* et *Hooker* Gen. Pl. II. 2. p. 1131. p.p. (1876). *Briquet* in Nat. Pflanzenf. IV. 3 a p. 132 (1894).

Vitices, *Jussieu* Gen. Pl. p. 106 excl. sect. 3 (1789).

Stilbineæ, *Kunth* Handb. der Bot. p. 393 (1831). *Endlicher* l.c. p. 639.

Stilbaceæ, *Lindley* l.c. p. 280.

Herbæ, frutices v. arbores. Folia opposita v. verticillata rarissime alterna, integra v. serrata v. digitata v. pinnata exstipullata. Flores racemosi v. cymosi v. corymbosi v. subcapitati, zygomorphi v. actinomorphi hermaphroditi v. polygami. Calyx hypogynus campanulatus v. cupularis, 4–8 lobatus rarius indivisus. Corolla gamopetala, tubo sæpe elongato, 4–8 fida v. bilabiata, lobis imbricatis. Stamina 4 didynama v. abortive 2 rarissime lobis corollæ isomera. Filamenta libera. Antheræ biloculares introrsæ. Stylus simplex. Stigma bilobum. Ovarium superum 4-lobum primo 2–5 loculare demum 4–10 loculare. Placenta axillaris 1-ovulata. Ovula anatropa v. orthotropa erecta v. pendula. Fructus drupaceus v. subcapsularis. Semina albuminosa v. exalbuminosa.

Genera 67 et species circ. 800 per totas regiones orbis incola inter ea genera 5 species 9 in Corea indigena, quorum genera 3 species 6 sunt plantæ lignosæ.

1 {
Corolla actinomorpha. Fructus 4–∞ pyrenis............Callicarpa, *Linné.*
Corolla zygomorpha. 2
}

2 {
Fructus 4-pyrenis................................. ....Siphonanthus, *Linné.*
Fructus 1-pyrena, pyrena 4–loculare. ....Vitex, *Linné.*
}

むらさきしきぶ屬

灌木又ハ喬木、葉ハ對生單葉全緣又ハ鋸齒アリ稀ニ三乃至五叉ス、裏面ニハ多クハ腺點アリ。岐繖花序ハ腋生、無柄又ハ有柄、花ハ四數、萼ハ短キ鐘狀又ハ深ク四裂ス、花冠ハ四裂片ヲ有シ、裂片ハ始メ覆瓦狀ニ排列ス、雄蕊ハ四個花筒ニツク、葯ハ二室、子房ハ不完全ノ二室ナレ共間モナク四室トナル、花柱ハ長シ、柱頭ハ二叉ス、核果ハ球形又ハ淺ク四叉ス、白色、紫色又ハ紅色、種子ニ胚乳ナシ。

熱帶及ビ暖帶ニ約四十種アリ朝鮮ニ次ノ三種アリ。

Gen. 1.) **Callicarpa,** *Linné* Gen. Pl. n. 135 (1737). *Jussieu* Gen. Pl. p. 107. (1789). *Loureiro* Fl. Cochinch. I. p. 88 (1793). *Roxburgh* Fl. Ind. I. p. 390 (1832). *Endlicher* Gen. Pl. p. 637. n. 3712. (1836–40). *Schauer* in *Alph. de Candolle* Prodr. XI. p. 640 (1847). *Bentham* et *Hooker* Gen. Pl. II. 2. p. 1150 (1876). *Briquet* in Nat. Pflanzenf. IV. 3 a. p. 165 (1894).

Anonymos baccifera verticillata, folio molli et incano, ex America etc. *Plukenet* Phytographia tab. CXXXVI fig. 3. (1691) et Almagestrum Bot. p. 33 (1696).

Sphondylococcus, *Mitchell* in Acta Physico-Medica Academiæ Nat. Curi. VIII. p. 214 (1748).

Johnsonia, *Miller* Gard. Dict. ed. IV. (1754).

Porphyra, *Loureiro* Fl. cochinch. I. p. 87 (1193).

Frutices v. arbores. Folia opposita serrata v. integra rarius 3–5 loba subtus sæpe glanduloso-punctata. Cymæ axillares sessiles v. pedunculatæ. Flores 4–meri. Calyx breve campanulatus v. 4–fidus. Corollæ tubus brevis insertus v. exertus, lobis patentibus æstivatione imbricatis.　Stamina 4 tubo corollæ affixa.　Antheræ biloculares.　Ovarium imperfecte 2-loculare mox 4-loculare.　Stylus elongatus.　Stigma bifidum.　Drupa globosa alba, purpurea. v. rubra.　Semina exalbuminosa.

Species circ. 40 in regionibus temperatis et calidis (præter Africa) incolæ, inter eas species 3 in Corea sponte nascent.

こしきぶ 一名 こむらさき
（第 五 圖）

莖ハ高サ 1-1.5 米突、枝ハ細ク多クハ彎曲シ細カキ星狀毛アリ、若枝ハ多少四角形ヲナス、葉ハ廣倒卵形、基脚ハ長サ 1-3 糎ノ葉柄ニ向ヒテ尖ル、先端ハ尖リ央以上ニ鋸齒アリ、兩面共主脈上ニ細カキ星狀毛アル外ハ毛ナク長サ 1.5-7.0 珊、幅 0.8-2.8 珊、表面ハ深綠色、裏面ハ淡綠色ナリ、花序ハ岐繖狀、葉腋ヨリ上方ニ位シ細キ花梗ヲ具ヘ小星狀毛アリ、苞ハ少ニシテ早落性長サ 0.5-1.0 糎、萼ハ杯狀淺ク四叉シ長サ 1 糎許、無毛、花冠ハ長サ 2 糎許、紫色四叉ス、雄蕊ハ花冠ノ二倍ノ長サアリ、葯ハ先端丈ケ又ハ全長ニ亘リ縱裂ス、花柱ハ雄蕊ト同長、核果ハ丸ク直徑 3-4 糎紫色密生シテ美シ。

莞島、珍島、慶南、慶北、京畿、江原、咸南ニ産ス。

（分布）　對馬、本島、支那（浙江、廣東）。

Callicarpa dichotoma, (*Loureiro*) *Ræuschel* (Tab. V.)

Nomenclator Botanicus ed. 3. p. 37 (1797).　*Koch* Dendrol. II. p. 336 (1872).

Porphyra dichotoma, *Loureiro* Fl. Cochinch. p. 87 (1793).

Callicarpa purpurea, *Jussieu* in Ann. Mus. Paris VII. p. 69 (1806). *Schauer* in *Alph. de Candolle* Prodr. XI. p. 645 (1847).　*Miquel* in Ann. Mus. Bot. Lugd. Bat. II. p. 98. (1866).　*Franchet* et *Savatier* Enum. Pl. Jap. I. p. 358 (1875).　*Maximowicz* in Mél. Biol. XII. p. 509 (1886). *Hemsley* in Journ. Linn. Soc. XXVI. p. 254 p.p. (1890).　*Schneider* Illus. Handb Laubholzk. II. p. 593. f. 388 m. (1911).　*Nakai* Fl. Kor. II. p. 135 (1911).　*Dunn* et *Tutcher* in Kew Bull. Ser. X. p. 202 (1912).　*Matsumura* Ind. Pl. Jap. II. 2. p. 530 (1912).　*Rehder* Pl. Wils. III. p. 370 (1916). *Yabe* Prelim. report Fl. Tsingtau p. 96 (1919).

C. gracilis, *Siebold* et *Zuccarini* Abhandl. Muench. Akad. IV. 3. p. 154 (1846). *Lavallée* Arb. et Arbris. p. 179 (1877).

Caulis 1.0–1.5 metralis. Ramus gracilis plerumque arcuatus minute stelliulatus, juvenilis obtuse quadrangularis. Folia late oblanceolata basi in petiolos 1–3 mm. longos subglabros attenuata apice attenuata supra medium serrata utrinque præter venas primarias minute stellulata glabra 1.5–7.0 cm. longa 0.8–2.8 cm. lata supra viridissima infra pallida. Inflorescentia supra-axillaris gracilis minute stellulata cymosa. Bracteæ minutæ 0.5–1.0 mm. longæ augustæ deciduæ. Calyx cupularis obscure 4-dentatus glaber 1 mm. longus. Corolla 2 mm. longa purpurea 4-fida. Stamina corollam duplo superantia. Antheræ apice v. toto longitudine dehiscentes. Styli stamini-bus fere æquilongi. Drupa diametro 3–4 mm. globosa intense purpurea densa pulcherrima.

Nom. Jap. Komurasaki v. koshikibu.

Hab. Prov. Keiki, Kôgen, Kankyo austr. Keishô austr. Keisho bor., Insula Wangto, Ins. Chintô.

Distr. Tsushima, Hondo et China.

むらさきしきぶ　みむらさき、やまむらさき

パツサクテナム（全南）

（第　六　圖）

高サ 2-5 米突ノ灌木、皮ハ灰褐色又ハ暗灰色、若枝ニハ星狀ノ微毛アリテ丸シ、葉柄ハ長サ 1-10 糎、葉身ハ倒卵形又ハ廣倒披針形、表面ハ綠色又ハ深綠色、裏面ハ淡綠色ニシテ脈ハ隆起ス、兩端トガリ、先端ハ稀ニ三叉ス、緣ニハ鋸齒アリ、芽ハ葉腋ヨリ上ニ一個乃至二三個宛縱ニ列ビテ出ヅ、鱗片ナシ、花序ハ葉腋ヨリモ上ニ出デ岐繖花序ヲナシ花密ナリ、萼ハ杯狀僅カニ四齒アリ無毛長サ 1.0-1.5 糎、花冠ハ紫色又ハ淡紫色又ハ白色、花筒ハ長サ 2.0-2.5 糎、裂片ハ展開ス、雄蕋ハ四個、抽出ス、葯ハ橢圓形、花柱ハ單一、抽出ス、核果ハ紫色又ハ濃紫色、直徑 4-5 糎。

濟州島、大黑山島、欝陵島ヲ始メ北ハ京畿、江原兩道ニ及ビ產ス。

（分布）　北海道ノ南部、本島、四國、九州、對馬。

一種枝細ク葉小ニシテ長サ 1-3 珊、花序ニ花少キモノアリ、**こばのむらさきしきぶ**（第七圖）ト云フ。

濟州島、甫吉島、京畿道ニ產ス。

（分布）　本島ノ西部。

又一種枝太クシテ葉大ニ、葉柄ハ長サ 1-3 珊、葉身ハ大ナルモノハ長サ 18 珊幅 8 珊、蒴ハ長サ 2.5 糎、果實ノ直徑ハ 5-6 糎ナルアリ、海岸植物ナリ、之ヲ

おほむらさきしきぶ（第八圖）

ト云フ。

濟州島、欝陵島ニ產ス。

（分布）　琉球、九州、四國、本島。

Callicarpa japonica, *Thunberg* (Tab. VI.)

Fl. Jap. p. 60 (1784).　*Siebold* et *Zuccarini* Abhandl. Acad. Wiss. Muench. IV. 3. p. 154 (1846).　*Miquel* in Ann. Mus. Bot. Lugd. Bat. II. p. 98 (1866).　*Franchet* et *Savatier* Enum. Pl. Jap. I. p. 358 (1875). *Maximowicz* in Mél. Biol. XII. p. 508 (1886).　*Hemsley* in Journ. Linn. Soc. XXVI. p. 253 (1890).　*Gilg* et *Loesner* in *Engler* Bot. Jahrb. XXXIV. Beiblatt 75 p. 61 (1904).　*Shirasawa* Icon. I. t. 70. f. 1–10.　*Rehder* in Pl. Wils. III. p. 368 (1916).　*Nakai* Fl. Kor. II. p. 135 et Veg. Isl. Quelp. p. 76. n. 1069 et Veg. Isl. Wangto p. 13 et Veg. m't Chirisan p. 43. n. 390. et Veg. Diamond m'ts p. 183. n. 550 et Veg. Isl. Wangto p. 24. n. 295. *Schneider* Illus. Handb. Laubholzk. II. p. 593. f. 384. c–e. f. 385 h–l *Matsumura* Ind. Pl. Jap. II. p. 529.　Yabe Fl. Tsingtau p. 96.

C. longifolia *a.* subglabrata, *Schauer* in *Al. de Candolle* Prodr. XI. p. 645 p.p. (1847).

C. Mimurasaki, *Hasskarl* Cat. Hort. Bogor. p. 136 nom. nud. (1844).

C. Murasaki, *Siebold* in Jaarb. Nederl. Maatsch. Anmoed. Tuinb. p. 25 nom. nud. (1844).　*Siebold* et *Zuccarini* l.c. p. 156.　*Lavallée* Arb. et Arbris. p. 179 (1877).

C. purpurea, *Nakai* Veg. Isl. Quelp. p. 76 n. 107.

Frutex usque 3–5 metralis.　Cortex sordide cinereus.　Ramus hornotinus apice minute stellulatus, teres sæpe purpurascens.　Petioli breves 1–10 mm. longi.　Lamina obovata v. late oblanceolata supra viridis v. viridissima infra pallida venis elevatis, basi acuminata apice acuminata v. caudato-attenuata rarius trilobulatis, margine argute v. mucronato v. subundulato-serrata. Gemmæ nudæ supra axillaris v. sæpe longitudine 2–3 seriales.　Inflorescentia minute stellulata supra axillaris v. subaxillaris gemmis superior, primo dichotoma et ramis dense cymosis. Calyx cupularis obscure 4-dentatus glaber 1.0–1.5 mm. longus. Corolla purpurea v. pallide purpurea v. fere albida, tubo 2.0–2.5 mm. longo, lobis patentibus. Stamina 4 exerta. Antheræ ellipticæ. Styli exerti simplices. Drupa purpurea v. intense purpurea lucida diametro 4–5 mm.

Nom. Jap. Murasakishikibu v. mimurasaki v. yamamurasaki.

Nom. Cor. Passakutenam.

Hab. Corea media et austr., Archipelago Koreano, Quelpært et Dagelet.

Distr. Yeso austr., Hondo, Shikoku et Kiusiu.

var. **Taquetii,** *Nakai* (Tab. VII).

Callicarpa Taquetii, *Léveillé* in *Fedde* Rep. XII. p. 182 (1913).

Ramus gracilis. Folia minora. Inflorescentia oligantha. Planta majora sensim in typicam transit.

Nom. Jap. Koba-murasakishikibu.

Hab. in Quelpært et Corea media.

Distr. Hondo occid.

var. **luxurians,** *Rehder* (Tab. VIII).

In Pl. Wils. III. 2, p. 369 (Aug. 1916).

Callicarpa australis, Koidzumi in Tokyo Bot. Mag. XXX. p. 326 (Oct. 1916).

C. shikokiana, *Nakai* Veg. Isl. Quelp. p. 76. n. 1072 (1914).

C. japonica, *Matsumura* in Tokyo Bot. Mag. XIII. p. 115 (1889).

Rami robusti. Folia magna et lata usque 18 cm. longa 8 cm. lata. Petioli usque 3 cm. longi. Inflorescentia ampla. Corolla cum lobis 4–5 mm. longa. Antheræ 2.5 mm. longæ. Fructus diam. 5–6 mm.

Nom. Jap. Ômurasakishikibu.

Hab. in Quelpært et Dagelet.

Distr. Liukiu, Kiusiu, Shikoku et Hondo.

やぶむらさき

チョブサルナム（莞島）　カッサビナム、カイビナム（濟州島）

（第　九　圖）

灌木高サ 3–5 米突、分岐多シ、若枝ハ綠色ニシテ星狀毛ニテ絨毛ノ感アリ。葉柄ノ長サ 3–10 糎星狀ノ絨毛アリ、葉身ハ卵形又ハ倒卵形又ハ

楕圓形銳鋸齒アリ、先端ハ長クトガル、表面ニハ直立ノ毛アリ、裏面ハ直立ノ星狀毛アリ、表裏兩面ニ脂點アリ、花序ハ葉腋ノ少シク上ニ位シ星狀毛多ク花少シ、萼ハ深ク四裂シ、裂片ハ披針形ニシテ星狀ノ絨毛アリ。 花冠ハ淡紫色ニシテ外面ニ毛アリ、葯ハ楕圓形ニシテ腺點アリ、果實ハ球形淡紫色徑五粍許。

　濟州島、大黑山島、甫吉島、莞島ニ産ス。

　（分布）　九州、四國、本島、中部以南。

　一種葉ノ小形ニシテ分枝多キモノアリ甫吉島ニ生ズ之ヲ**こばのやぶむらさき**ト云フ、九州ニモアリ。

Callicarpa mollis, *Siebold* et *Zuccarini* (Tab. IX.)

In Abhandlungen der physical.-math. Klasse der Akad. Wiss. Muench. IV. 3. p. 155 n. 526 (1846). *A. Gray* Perry's Exped. p. 316. *Miquel* Prol. Fl. Jap. p. 31. *Franchet* et *Savatier* Enum. Pl. Jap. I. p. 359. *Maximowicz* in Mél. Biol. XII. p. 506 (1886). *Hemsley* in Journ. Linn. Soc. XXVI. p. 254 (1890). *Matsumura* Ind. Pl. Jap. II. p 529 excl. pl. Liukiu. *Nakai* Fl. Kor. II. p. 134 et Veg. Isl. Quelp. p. 76. n. 1070. *Schneider* Illus. Handb. II. p. 591. f. 382 g–i. f. 385 b–g.

C. Zollingeriana, *Schauer* in *Alph. de Candolle* Prodr. XI. p. 640 (1847).

Frutex 3–5 metralis ramosus. Ramus juvenilis viridis stellulato-subvelutino-tomentosus. Petioli 3–10 mm. longi stellulato-tomentosi. Lamina ovata v. obovata v. elliptica mucronato v. argute breveque serrata apice caudato-attenuata supra erecto-pilosa infra erecto-stellato-pilosa utrinque reginoso-punctata. Inflorescentia supra axillaris dense stellulata oligantha. Calyx alte 4-fidus, lobis lanceolatis stellato-tomentosis. Corolla dilute purpurea extus pubescens. Antheræ ellipticæ glandulosæ. Fructus dilute purpureus diametro 5 mm.

Nom. Jap. Yabumurasaki.

Nom. Cor Chobsalnam (Wangto) Kottsabinam v. Kaipinam (Quelpært).

Hab. in Quelpært, ins. Wangto, ins. Hokitsuto et ins. Daikokuzantô.

Distr. Hondo, Shikoku et Kiusiu.

var. *β*. **microphylla,** *Siebold* et *Zuccarini* l.c.

Frutex 1–1.5 metralis ramosissimus. Folia 1–3 cm. longa.

Nom. Jap. Kobano-yabumurasaki.

Hab. in insula Hokitsutô.

Distr. Kiusiu.

く さ ぎ 屬

灌木又ハ喬木、直立又ハ纒攀性、葉ハ對生又ハ三葉宛輪生、單葉、全
緣又ハ鋸齒又ハ缺刻アリ、花序ハ岐繖花序、圓錐花叢、總狀花序等ヲナ
シ花ハ密生又ハ疎生ジ直立又ハ下垂ス、萼ハ鐘狀又ハ圓筒狀五叉又ハ五
齒ヲ有シ又ハ缺刻ナシ、花冠ハ漏斗狀ニシテ五裂シ往々歪形、花筒ハ通
例長シ、雄蕋ハ四個花筒ニツキ長ク抽出シ殆ンド二强雄蕋ナリ、葯ハ二
室、縱裂ス、子房ハ四室各室ニ一個ノ卵子アリ。花柱ハ長シ、柱頭ハ二
叉ス、核果ハ多肉ニシテ 4(1-3) 個ノ核アリ。

主トシテ熱帶產ニシテ九十余種アリ、朝鮮ニハ次ノ一種アルノミ。

Siphonanthus, *Linné* Gen. Pl. n. 129 (1737). *Ammann* Stirp. rar. in
imperio ruth. proven. icon. descrip. p. 214 t. 15 (1739). *La Marck* Illus.
p. 79. *Linné* Sp. Pl. ed. 1. p. 109 (1753).

Ovieda, *Linné* Gen. Pl. n. 787 (1737) et. Sp. Pl. ed. 1. p. 188 (1753).
Gærtner Fruct. et Sem. I. p. 272. t. 57 (1788). *Burmann* Fl. Ind. t. 43.
Persoon Syn. Pl. II. 1. p. 144 n. 1443.

Clerodendron, *Linné* Gen. Pl. n. 798 ad emendationem. et Sp. Pl. ed. 1.
p. 637. *Gærtner* l.c. p. 271. t. 57. (1788). *Persoon* Syn. II. 1. p. 145 n.
1446 (1806). *R. Brown* Prodr. Fl. Nov. Holl. p. 510 (1810). *Kunth* in
Humboldt, Bonpland et *Kunth* Nov. Gen. et Sp. II. p. 244 (1817). *La
Marck* Illus. t. 544. *Endlicher* Gen. Pl. n. 3708 (1836–40). *Schauer* in
Alph. de Candolle Prodr. XI. p. 658 (1847). *Bentham* et *Hooker* Gen. Pl.
II. p. 1155 (1876). *C. B. Clarke* in *Hooker* Fl. Brit. Ind. IV. p. 589
(1885). *Briquet* in Nat. Pflanzenf. IV. 3a. p. 179 (1894).

Volkameria, *Linné* Fl. Zeyl. p. 231 (1847) et Sp. Pl. ed. 1. p. 637 (1753)
ed. 2. p. 889 (1762). *Gærtner* Fruct. et Sem. I. p. 267 t. 56 (1788).
Persoon Syn. Pl. II. 1. p. 144 n. 1445 (1806). *Endlicher* Gen. Pl. p. 636.
n. 3707. *Schauer* in *Alph. de Candolle* Prodr. XI. p. 656.

Duglassia, *Ammann* Herb. p. 576 fide *Endlicher* l.c. p. 637.

Volkmannia, *Jacquin* Plant. rar. hort. Cæsarei Schönbr. Descrip. Icon.
III. t. 338 (1798).

Agricolæa, *Schrank* in regensb. denkschr. p. 89 (1808) fide *Schauer* l.c.

Valdia cardui folio etc.　*Plum* Nova plant. Americ. gen. p. 14 (1703) et Plant. Americ. fasc. prim. t. 256 (1760).

Torreya, *Sprengel* Neue Entdeckungen II. p. 121 (1821).

Ligustroides, *Linné* Hort. Cliffort. p. 489 (1737).

Cornacchinia, *Savi* in Memoria Soc. ital. dell. Scienze XXI p. 187 cum. icone fide *Schauer* l.c.

Frutices v. arbores erecti v. scandentes.　Folia opposita v. terna, simplicia, integra v. serrulata v. lobata.　Inflorescentia cymosa v. paniculata v. racemosa, laxa v. densa, erecta, v. pendula.　Calyx campanulatus v. tubulosus 5-fidus v. 5-dentatus v. truncatus.　Corolla infundibularis v. hypocrateriformis, limbo 5-partito, sæpe subzygomorpha.　Tubus corollæ sæpe magis elongatus.　Stamina 4 corollæ tubo affixa longe exerta subdidynama. Antheræ basifixæ biloculares sagittatæ longitudine dehiscentes.　Ovarium 4-loculare, loculis uniovulatis.　Styli elongati.　Stigma bilobum.　Drupa baccata v. carnosa 4 (1–3) pyrenis.　Putamen lignosum læve.　Radicula infera.

Circ. 90 species plerumque in regionibus tropicis incolæ, in Corea unica adest.

く　さ　ぎ
（第 十 圖）

高サ 5–6 米突ノ灌木、皮ハ灰色、若枝ニハ白色又ハ帶褐色ノ毛アリ、葉ハ 1–12 珊ノ毛アル葉柄ヲ有シ、葉身ハ卵形ニシテ基脚ハトガリ又ハ丸ク又ハ截形又ハ弱心臟形、先端ハ長クトガリ、表面ハ綠色無毛又ハ微毛散生シ、裏面ハ葉脈上ニ微毛アルカ又ハ全面ニ微毛又ハ密毛アリ、花序ハ枝ノ先端ニ腋生シ微毛アルカ又ハ毛ナシ、苞ハ卵形又ハ披針形、脱落性、萼ハ帶白色卵形ニシテ先端ハ紅色、花冠ハ白ク花筒ハ萼ノ二倍アリテ細シ、裂片ハ展開ス、雄蕊ハ頗ル長ク抽出ス、葯ハ黑紫色、果實ヲ有スル萼ハ紅色又ハ帶紫紅色、核果ハ漿果樣ニシテ黑碧色。

京畿道以南濟州島迄ニ産シ欝陵島ニモアリ。

（分布）　琉球、九州、本島、四國、北海道。

一種枝ニ褐色ノ密毛生シ、葉ハ少クモ葉脈上ニ褐毛密生スルアリ。

びろうどくさぎ ト云フ。

京畿、江原、忠南ニ産ス。

（分布）　本島。

Siphonanthus trichotomus, *(Thunberg) Nakai* (Tab. X). Trees and Shrubs Jap. I. p. 315 f. 188 (1922).

Clerodendron trichotomum. *Thunberg* Fl. Jap. p. 256 (1784). *Persoon* Syn.·Pl. II. 1. p. 145 (1806). *Siebold* et *Zuccarini* in Abh. Akad. Muench IV. 3. p. 153 (1846). *Schauer* in *Alph. de Candolle* Prodr. XI. p. 668 (1847). *Miquel* Prol. p. 31. *Lavallée* Arb. et Arbris. p. 179 (1877). *Franchet* et *Savatier* Enum. Pl. Jap. I. p. 359. *Maximowicz* in Mél. Biol. XII. p. 519 (1886). *Hemsley* in Journ. Linn. Soc. XXVI. p. 262 (1890). *Shirasawa* Icon. II. t. 70. f. 28–36 (1908). *Nakai* Fl. Kor. II. p. 136 (1911). *Schneider* Illus. Handb. II. p. 595. f. 386. a–f. *Rehder* in Pl. Wils. III. 2. p. 375 (1916).

Frutex usque 5–6 metralis. Cortex cinereus. Ramus juvenilis albo v. fuscente pubescens. Folia distincte petiolata, petiolis 1–12 cm. longis pilosis v. canescentibus, laminis ovatis basi acutis v. mucronatis v. subtruncatis v. subcordatis apice acutis v. acuminatis supra viridibus sparsissime pilosis v. glabris, infra secus venas pilosis v. toto pilosis et venis velutinis. Inflorescentia axillaris in ramis hornotinis subterminalis v. terminalis pilosa v. subglabra. Bracteæ lanceolatæ v. ovatæ deciduæ. Calyx amplus albidus ovoideus, lobis apice rubescentibus. Corolla alba tubo calycem fere duplo superante angusto, lobis patentibus. Stamina longissime exerta. Antheræ atropurpureæ. Calyx fructifer roseus v. purpurascente-roseus. Drupa baccata atro-cærulea magnitudine pisi.

Nom. Jap. Kusaki.

Hab. e prov. Keiki usque ad Quèlpært late expansa et etiam in insula Dagelet crescit.

Distr. Tsushima, Kiusiu, Shikoku et Yeso.

var. **ferrugineum,** *Nakai* in Tokyo Bot. Mag. XXXI. p. 109 (1917).

Ramus dense fusco-velutinus. Folia subtus saltem supra venas fusco-velutina.

Nom. Jap. Birôdo-kusagi.

Hab. prov. Keiki, Kogen et Chūsei austr.

Distr. Hondo.

はまがう屬

灌木又ハ喬木、葉ハ對生又ハ三枚宛輪生ス、單葉又ハ掌狀複葉、花序

ハ腋生又ハ頂生、岐繖狀又ハ岐繖狀圓錐花叢、萼ハ鐘狀又ハ杯狀又ハ筒
狀、五齒アルカ又ハ五分ス、花冠ハ兩唇アリ、上唇ハ二叉シ下唇ハ三叉
ス、裂片ハ相重ナル、雄蕋ハ四個二强、花筒ニツキ抽出ス、葯室ハ平行
セズ、花柱ハ單一、柱頭ハ三叉ス、子房ハ四室、各室ニ一個ノ卵子アリ、
核果ハ腋質又ハ乾燥シ四室アリ。

世界ニ六十余種アリ、主トシテ熱帶地方ニ産ス、其中一種ハ朝鮮ニモ
産シ一種ハ栽培品ヨリ逸出シテ野生狀態ヲナス。

Vitex, (*Tragus*) *Tournefort* Instit. Rei Herb. p. 603. t. 373 (1700).
Linné Gen. Pl. n. 790. *Jussieu* Gen. Pl. p. 107. *Gœrtner* Fruct. et Sem.
I. p. 269. *R. Brown* Prodr. Fl. Nova Holland. p. 511. *Chamisso* in
Linnæa VII. p. 107. *Endlicher* Gen. Pl. p. 635. *Schauer* in *De Candolle*
Prodr. XI. p. 682. *Bentham* et *Hooker* Gen. Pl. II. 3. p. 1154. *Briquet*
in Nat. Pflanzenf. IV. 3 a. p. 170.

Limia, *Vandelli* in *Rœmer* Scriptores de plantis hispanicis p. 126. t. 7. f.
21 (1796).

Wallrothia, *Roth* Novæ plantarum species p. 317 (1821).

Nephrandra, *Willdenow* in *Cothenius* Dispositio vegetabilium p. 8 (1790).

Psilogne, *De Candolle* Rev. Bign. p. 16 fide *Schauer* l.c.

Chrysomallum, *Thouars* Genera nova Madagascariensia n. 25 (1806).

Pyrostoma, *G. F. W. Meyer* Primitiæ Floræ Essequebœnsis p. 119
(1818).

Casarettoa, *Walpers* Repert. IV. p. 91 (1844).

Tripinna, *Loureiro* Fl. Cochinch. II. p. 476 (1793).

Tripinnaria, *Persoon* Syn. Pl. II. p. 173 (1806).

Frutices v. arbores. Folia opposita v. terna simplicia v. digitatim com-
posita. Inflorescentia axillaris v. terminalis cymosa v. cymoso-paniculata.
Calyx campanulatus v. cyathimorphus v. tubulosus 5-dentatus v. 5-fidus.
Corolla bilabiata labio superiore bifido, inferiore 3-fido, lacinis æstivatione
valvato-conduplicatis mediis maximis. Stamina 4 didynama tubo corollæ
affixa exerta. Loculi antheræ divergentes. Styli simplices. Stigma
bilobum. Ovarium 4-loculare, loculis uniovulatis. Drupa succosa v. exsic-
cata 4-locularis. Radicula infera.

Species ultra 60 præsertim in regionibus tropicis incolæ, inter eas species
5 in Japonia sponte nascent. Species unica in Corea indigena et unica
plantata nunc elapsa et subspontanea.

は ま が う

スンブギナム（濟州島）

（第 十 一 圖）

莖ハ傾上又ハ匍匐ス、枝ニハ極メテ短キ白毛密生ス、葉ハ對生、有柄、葉柄ハ短キ白毛ニテ被ハレ長サ 2-10 糎、　葉身ハ倒卵形又ハ卵形又ハ廣橢圓形表面ニハ　短毛密生シテ 帶白色又ハ 銀白色ヲナシ 裏面ハ 銀白色ナリ、花序ハ頂生ニシテ下部ニ葉アリ、苞及ビ小苞ハ小ニシテ白色ノ細毛密生シ細シ、蕚ハ杯狀白色ノ微毛密生シ、果實ノ成熟ト共ニ成長シ大キクナル、花冠ハ外面ハ白色ノ微毛生シ內面ハ菫碧色ナリ、上脣ハ短ク二齒アリ、下脣ハ三叉シ、中央ノ裂片最大ナリ、雄蕊ハ花冠ニツク、葯ハ平行セズ、花柱ハ雄蕊ヨリモ長シ、柱頭ハ二叉シ反ル、果實ハ木質ニシテ丸ク幅ハ 5-7 糎。

濟州島、莞島、巨濟島、絕影島、欝陵島等ニ生ジ海岸植物ナリ。

（分布）　本島、四國、九州、琉球、臺灣、支那、フヰリッピン。

本種ハ Vitex trifolia ト何等ノ關係ナシ、余ハ本種ヲ Vitex trifolia ニ下シテ其變種トスルガ如キ理由ヲ見出シ得ズ。

Vitex rotundifolia, *Linné* fil. (Tab. XI).

Supplementum plantarum systematis vegetabilium p. 294 (1781). *Nakai* Trees and Shrubs Jap. I. p. 350 fig. 190 (1922).

V.　ovata, *Thunberg* Fl. Jap. p. 257 (1784). *Willdenow* Sp. Pl. III. p. 399. *Persoon* Syn. Pl. II. p. 143. *Hooker* et *Arnott* Bot. Beech. Voy. p. 206. t. 47. *Siebold* et *Zuccarini* in Abhand. Phys.-Math. Akad. Wiss. Muench. IV. 3. p. 152. *Merrill* in Philipp. Journ. Sci. I. suppl. I. p. 121 (1906). *Komarov* Fl. Mansh. III. p. 477. *Nakai* Veg. Isl. Quelp. p. 77. n. 1076.

V.　repens, *Blanco* Fl. de Filipp. p. 513.

V.　trifolia β. unifoliolata, *Schauer* in *Alph. de Candolle* Prodr. XI. p. 683 (1847). *Miquel* Prol. Fl. Jap. p. 3. *Franchet* et *Savatier* Enum. Pl. Jap. I. p. 360. *Maximowicz* in Mél. Biol. XII. p. 514. *Palibin* Consp. Fl. Kor. II. p. 25. *Rehder* in Stand. Cyclop. p. 3481.

V.　trifolia α. obovata, *Bentham* Fl. Austral. V. p. 67.

V.　trifolia, *Hemsley* in Journ. Linn. Soc. XXVI. p. 258. p.p. *Matsumura* et *Hayata* Enum. Pl. Form. p. 301. p.p.

Caulis ascendens et sarmentosus v. repens, ramis brevissime albo- v. subargenteo-ciliatis, juvenilibus subquadrangularibus. Folia opposita distincte petiolata. Petioli brevissime albo-ciliolati 2–10 mm. longi. Lamina obovata v. ovata v. elliptico-rotundata supra pilis minutis glaucescens v. subargentea infra incana. Panicula terminalis inferiore foliosa. Bracteæ et bracteolæ minutæ incanæ lineares. Calyx cyathimorphus incanus breve dentatus in fructu accrescens et subrotundatus. Corolla extus incana intus violaceo-cærulea labio superiore breve et bidentato, inferiore 3-lobato et lobis mediis maximis et dilatatis medio ciliatis. Stamina corollae affixa. Loculi antheræ divergentes. Styli stamina superantes. Stigma bifidum reflexum. Fructus lignosus rotundatus 5–7 mm. latus.

Nom. Jap. Hamagō.

Nom. Quelp. Sung-pugi-nam.

Distr. Hondo, Bonin, Ins. Sulphurea, Shikoku, Kiusiu, Tsusima, Liukiu, Formosa, China, Philippin nec non Australia bor.

This species apparently differs from Vitex trifolia. I can not find out any reason to reduce this to that. The stem is trailing and is more stout. The leaves are always simple and blunt at their apices. The inflorescence is more loose and paniculate. Flowers are 3–4 times larger than those of V. trifolia.

こにんじんぼく
(第 十 二 圖)

灌木分岐ス、若枝ニハ極メテ短カキ毛生ズ、葉柄ハ長ク短毛密生ス、葉身ハ掌狀複葉、小葉ハ葉柄ヲ有シ披針形ニシテ先端ハ長クトガリ、基脚モ亦トガリ、表面ハ綠色、裏面ハ白キ微毛アリ且腺點ヲ有シ葉脈ハ隆起ス、葉緣ハ粗大ノ鋸齒アリ、岐繖花序ハ總狀圓錐花叢ヲナス、苞ハ細ク 2–3 裂ス、萼ハ長サ 2–3 糎不同ノ鋸齒アリ、花冠ハ長サ 6–3 糎、外面ハ毛アリ、內面ハ脣ノ上ニ毛アリ、葯ハ開ク、柱頭ハ二裂ス。

慶南、慶北ニ產ス、恐ラク栽培品ヨリ逸出セシモノナラン。

（分布） 支那、滿州。

Vitex chinensis, *Miller* (Tab. XII).

Gardener's Dictionary ed. VI. (1752) et figures II. p. 183. t. 275 (1760).
V. incisa, *La Marck* Encycl. II. p. 612 (1788). *Poiret* Tabl. Encycl.

III. p. 92. t. 541. f. 2. (1823). *Bunge* Enum. Pl. Chin. bor. p. 52 (1831). *Schaur* in *Alph. de Candolle* Prodr. XI. p. 684 (1847). *Lavallée* Arb. et Arbris. p. 180 (1877). *Franchet* Pl. Dav. p. 232 (1883). *Maximowicz* in Mél. Biol. XII. p. 516 (1886). *Hemsley* in Journ. Linn. Soc. XXVI. p. 257 (1890). *Diels* in *Engler* Bot. Jahrb. XXIX. p. 549 (1900). *Schneider* Illus. Handb. Laubholzk. II. p. 594. fig. 385. r.–t. fig. 384 m–n. (1911). *Yabe* Icon. Fl. Manch. I. 1. Pl. X. text.

V. incisa, *Bunge* sic *Yabe* l.c. in Pl.

V. Negundo, (non *Linné*) *Curtis* in Bot. Mag. XI. t. 364 (1797).

V. Negundo var. incisa, *C. B. Clarke* in *Hooker* fil. Fl. Brit. Ind. IV. p. 584 (1885).

Agnus-Cactus incisa, *Carrière* in Revue Hort. (1871) p. 415.

Frutex ramosus. Ramus juvenilis brevissime minutissime pulverulente-pilosus. Petioli elongati et minutissime pulverulente-pilosi. Lamina digitato-decomposita. Foliola petiolulata, lanceolata apice longissime attenuata basi acuta supra viridia infra glauco-pulverulente-pilosa et minute glanduloso-punctulata venis elevatis, margine grosse incisa. Cymus racemoso-paniculatus. Bracteæ angustæ sæpe 2–3 fidæ. Calyx incisus 2–3 mm. longus æqualiter dentatus. Corolla cum labio 6–8 mm. longa extus præter partem insertam tubi pilosa intus supra labio pilosa. Antheræ divergentes. Stigma bifidum.

Nom. Jap. Ko-ninjinboku.

Hab. Corea austr. forsan olim e plantis cultis elapsa.

Distr. China et Liaotung.

This is a congener of Vitex Negundo from which is distinguishable by its incised leaflets and larger flowers.

唇形科

LABIATAE

（一）主要ナル参考書類

著 者 名	書 名
G. Bentham	Thymus in *Alph. de Candolle* Prodromus systematis naturalis regni vegetabilis XII. p. 197–206 (1848).
V. Komarov	Thymus in Flora Manshuriæ III. p. 377–379 (1907).
F. v. Herder	Thymus Seryllum in Plantæ Raddeanæ IV. Heft 3. p. 23–42 (1884).
J. Briquet	Thymus in die natürlichen Pflanzenfamilien IV. Teil 3 Abtheilung a. p. 311–313 (1895).
C. F. a Ledebour	Thymus Serpyllum in Flora Rossica III. pars 1. p. 345–348 (1847–1849).
C. J. Maximowicz	Thymus Serpyllum in Primitiæ Floræ Amurensis p. 217 (1859).
E. Regel	Thymus Serpyllum in Tentamen Floræ Ussuriensis p. 116 (1861).
F. A. G. Miquel	Thymus in Annales Musei Botanici Lugduno-Batavi II. p. 106 (1865–1866).
S. Endlicher	Thymus in Genera Plantarum p. 617 (1836–40).
J. Lindley	Lamiaceæ in Vegetable Kingdom ed. 3. p. 659 (1853).
	Labiatæ in natural system of Botany ed. 2. p. 275–277 (1836).
G. Bentham et J. D. Hooker	Thymus in Genera Plantarum II. 2. p. 1186 (1876).

（二）　朝鮮産唇形科植物研究ノ歴史、其種類ト効用.

　本科ニ屬スル朝鮮植物ハ概ネ草本ニシテ朝鮮植物調査開始前迄ニハ外人ノ研究ニ依リテ朝鮮ニ次ノ二十九種アルヲ知レリ。

1. Ajuga decumbens, *Thunberg*.
2. Ajuga genevensis, *Linné* (Ajuga multiflora, *Bunge* ノ誤).
3. Brunella vulgaris, *Linné* (Prunella vulgaris ニ同ジ
4. Calamintha chinensis, *Briquet* (Satureia chinensis ニ同ジ).
5. Elscholtzia Patrini, *Garcke* (Elscholtzia cristata ニ同ジ).
6. Galeopsis Tetrahit, *Linné* (Galeopsis bifida var. emarginata ノ誤).
7. Lamium album, *Linné*.
8. Lamium amplexicaule, *Linné*.
9. Leonurus macranthus, *Maximowicz*.
10. Leonurus sibiricus, *Linné*.
11. Lycopus coreanus, *Léveillé*.
12. Marrubium incisum, *Bentham*.
13. Meehania urticifolia, *Komarov*.
14. Mosla coreana, *Léveillé* (Mosla angustifolia, *Makino* ニ同ジ).
15. Mosla grosse-serrata, *Maximowicz*.
16. Mosla punctata, *Maximowicz*.
17. Nepeta lavandulacea, *Linné*.
18. Phlomis Maximowiczii, *Regel*.
19. Plectranthus excisus, *Maximowicz*.
20. Plectranthus inflexus, *Vahl*.
21. Plectranthus serra, *Maximowicz*.
22. Scutellaria angustifolia, *Komarov* (Scutellaria Regeliana, *Nakai* ノ誤).
23. Scutellaria dependens, *Maximowicz*.
24. Scutellaria Fauriei, *Léveillé* et *Vaniot*.
25. Scutellaria Komarovi, *Léveillé* et *Vaniot*.
26. Scutellaria indica, *Linné* v. japonica, *Maximowicz*.
27. Scutellaria moniliorhiza, *Komarov*.
28. Scutellaria scordifolia, *Fischer*.
29. Stachys baicalensis v. chinensis, *Komarov* (Stachys baicalensis v. hispidula ノ誤).
    v. japonica, *Komarov*.

以上ハ皆草本ナリ。余ガ明治三十九年朝鮮植物研究ヲ始メシ以來次第ニ其種數ヲ增シ、特ニ大正二年ヨリ本府ノ囑託トナリテ各地ニ採收ヲ試ミシ爲メ大ニ種類ヲ見出シ、種數モ倍加シテ次ノ各種ヲ知ルニ至レリ。

1) Agastache rugosa, (*Fischer* et *Meyer*) *O. Kuntze* Revisio Generum
   Plantarum II. p. 511 (1891).
   カハミドリ　　　　　済州島、欝陵島、朝鮮全道。

2) Ajuga decumbens, *Thunberg* Flora Japonica p. 243 (1784).
   キランサウ　　　　　済州島、欝陵島、全南。

3) Ajuga multiflora, *Bunge* Enumeratio plantarum quas in China boreali
   collegit n. 286 (1831).
   ルリカコサウ　　　　朝鮮半島。

4) Ajuga spectabilis, *Nakai* in Tokyo Botanical Magazine XXX. p. 290
   (1916).
   コウリヤウサウ　　　京畿。

5) Amethystea cærulea, *Linné* Species plantarum ed. 1. p. 21 (1753).
   ルリハッカ　　　　　朝鮮半島、済州島。

6) Dracocephalon argunense, *Fischer* apud *Link* Enumeratio plantarum
   horti regii Berolinensis II. p. 118 (1822).
   ムシャリンドウ　　　平北、咸南、咸北。

7) Dysophylla japonica, *Miquel* Prolusio Floræ Japonicæ p. 34 (1867).
   ミヅネコノヲ　　　　慶南、済州島。

8) Dysophylla Yatabeana, *Makino* in Tokyo Botanical Magazine XII. p.
   55. (1898).
   ミヅトラノヲ　　　　全北。

9) Elscholtzia cristata, *Willdenow* Species plantarum III. p. 59 (1800).
   a) f. ruderalis, *Komarov* Flora Manshuriæ III. p. 389 (1907).
   ナギナタカウジュ　　京畿、慶北、慶南、欝陵島。

   b) var. ramosa, *Nakai* in Tokyo Botanical Magazine XXXV. p. 172
   (1921).
   ハナナギナタカウジュ　　済州島、全南、平北。

   c) f. minima, *Nakai* l.c.
   ヒメナギナタカウジュ　　済州島。

   d) var. saxatilis, (*Komarov*) *Nakai* l.c.
   ホソバナギナタカウジュ　　平南、済州島。

   e) f. leucantha, *Nakai* l.c.
   ホソバナギナタカウジュ（白花品）　済州島。

10) Galeopsis bifida, *Benninghausen* Prodromus Floræ Monastriensis
    Westphalorum p. 178 (1821).

    var. emarginata, *Nakai* in Tokyo Botanical Magazine XXXV. p. 173
    (1921).

    イタチジソ   江原、平北、咸北。

11) Glechoma hederacea, *Linné* Species plantarum ed. 1. p. 578 (1753).

    var. longituba, *Nakai* in Tokyo Botanical Magazine XXXV. p. 173.
    (1921).

    カウライカキドウシ   咸南、平南、京畿、慶北、全北、南南。

12) Lamium album, *Linné* Species plantarum ed. 1. p. 578 (1753).

    エゾヲドリコサウ   咸北、咸南、江原。

13) Lamium amplexicaule, *Linné* Species plantarum ed. 1. p. 579 (1753).

    ホトケノザ   咸北、咸南、京畿、慶北、慶南、全
                             南、欝陵島、濟州島。

14) Lamium barbatum, *Siebold* et *Zuccarini* in Abhandlung der mathe-
    matische-physicalischen Klasse der Academien der Wissenschaf-
    ten zu Muenchen IV. 3. p. 158 (1846).

    ヲドリコサウ   咸北、全南、濟州島。

15) Lamium takesimense, *Nakai* Vegetation of Dagelet island p. 25 et 40
    (1919).

    タケシマヲドリコサウ   欝陵島。

16) Leonurus macranthus, *Maximowicz* Index plantarum Pekinensis in
    Primitiæ Floræ Amurensis p. 476 (1859).

    キセワタ   咸北、咸南、平北、黄海、江原、京
                             畿、慶北、全南、濟州島。

17) Leonurus sibiricus, *Linné* Species plantarum ed. 1. p. 584 (1753).

    メハヂキ   平北、平南、黄海、江原、京畿、慶
                             北、欝陵島、濟州島。

18) Lycopus angustus, *Makino* in Tokyo Botanical Magazine XI. p. 382
    (1897).

    ヒメシロネ   京畿、江原、慶南。

19) Lycopus coreanus, *Léveillé* in *Fedde* Repertorium VIII. p. 423 (1910).

    コシロネ   咸北、平北、京畿。

var. ramosissimus, (*Makino*) *Nakai* in Tokyo Botanical Magazine
XXXV. p. 176 (1921).

　　サルダヒコ　　　　　　　濟州島。

20) Lycopus lucidus, *Turczaninow* Catalogus plantarum Baicalensi-
Dahuriæ n. 910 (1838).

　　シロネ　　　　　　　　咸北、咸南、平北、江原、京畿、平
南、全南、濟州島。

21) Meehania urticifolia, (*Miquel*) *Makino* in Tokyo Botanical Magazine
XIII. p. 159 (1899).

　　ラシヨウモンカヅラ　　　咸北、咸南、江原、京畿、濟州島。

22) Marrubium incisum, *Bentham* Labiatarum genera et species p. 586
(1831-6).

　　シロバナホトケノザ　　　咸北、咸南、平南、慶北、京畿、全南。

23) Mentha haplocalyx, *Briquet* in natürliche Pflanzenfamilien IV. 3 a. p.
319 (1895).

　　ハツカ　　　　　　　　咸北、咸南、平北、平南、江原、京
畿、全南、濟州島。

var. barbata, *Nakai* in Tokyo Botanical Magazine XXXV. p. 178
(1921).

　　シラゲハツカ　　　　　咸北。

24) Mosla coreana, *Léveillé* in *Fedde* Repertorium IX. p. 248 (1911).

　　ホソバヤマジソ　　　　平南、黄海、全南。

25) Mosla grosse-serrata, *Maximowicz* in Mélanges Biologiques IX. p. 432.
(1874).

　　ミヅカウジ、ヒメハッカ　濟州島。

26) Mosla leucantha, *Nakai* in Tokyo Botanical Magazine XXXV. p. 179
(1921).

var. robusta, *Nakai* l.c.

　　タンナヤマジソ　　　　濟州島。

27) Mosla Orthodon, *Nakai* in Tokyo Botanical Magazine XXXV. p. 179
(1921).

　　ヤマジソ　　　　　　　全南。

28) Mosla punctata, (*Thunberg*) *Maximowicz* in Mélanges Biologiques IX.
p. 436 (1874).

イヌカウジュ　　　　　　　咸南、平北、平南、京畿、濟州島。

29) Nepeta Cataria, *Linné* Species plantarum ed. 1. p. 570 (1753).

イヌハッカ　　　　　　　　咸北、咸南。

30) Nepeta koreana, *Nakai* in Tokyo Botanical Magazine XXXI. p. 105
　　　(1917).

テウセンミゾガハサウ　　　咸北、咸南。

31) Phlomis koraiensis, *Nakai* in Tokyo Botanical Magazine XXXI. p.
　　　106 (1917).

ミヤマキセワタ　　　　　　咸北、咸南、平北。

32) Phlomis Maximowiczii, *Regel* in Acta Horti Petropolitani IX. p. 595.
　　　t. 10. f. 18 (1884).

オホバキセワタ　　　　　　咸北、咸南、平南、京畿、慶南、全
　　　　　　　　　　　　　　南、濟州島。

33) Plectranthus excisus, *Maximowicz* Primitiæ Floræ Amurensis p. 213
　　　(1859).

カメバヒキヲコシ　　　　　咸北、咸南、平北、平南、江原、京
　　　　　　　　　　　　　　畿、全南。

34) Plectranthus glaucocalyx, *Maximowicz* Primitiæ Floræ Amurensis p.
　　　214 (1859).

α. typicus, *Maximowicz* in Mélanges Biologiques IX. p. 426 (1874).

マンシウヒキヲコシ　　　　咸北、咸南、平南、京畿、江原。

β. japonicus, *Maximowicz* l.c.

ヒキヲコシ　　　　　　　　咸北、咸南、平北、京畿、濟州島。

35) Plectranthus inflexus, (*Thunberg*) *Vahl* apud *Bentham* Labiatarum
　　　genera et species p. 711 (1832–1836).

ヤマハッカ　　　　　　　　平北、平南、京畿、忠南。

var. macrophyllus, *Maximowicz* in Mélonges Biologiques IX. p. 425
　　　(1874).

オホバヤマハッカ　　　　　平南、京畿。

var. microphyllus, *Nakai* in Tokyo Botanical Magazine XXXV. p.
　　　183 (1921).

コバヤマハッカ　　　　　　慶南、濟州島。

var. canescens, *Nakai* in Tokyo Botanical Magazine XXXV. p. 191
　　　(1921).

シラゲヤマハッカ　　　　済州島。

36) Plectranthus serra, *Maximowicz* in Mélanges Biologiques IX. p. 428.

オホヒキヲコシ　　　　　咸北、咸南、平南、黄海、京畿、全
北、済州島。

37) Prunella vulgaris, *Linné* Species plantarum ed. 1. p. 600 (1753).

var. elongata, (*Douglass*) *Bentham* in *Alph. de Candolle* Prodromus
systematis naturalis regni vegetabilis XII. p. 411.

ウツボグサ　　　　　　咸北、咸南、平北、平南、京畿、慶
北、慶南、全南、済州島。

f. albiflora, *Nakai* in Tokyo Botanical Magazine XXXV. p. 192 (1921).

白花ウツボグサ　　　　京畿。

f. lilacina, *Nakai* Flora Koreana II. p. 148 (1911).

紅花ウツボグサ　　　　咸南。

38) Salvia chanryœnica, *Nakai* Flora Koreana II. p. 141. t. XVII. (1911).

テウセンアサギリ　　　慶北。

39) Salvia chinensis, *Bentham* Labiatarum genera et species p. 725.
(1832–36).

シナタムラサウ　　　　慶南、全南。

40) Salvia plebeia, *R: Brown* Prodromus Floræ Novæ Hollandiæ p. 501.
(1810).

ユキミサウ　　　　　　平南、咸南、京畿、慶北、済州島。

41) Satureia chinensis, (*Bentham*) *Briquet* in natürliche Pflanzenfamilien
IV. 3 a. p. 32.

クルマバナ　　　　　　咸北、咸南、平南、江原、京畿、慶
北、慶南、済州島、欝陵島。

42) Satureia multicaulis, (*Maximowicz*) *Nakai* in Tokyo Botanical
Magazine XXXV. p. 194 (1921).

トウバナ　　　　　　　済州島、欝陵島、莞島。

var. Fauriei, (*Léveillé* et *Vaniot*) *Nakai* l.c.

アラゲトウバナ　　　　済州島。

43) Scutellaria baicalensis, *Georgi* Geogr-physic. Beschr. Russ. Reich. III.
5. p. 1097 (1800).

ワウゴンサウ　　　　　咸北、平南、黄海、慶北。

44) Scutellaria dependens, *Maximowicz* Primitiæ Floræ Amurensis p. 217.
(1859).

　　ヒメナミキサウ　　　　　　咸北、咸南、京畿、全北。

45) Scutellaria Fauriei, *Léveillé* et *Vaniot* in *Fedde* Repertorium VIII. p.
401 (1910).

　　エダウチナミキサウ　　　　咸北、江原、全南、甫吉島、莞島、
　　　　　　　　　　　　　　　濟州島。

46) Scutellaria indica, *Linné* Species plantarum ed. 1. p. 600 (1753).

　　タツナミサウ　　　　　　　全南、慶南、所安島、濟州島。

47) Scutellaria insignis, *Nakai* in Tokyo Botanical Magazine XXIX. p. 2.
(1915).

　　ヒカゲナミキサウ　　　　　京畿。

48) Scutellaria Komarovi, *Léveillé* et *Vaniot* in *Fedde* Repertorium VIII.
p. 402 (1910 .

　　セイタカナミキサウ　　　　慶北。

49) Scutellaria moniliorhiza, *Komarov* Flora Manshuriæ III. p. 346. t.
IV. (1907).

　　ジュズ子ナミキサウ　　　　咸北。

50) Scutellaria Regeliana, *Nakai* in Tokyo Bot. Mag. XXXV. p. 197
(1921).

　　ナカバナミキサウ　　　　　咸北。

51) Scutellaria scordifolia, *Fischer* ex *Schrank* in Denkschr. Bot. Ges.
Regensb. II. p. 55 (1822).

var. pubescens, *Miquel* in Annales Musei Botanici Lugduno-Batavi
II. p. 110 (1865–66).

　　ナミキサウ　　　　　　　　咸北、咸南、京畿、江原、巨濟島、
　　　　　　　　　　　　　　　莞島、鳥島、濟州島。

52) Scutellaria ussuriensis, *(Regel) Kudo* Report Veg. Tomakomai Forest
p. 53 (1916).

var. typica, *Nakai* in Tokyo Bot. Mag. XXXV. p. 199 (1921).

　　モリタツナミサウ　　　　　咸北、咸南、全南。

f. alpina, *Nakai* l.c.

　　ミヤマタツナミサウ　　　　江原。

var. transitica, *(Makino) Nakai* l.c.

やまたつなみさう　　　　　平北、咸南、平南、慶北。

53) Stachys baicalensis, *Fischer* ex *Bentham* Labiatarum Genera et Species
  p. 543 (1832–6).

 var. hispida, (*Ledebour*) *Nakai* in Tokyo Botanical Magazine XXXV.
  p. 46 (1920).

えぞいぬごま　　　　　　　咸北。

 var. hispidula, (*Regel*) *Nakai* l.c.

いぬごま　　　　　　　　　咸北、平北。

 var. japonica, (*Miquel*) *Komarov* Fl. Manshuriæ III. p. 371 (1907).

てうせんいぬごま　　　　　咸北、平北、平南、江原、京畿、慶
        北、忠南、全南、濟州島。

54) Stachys Imaii, *Nakai* in Tokyo Botanical Magazine XXVI. p. 169
  (1912).

びろうどちょろぎ　　　　　平南。

55) Teucrium brevispicatum, *Nakai* in Tokyo Bot. Mag. XXXV. p. 201
  (1921).

てうせんにがくさ　　　　　咸北。

56) Teucrium japonicum, *Willdenow* Species Plantarum III. p. 23 (1800).

にがくさ　　　　　　　　　江原、慶北、京畿、濟州島。

57) Teucrium stoloniferum, *Roxburgh* Hortus Bengalensis p. 44 (1818).

 a. typica, *Maximowicz* in Mélanges Biologiques IX. p. 425 (1876).

こつるにがくさ　　　　　　慶南、濟州島。

58) Teucrium veronicoides, *Maximowicz* in Mélanges Biologiques XI. p.
  826 (1876).

えぞにがくさ　　　　　　　咸北、濟州島。

59) Thymus Przewalskii, (*Komarov*) *Nakai* in Tokyo Bot. Mag. XXXV.
  p. 202 (1921).

みねじゃこうさう　　　　　咸北、咸南、江原、慶北、濟州島。

 var. magnus, *Nakai* l.c.

いはじゃこうさう　　　　　欝陵島。

右ノ中みねじやこうさうトいぶきじやこうさうトノミハ小木本植物ナリ、
1911 年余ハみねじゃこうさうヲ Thymus Serpyllum var. vulgare トシテ
Flora Koreana 第二卷ニ記シ、次デ 1918 年ニ金剛山植物調査書ニハ
Thymus Serpyllum トシテ記セリ、當時ハみねじやこうさうハ皆此學名

ノモノトシアリシ爲ナリ、又1919年欝陵島植物調査書ニモ同種ヲ記セ
シガ之ハいはじやこうさうニ改ムベキモノトス。

本科植物中觀賞用トナルモノニハ

Ajuga spectabilis	こうりやうさう(花菫色)。
Dracocephalon argunense	むしゃりんどう(花碧紫色)。
Meehania urticifolia	らしようもんかづら(〃)。
Salvia chanryoenica	てうせんあきぎり(花黄色)。
Scutellaria baicalensis	わうごん(花碧紫色)。
S. insignis	ひかげなみきさう(〃)。

等アリ、藥用ニハ

かはみどり	嫩葉ヲ食ヒ驅蟲ノ用ニス。
はつか	Menthol ヲ採ル。
いぬはつか	同上
うつぼくさ	滁州夏枯草ト云ヒ婦人産後ニ內服ス。
おほばきせわた	續斷ト云ヒ根ハ打身ニ效アリ。
めはじき	益母草ト云ヒ莖葉ハ苦味ニ富ミ胃腸藥トス。
しろね	澤蘭ト云ヒ莖葉ヲ煎出シテ飲メバ大小便ヲ通ジのぼせヲ治ス。
わうごんさう	黃芩ト云フ、根ノ煎出腋ヲ內服シ發汗下熱ニ用フ。

等アリ。

(三)　朝鮮產唇形科木本植物ノ分類

唇　形　科

Labiatæ.

草本、半灌木又ハ灌木稀ニ喬木、莖ハ通例四角、葉ハ對生又ハ輪生、
單葉、托葉ナシ、花ハ頂生又ハ腋生ノ岐繖花序、穗狀花序又ハ總狀花序
ヲナス、萼ハ 4-5 齒アリ、5 脈又ハ 10 脈乃至 20 脈ヲ具ヘ通例兩唇アリ、
花冠ハ歪形又ハ整正、白色、紫色、薔薇紅色、緋紅色、碧色等アリテ多
クハ兩唇ヲ具フ、雄蕊ハ四個二强又ハ退化シテ二個トナル、葯ハ離生又
ハ癒着シ 1-2 室、排列ハ種々アリ、子房ハ四分又ハ四叉ス、花柱ハ單一、
子房ノ基脚又ハ頂ヨリ生ズ、柱頭ハ二叉ス、卵子ハ子房ノ各室ニ一個宛

直生又ハ傾生、果實ハ乾果、胚乳ハ少キカ又ハ全然ナシ、子葉ハ幼根ニ平行又ハ對生。

世界ニ百六十屬三千餘種アリ、就中二十五屬五十九種ハ朝鮮ニ産ス。

Labiatæ, *Jussieu* Genera Plant. p. 110 (1789). *Persoon* Syn. Pl. II. i. p. 109 (1806). *R. Brown* Prodr. Fl. Nov. Holl. p. 499 (1810). *Humboldt Bompland* et *Kunth* Syn. Pl. II. p. 68 (1823). *Bartling* Ordines Nat. p. 180. *Lindley* Nat. Syst. ed. 2. p. 275 (1836). *Endlicher* Gen. Pl. p. 607. *Bentham* in *Alph. de Candolle* Prodr. XII. p. 27 (1848). *Briquet* in Nat. Pflanzenf. IV. 3a. p. 183 (1895). *Schneider* Illus. Handb. Laubholzk. II. p. 597.

Lamiaceæ, *Lindley* Veg. Kingd. ed. 3. p. 659 (1853).

Labiatæ, *Endlicher* siċ *Bentham* et *Hooker* Gen. Pl. II. 2. p. 1160.

Verticillatæ, *Linné* Prælectiones in ordines naturales plantarum p. 42 (1792).

Herbæ v. suffrutices v. frutices v. rarissime arbores. Caulis sæpe tetragonus. Folia opposita v. verticillata simplicia. Stipullæ nullæ. Flores terminales v. axillares cymosi v. spicati v. racemosi. Calyx 4–5 dentatus, nervis 5 v. 10–20 plerumque bilobus. Corolla zygomorpha v. actinomorpha alba v. purpurea v. rosea v. coccinea v. cærulea sæpe bilabiata. Stamina 4 didynama v. abortive 2. Antheræ liberæ v. conniventes 1–2 loculares varie dispositæ. Ovarium 4-partitum v. 4-fidum. Styli simplices e basi ovarii v. apice evoluti. Stigmata bifida. Ovula in loculis ovarii solitaria orthotropa v. anatropa. Fructus exsiccatus. Albumen parcum v. nullum. Cotyledones incumbentes v. accumbentes.

Circ. 160 genera et 3000 species in totas regiones orbis expansa, inter eas genera 25 species 59 in Corea indigena.

いぶきじやかうさう屬

半灌木又ハ小灌木、分岐多シ、葉ハ對生、腺點アリ、托葉ナシ、輪繖花序ハ密生又ハ疎生ス、小苞ハ小ナリ、蕚ハ 10–13 脈兩唇アリ、背唇ハ三齒腹唇ハ二個ノ針狀ノ裂片ニ分ル、花筒ハ通例潜在稀ニ抽出、花冠ノ開出部ハ兩唇ニ分レ背唇ハ二齒、腹唇ハ三裂片ニ分ル、雄蕋ハ四個二强腹面ノモノハ長シ、葯ハ二室、葯室ハ平行又ハ開出ス、柱頭ハ二叉ス、核果ハ卵形滑ナリ。

北阿、歐亞、北米ニ亘リ 35 種ヲ產ス。

Thymus, *Tournefort* Instit. rei Herb. p. 196 t. 93 (1700). *Persoon* Syn. Pl. II. 1. p. 130 (1806). *Endlicher* Gen. Pl. p. 617. n. 3610 (1836–40). *G. Don* Gard. Dict. IV. p. 767 (1838). *Bentham* in *Alph. de Candolle* Prodr. XII. p. 197 (1848). *Bentham* et *Hooker* Gen. Pl. II. 2. p. 1186 (1876). *Ledebour* Fl. Ross. III. p. 344 (1847–49). *Briquet* in nat. Pflanzenf. IV. 3a. p. 311 (1895).

Suffrutex v. fruticulus ramosus. Folia opposita glanduloso-punctata ex-stipullata. Verticillastri congesti v. distantes. Bracteolæ minutæ. Calyx 10–13 nervius 2-labiatus, labio dorsale 3-dentato, ventre subulato-bidentato. Corollæ tubus vulgo inclusus rarius exertus, limbo bilabiato, labio posteriore bilobato, anteriore trilobulato. Stamina 4 didynama ventralia longiora. Antheræ biloculares loculis parallelis v. divergentibus. Stigma leviter bifidum. Nuculeæ ovoideæ læves.

Ultra 30 species in Europa, Africa bor., Asia et America sept. incolæ.

みねじゃかうさう
(第 十 三 圖)

小灌木、莖ハ木質ニシテ基部ハ直徑 2-5 粍許アリ、分岐多ク横ニ擴ガル、花ヲ附クル枝ハ傾上又ハ直立ス、葉ハ短柄ヲ具ヘ卵橢圓形又ハ廣披針形又ハ披針形無毛又ハ葉柄ノ緣ニ白色ノ微毛アリ、表面ハ綠色、裏面ハ淡綠色兩面ニ腺凹點アリテ香氣ニ富ム、先端ハ尖ルカ又ハ微鈍形、基脚ハ銳尖又ハ漸尖、緣ハ全緣稀ニ 1-2 個ノ波狀ノ鋸齒アリ、花ハ密生又ハ疎生シ往々穗狀樣トナル、小花梗ハ細ク小サキ白毛密生ス、萼ハ十脈アリテ半迄ニ裂シ上唇ハ外曲シ銳キ三齒ニ分レ下唇ハ針狀ニ二分シ羽狀ニ白毛生ズ、萼筒ノ口ニ白毛密生ス、花冠ハ桃色長サ 7-9 粍外面ニ微毛ト腺點トアリ、內面ニ毛アリ、上唇ハ短ク二叉シ、下唇ハ丸ク三叉ス、雄蕊ハ四個上方ノ二本ハ短シ、葯ハ二室、花柱ハ雄蕊ヨリモ長キカ又ハ雄蕊ト同長ナリ、核果ハ小ニシテ暗褐色ナリ。

濟州島漢拏山、江原道金剛山及ビ狼林山脈、鷲峯山脈、長白山脈等北部ノ高山ニ生ズ。

（分布） 本島、北海道、樺太、烏蘇利。

一種欝陵島ニ產スルハ莖太ク基脚ハ直徑 7-10 粍、葉ハ長サ 15 粍幅 10 粍、花ハ長サ 10 粍ニ達ス、之ヲ **いはじゃかうさう** (第十四圖) ト云フ。

Thymus Przewalskii, (*Komarov*) *Nakai* (Tab. XIII).
in Tokyo Botanical Magazine XXXV. p. 202 (1921).

T. Serpyllum var. Przewalskii, *Komarov* Fl. Mansh. III. p. 379.

T. Serpyllum, *Linné* var. ibukiensis, *Kudo* in Journ. College Sci. Tokyo XLIII. art. 8. p. 40. Tab. II. f. 26 (1921).

T. Serpyllum, *Linné* var. vulgaris, *Bentham* sic *Miquel* in Ann. Mus. Bot. Lugd. Bat. II. p. 106 (1865–6). *Franchet* et *Savatier* Enum. Pl. Jap. I. p. 367 (1875). *Yabe* in Tokyo Bot. Mag. XVII. p. 25. *Matsumura* Ind. Pl. Jap. II. 2. p. 552 p.p. (1912). *Nakai* Fl. Kor. II. p. 152. (non *Bentham*).

T. Serpyllum, *Linné* var. vulgaris, *Ledebour* sic *Maximowicz* Prim. Fl. Amur. p. 217 (1859). *Regel* Tent. Fl. Uss. p. 116. n. 382 (1861). (non *Bentham*).

T. Serpyllum, (non *Linné*) *Fr. Schmidt* Fl. Amg-Burej. p. 58. n. 300 (1868). *Komarov* Fl. Mansh. III. p. 377.

Fruticulus. Caulis lignosus basi 2–5 mm. crassus ramosus, ramis floriferis erectis v. ascendentibus, ceteris procumbentibus parce v. crebrius recurvo-ciliatis. Folia brevipetiolata ovato-oblonga v. late lanceolata v. lanceolata glaberrima v. margine petiolorum albo-ciliata supra viridia infra pallida utrinque impresso-glanduloso-punctulata suaveolentia apice acuta v. obtusiuscula basi acuta v. attenuata, margine integerrima rarissime repando-1–2 dentata. Flores compacti v. laxiusculi interdum subspicati. Pedicelli gracillimi dense minute albo-ciliati. Calyx 10-nervius ad medium bifidus, lobis inferioribus setaceis pinnatim albo-ciliatis, superioribus recurvis argute trisectis, tubo extus glaberrimo glanduloso-punctulato intus fauce albo-barbato. Corolla carnea 7–9 mm. longa extus ciliata glanduloso-punctulata intus ciliolata, lobis inferioribus trilobatis obtusis superioribus breve bilobatis rectis. Stamina 4 didynama, superiora 2 breviora, omnia glaberrima, antheris bilocularibus. Styli staminibus longioribus subæquilongi v. paulum longiores. Nuculeæ minimæ atro-fuscæ.

Nom. Jap. Mine-jakōsō.

Hab. Quelpært (in summo montis Hallasan) et Corea (montibus Kongosan et alpinis borealis partis).

Distr. Hondo, Yeso, Sachalin et Ussuri.

var. **magnus,** *Nakai.* (Tab. XIV). l. c.

Thymus Serpyllum, (non *Linné*) *Nakai* Veg. Dagelet Isl. p. 25 n. 308 (1919).

Fruticulus. Caulis robustior basi 7–10 mm. crassus. Folia majora 15 mm. longa 10 mm. lata. Flores 10 mm. longi.

Nom. Jap. Iwa-jyakôsō.

Hab. in rupibus et planis insulæ Dagelet.

This is one of the series of varieties to be met with in East Asia which extend thence throughout North-Asia, Europe and North America, and which are intimately related that many authors regarded them as belonging to the true Thymus serpyllum. Still this is distinguished from T. serpyllum with its stout ligneous stems and bigger flowers, and so, not only from the botanical standpoint but from the distributive point of view it is convenient to distinguish from T. Serpyllum. To the type of T. Serpyllum which grows at Upsala this seems not to have any relations, for that one is very small and villous plant. The glabrescent and round-leaved form of ours approaches more to Thymus Chamædrys var. nummularius and, the slenderer form to T. Serpyllum of Europæan Alps.

茄 科

SOLANACEAE

（一）主要ノ参考書類

<table>
<tr><td>著者名</td><td>書名</td></tr>
<tr><td>G. Don</td><td>Solanaceæ excl. trib. Nolanaceæ in the Gardner's Dictionary IV. p. 397–479 (1838).</td></tr>
<tr><td>F. Dunal</td><td>Solanaceæ in Alph. de Candolle Prodromus systematis naturalis regni vegetabilis XIII. 1. p. 1–690 (1852).</td></tr>
<tr><td>S. Endlicher</td><td>Solanaceæ in Genera Plantarum p. 662–669 (1836–40).</td></tr>
<tr><td>J. Lindley</td><td>Solanaceæ in Vegetable Kingdom ed. 3. p. 618–622 b. (1853). Solanaceæ in natural system of Botany ed. 2. p. 293–295 (1836).</td></tr>
<tr><td>G. Bentham et J. D. Hooker</td><td>Solanaceæ in Genera plantarum II. 2. p. 882–913 (1876).</td></tr>
<tr><td>R. v. Wettstein</td><td>Solanaceæ in die natürlichen Pflanzenfamilien IV. 3b. p. 4–38 (1891).</td></tr>
<tr><td>C. K. Schneider</td><td>Lycium in Plantæ Wilsonianæ III. 2. p. 385–386 (1916) et Illustriertes Handbuch der Laubholzkunde II. p. 609–614 (1911).</td></tr>
<tr><td>A. Rehder</td><td>Lycium in Bailey Standard Cyclopedia of Horticulture p. 1929–1931 (1916).</td></tr>
</table>

（二）　朝鮮産茄科植物研究ノ歴史

1890 年 W. B. Hemsley ガ Journal of Linnæan Society 二十六巻ニ

Scopolia japonica　　　　　はしりどころ

Physalis Alkekengi　　　　　ほほづき

ノ二種ガ朝鮮ニアルヲ報ジ

1900 年 J. Palibin 氏ハ Conspectus Floræ Koreæ 第二巻ニ

Solanum nigrum,	いぬほほづき
Physalis Alkekengi	ほほづき
Datura Stramonium	てうせんあさがほ
Scopolia japonica	はしりどころ

ノ四種ガ朝鮮ニアルヲ記セリ。

1907 年 *V. Komarov* 氏ハ Flora Manshuriæ 第三卷ニ

Physalis Alkekengi	ほほづき
Chamæsaracha japonica	いがほほづき
Datura Stramonium	てうせんあさがほ

ガ北鮮ニアルヲ報ジ

1908 年 *Léveillé Vaniot* 兩氏ハ Le Monde des Plantes ニ濟州島ニ

Physalis Fauriei

Solanum anodontum

ナル二新種アルヲ記セシガ前者ハ Physalis angulata　せんなりほほづき ニシテ後者ハ Tubocapsicum anomalum はだかほほづきナリ。

1911 年余ハ Flora Koreana 第二卷ニ

Physalis Alkekengi	ほほづき
Physalis minima	ひめせんなりほほづき
Physalis Fauriei	
Capsicum longum	とうがらし　（栽培品）
Chamæsaracha japonica	いがほほづき
Nicotiana tabacum	たばこ　　（栽培品）
Hyoscyamus niger	ひよす
Datura Stramonium	てうせんあさがほ
Lycium chinense	くこ
Solanum nigrum	いぬほほづき
Solanum Dulcamara v. ovatum	まるばのほろし
Solanum lyratum	ひよどりじょうご
Solanum anodontum	

ノ13種ヲ記セシモ其中 Solanum anodontum ト Physalis Fauriei トハ前記 ノ如ク、　いがほほづきノ學名ハ Physaliastrum echinatum ニ改ムベク、 まるばのほろしハ Solanum japonense やまほろしニ改ムベシ。

1912 年 *Dunn* 氏ハ Kew Bulletin ニはしりどころノ一變種 var. parvi-flora ヲ記セリ。

1915 年余ハ濟州島ノ一植物トシテ Physalis repens, *Nakai* ヲ記セリ、以上ニ依リ朝鮮ニ自生スル茄科植物ハ次ノ 12 種トナル。

1) Datura Stramonium, *Linné* Sp. Pl. p. 179 (1753).

   てうせんあさがほ　　　　　　濟州島、全南、京畿、咸南。

2) Hyoscyamus niger, *Linné* Sp. Pl. ed. 1. p. 179 (1753).

   ひよす　　　　　　　　　　　京畿、平南、咸南、咸北。

3) Lycium chinense, *Miller* The Gardner's Dictionary ed. 8. n. 5 (1768).

   くこ　　　　　　　　　　　　濟州島、全南、全北、忠北、京畿。

4) Physaliastrum echinatum, (*Yabe*) *Makino* in Tokyo Bot. Mag. XXVIII p. 21. (1914).

   いがほほづき　　　　　　　　濟州島、莞島。

5) Physalis Alkekengi, *Linné* Sp. Pl. ed. 1. p. 183 (1753).

   ほほづき　　　　　　　　　　濟州島、全南、慶南、京畿、咸南。

6) Physalis angulata, *Linné* Sp. Pl. ed. 1. p. 183 (1753).

   せんなりほほづき　　　　　　濟州島、京畿。

7) Physalis minima, *Linné* Sp. Pl. ed. 1. p. 183 (1753).

   ひめせんなりほほづき　　　　黄海。

8) Physalis repens, *Nakai* in Tokyo Bot. Mag. XXIX p. 3 (1915).

   はひせんなりほほづき　　　　濟州島。

9) Solanum japonense, *Nakai* sp. nov.

   Syn. S. Dulcamara var. heterophyllum, *Makino* in Tokyo Bot. Mag. XXIV. p. 19 (1910).

   やまほろし　　　　　　　　　欝陵島、全南。

10) Solanum lyratum, *Thunberg* Fl. Jap. p. 92 (1784).

   ひよどりじようご　　　　　　濟州島、欝陵島、全南、全北、慶南、慶北、京畿。

11) Solanum vulgare, *Linné* Sp. Pl. ed. 1. p. 186 (1753).

   Syn. Solanum nigrum, *Linné* l.c. p.p. et auct. plur.

   　　S. vulgatum, *Linné* Sp. Pl. ed. 2. p. 266 (1762).

   いぬほほづき　　　　　　　　欝陵島、濟州島、京畿、平南、平北。

12) Tubocapsicum anomalum, *Makino* in Tokyo Bot. Mag. XXII. p. 19 (1908).

   はだかほほづき　　　　　　　濟州島、甫吉島、莞島。

Scopolia japonica 及ビ var. parviflora ハ余未ダ其標本ヲ見ズ、暫ク之ヲ除ク、右ノ十二種中本植物ハくこノミ。

(三)　朝鮮產茄科植物ノ効用

くこハ枸杞ト書ク、珍島ノ畑地ニ栽培スルモノハ原價一斤一圓五十錢以上六七圓ナリ。强腎劑トシテ知ラル。

ひよすハ花莖ヨリ Hyoscyamin, Scopolamin ヲ採リ、種子ヨリハ Atropin ヲ採リ有名ナル藥料植物ナリ。

てうせんあさがほハ花莖ヨリハ Hyoscyamin ヲ、種子ヨリハ Atropin ヲ採ル。

ほほずきノ全植物ハ Physalin ト云フ苦キ アルカロイドヲ含ミ、果實ハ漢法ニ酸漿ト云ヒテ利尿藥トス、又民間ニハ其果實ノ蔕ヲ黑燒トシ粉末ニシテ服用シ咳ヲ治ス。

ひよどりじょうごノ果實ハ成熟シタルモノハ凍傷ニ附ケテ奇効アリ、賞觀用ニハほほづき、はだかほほづき(果實)、てうせんあさがほ(花)等アリ。

(四)　朝鮮產茄科木本植物ノ分類

茄　　科

Solanaceæ.

草本、半灌木、灌木又ハ小喬木、刺アルモノ多シ、葉ハ互生、單葉托葉ナク、全緣又ハ鋸齒又ハ缺刻アリ往々羽狀ニ分叉ス、芽ニハ鱗片ナシ。花序ハ腋生又ハ頂生又ハ節間ニ生ジ岐繖花序、總狀花序又ハ繖房花序又ハ繖形花序又ハ圓錐花叢ヲナシ又ハ獨生ス、萼ハ 5(4-6) 齒又ハ 5(4-6)裂アリ、花後成長シテ囊狀トナリ又ハ果實ニ癒着シ共ニ生長ス、永存性又ハ脫落ス。花冠ハ合瓣、輻狀又ハ鐘狀又ハ漏斗狀、裂片ハ 5 (4-10) 個鑷合狀又ハ覆瓦狀ニ排列ス。雄蕋ハ 5(4-6) 個花筒ニ附ク、瓣ハ二室、內向往々相癒合ス、子房ハ二室ナレ共後生的膜壁ニ依リ 3-5 室トナル。各室ニ多數ノ卵子ヲ藏ス、花柱ハ頂生、柱頭ハ分叉セザルモノト數裂片トナルモノトアリ、果實ハ核果樣又ハ蒴又ハ漿果、種子ニ胚乳アリ、胚ハ胚乳ノ間ニアリテ種皮ニ近ク屈曲ス、幼根ハ下向。

主トシテ熱帶產ニシテ世界ニ七十五屬千六百餘種アリ。

Solanaceæ, *Persoon* Syn. Pl. I. p. 214 (1805). *Bartling* Ordines naturales plantarum p. 193 (1830). *Endlicher* Gen. Pl. p. 662 (1836–40). *Lindley* Nat. Syst. ed. 2. p. 293 (1836). *G. Don* Gard. Dict. IV. p. 397 (1838). *Dunal in Alph. de Candolle* Prodr. XIII. i. p. 1. excl. Nolanaceæ (1852). *R. v. Wettstein* in natürl. Pflanzenf. IV. 3b. p. 4 (1891). *Lindley* Veg. Kingd. ed. 3. p. 618 (1853). *Bentham* et *Hooker* Gen. Pl. II. 2. p. 882 (1876).

Lurideæ, *Linné* Prælectiones in ordines naturales plantarum ed. *G. Giseke* excl. gen. p. 384 (1792).

Solaneæ, *Bernard de Jussieu* e Lyon apud *Antoine Laurant Jussieu* Gen. Pl. p. 124 (1789). *R. Brown* Prodr. Fl. Nov. Holland. p. 443 excl. gen. (1810). *Humbold Bompland* et *Kunth* Syn. Pl. II. p. 146 (1823).

Cestraceæ, *Lindley* Nat. Syst. ed. 2. p. 293 et 296.

Herbæ v. suffrutices v. frutices v. arbusculæ sæpe aculeatæ. Folia alterna simplicia exstipullata integra v. serrata v. sinuata v. pinnatisecta. Gemmæ nudæ. Inflorescentia axillaris v. terminalis intraxillaris, cymosa v. racemosa v. umbellata v. paniculata v. flores solitarii. Calyx 5 (4–6) dentatus v. partitus, post anthesin sæpe vesiculosim accrescens, persistens v. deciduus. Corolla gamopetala rotata v. campanulata v. infundibularis v. hypocrateriformis, limbis 5 (4–10) æstivatione valvatis v. imbricatis. Stamina 5 (4–6) corollæ tubo affixa. Antheræ introrsæ biloculares interdum connatæ. Ovarium biloculare sed septis secundariis in 3–5 loculare variat, loculis ∞-spermis. Stylus terminalis. Stigma indivisum v. lobatum. Fructus drupaceus v. capsularis v. baccatus. Semina albuminosa. Embryo intra albumen fere periphæricus arcuatus, hemicyclicus v. spiralis. Radicula infera.

Genera 75 et species supra 1600 præcipue in regionibus tropicis incolæ, inter eas genera 7 species 12 in Corea indigena.

〈 こ 屬

灌木又ハ小喬木、葉ハ互生、單葉、全緣、扁平稀ニ圓筒狀、花ハ一個宛又ハ二三個宛腋生又ハ頂生、又ハ繖形稀ニ繖房花序ヲナス、萼ハ5 (3–4) 齒アリ、花冠ハ筒狀又ハ漏斗狀、裂片ハ 5–10 個殆ンド同大ニシテ蕾ニテハ相重ナル、雄蕊ハ 5 個內潛又ハ抽出、葯ハ縱裂ス、花柱ハ單一、漿果ハ二室、種子ハ多數アリ。

暖帶及び熱帶ニ産シ約七十種アリ。

Lycium, *Linné* Gen. Pl. p. 103 n. 262 (1737) et Sp. Pl. ed. 1. p. 191 **(1753).** *Gærtner* Fruct. et Sem. II. p. 242. t. 32. f. 2 (1791). *Endlicher* Gen. Pl. p. 667. *G. Don* Gard. Dict. IV. p. 457. *Dunal in Alph. de Candolle* Prodr. XIII. i. p. 508 (1852). *Bentham et Hooker* Gen. Pl. II. 2. p. 900 (1876). *Wettstein* in nat. Pflanzenf. IV. 3 b. p. 13 (1891).

Lycium, *Humboldt, Bonpland* et *Kunth* sic *Schlechtendal* in Linnæa VII. p. 68 (1832).

Jasminodes, *Nissole* in Act. Gall. 1711. *Micheli* Nov. Pl. genera p. 224. t. 105 (1729).

Frutices v. arbusculi. Folia alterna simplicia integerrima plana interdum crassa subteretia. Pedunculi axillares v. terminales solitarii v. gemini v. umbellati rarius corymbosi. Calyx 5 (3–4) dentatus. Corolla tubulosa v. infundibularis, limbis 5–10 subæqualibus imbricatis. Stamina 5 inserta v. exerta. Antheræ longitudine dehiscentes. Stylus simplex. Bacca bilocularis. Semina plura.

Circ. 70 species in regionibus calidis incolæ.

く こ

ククイチャナム、コイチョッナム、クイチャ、（朝鮮）

（第 十 五 圖）

灌木無刺又ハ有刺、莖ハ簇生シテ擴ガリ帶白色無毛、葉ハ帶卵披針形又ハ倒披針形基脚ハトガリ通例寄生物ノ爲メニ白色トナル、無毛、短枝ニテハ數枚簇生ス、花梗ハ腋生一個又ハ三個宛出ヅ、萼ハ五齒アリ、花冠ノ筒部ハ白色、裂片ハ紫色又ハ菫紫色、花絲ハ白色ニシテ基部ニ白毛密生ス、葯ハ抽出ス、子房ハ二室卵形、漿果ハ卵形又ハ長卵形又ハ紡錘狀紅熟シ食シ得。

京畿道以南濟州島迄分布シ特ニ珍島ニテハ多ク畑地ニ栽培ス。

（分布） 滿洲、支那、日本。

Lycium chinense, *Miller* (Tab. XV.).

The Gardner's Dictionary ed. VIII. n. 5 (1768). *La Marck* Tabl. t. 112. f. 2. *Roemer* et *Schultes* Syst. Veg. IV. p. 693. excl. Syn. *G. Don* Gard. Dict. IV. p. 458 (1838). *Dunal in Alph. de Candolle* Prodr. XIII. i. p. 510. *Loudon* Arb. et Frutic. III. p. 1271 f. 1110–1111. *Lavallée* Arb. et Arbris.

p. 181 (1877). *Dippel* Handb. Laubholzk. I. p. 25. f. 11. *Hemsley* in Journ. Linn. Soc. XXVI. p. 175. *Miquel* Prol. Fl. Jap. p. 282. *Franchet* et *Savatier* Enum. Pl. Jap. I. p. 341. *Matsumura* et *Hayata* Enum. Pl. Form. p. 374. *Schneider* Illus. Handb. Laubholzk. I. p. 611. fig. 394. f–g. fig. 395 f–k (1911) et in Pl. Wils. VIII. p. 385 (1916). *Nakai* Fl. Kor. II. p. 112. *A. Rehder* in *Bailey* Stand. Cyclop. p. 1930. f. 2229. *Bean* Trees and Shrubs ed. 2. II. p. 61. (1919).

L. barbatum, (non *Linné*) *Thunberg* Fl. Jap. p. 94.

L. barbatum var. chinense, *Aiton* Hort. Kew. I. p. 257 (1789).

L. megistocarpum, *Dunal* in *Alph. de Candolle* Prodr. XIII. i. p. 510.

L. ovatum, *Loiseleur* Traité des arbres fruitiers I. p. 117 (1801). *Persoon* Syn. Pl. I. p. 232 (1805).

L. Trevianum, *Roemer* et *Schultes* Syst. Veg. IV. p. 693. *G. Don* Gard. Dict. IV. p. 458. *Loudon* Arb. et Frut. III. p. 1270.

L. turbinatum, *Loiseleur* l.c. p. 119. t. 31. *Walpers* Repert. III. p. 107.

Frutex inermis v. spinosus. Ramus virgatus diffusus albidus glaber. Folia ovato-lanceolata v. oblanceolata basi attenuata sæpe glaucescentia glabra sæpe fasciculata. Pedunculi axillares uniflori sæpe terni. Calyx 5-dentatus. Corolla tubo albo, limbis purpurascentibus v. violascentibus patentibus. Filamenta alba filiformia basi barbata. Antheræ exertæ. Ovarium biloculare ovatum. Bacca rubra ovata v. ovato-oblonga edulis.

Nom. Jap. Kuko.

Nom. Cor. Kuja v. Kukuichanam v. Koichot'nam.

Hab. e prov. Keiki usque ad Quelpært.

Distr. Japonia, Manshuria et China.

玄参科

RHINANTHACEAE
SCROPHULARIACEAE

(一) 主要ナル參考書類

著者名	書名
G. Don	The Gardner's Dictionary IV. p. 216 et p. 500–627 (1838).
G. Bentham	Revisio generum Scrophulariacerum in Botanical Register VIII sub tab. 1770. 7 pages (1835).
	Scrophulariaceæ in *Alph. de Candolle* Prodr. Syst. naturalis regni vegetabilis X. p. 186–432 et p. 448–586 et p. 589–598.
G. Bentham et J. D. Hooker	Scrophulariaceæ in Genera Plantarum II. 2. p. 913–980 (1876).
J. Lindley	The Vegetable Kingdom ed. 3. p. 681–689 (1853).
Fr. de Siebold et J. G. Zuccarini	Paulownia in Flora Japonica I. p. 27–29 t. 10 (1835).
C. P. Thunberg	Bignonia tomentosa in Flora Japonica p. 252 (1784).
C. K. Schneider	Paulownia in Illustriertes Handbuch der Laubholzkunde II. p. 618. f. 400. a-f. (1911).

(二) 朝鮮產玄參科植物ノ種類ト利用法

本科植物ハ種數多ケレドモ桐ヲ除ク外ハ皆草本ナリ、既知種次ノ如シ。

1) Ambulia sessiliflora, (*Vahl*) *Baillon* apud *Wettstein* in natür. Pflanzenf. IV. 3 b. p. 73 (1891).

　　きくも　　　　　濟州島、全南、慶南、京畿、黃海、江原、平北、咸南。

2) Ambulia trichophylla, *Komarov* in Act. Hort. Petropolitani XVIII. p. 132 (1900).

　　こきくも　　　　慶南。

3) Centranthera Brunoniana, *Wallich* Catalogus n. 3882 (1831).

　　ごまくさ　　　　全北。

4) Dopatorium junceum, *Hamilton* in *Bentham* Scrophur. Ind. p. 31.
(1835).

あぶのめ　　　　　　　　済州島、慶南、京畿。

5) Euphrasia Maximowiczii, *Wettstein* Monographia Euphrasiæ p. 87. t.
III. f. 127–134. t. VII. f. 1.

たちこごめばな　　　　　慶南、忠北、平北、咸南、咸北。

6) Euphrasia multifolia, *Wettstein* Monographia Euphrasiæ p. 126 t. IV.
f. 178–184. t. XI. f. 3.

つくしこごめばな　　　　済州島。

7) Euphrasia tatarica, *Fischer* in *Sprengel* systema Vegetabilium II.
p. 777 (1825)

だつたんこごめばな　　　咸南、

8) Gratiola adenocaula, *Maximowicz* in Mélanges Biologiques XII. p. 765.

まるばのさはとうがらし　済州島。

9) Gratiola japonica, *Miquel* in Annales Musei Botanici Lugduno-Batavi
II. p. 117. (1866).

おほあぶのめ　　　　　　済州島。

10) Gratiola violacea, *Maximowicz* in Mélanges Biologiques IX. p. 407.
(1874)

さはとうがらし　　　　　済州島、慶南、京畿、江原、咸南。

11) Limnosella aquatica, *Linné* Species Plantarum ed. 1. p. 631. (1753).

きたみさう　　　　　　　京畿。

12) Linaria japonica, *Miquel* in Annales Musei Botanici Lugduno-Batavi
II. p. 115. (1866).

うんらん　　　　　　　　咸南、咸北。

var. geminiflora, (*Fr. Schmidt*) *Nakai* Flora Koreana II. p. 117.
(1911).

おほばうんらん　　　　　咸北。

13) Linaria vulgaris, *Miller* Gardner's Dictionary ed. VIII. n. 1. (1768).

りなりあ　　　　　　　　京畿、平北。

14) Lindernia angustifolia, *Wettstein* in natürlichen Pflanzenfamilien IV.
3 b. p. 79. (1891).

あぜとうがらし　　　　　済州島、京畿。

15) Lindernia crustacea, (*Linné*) *Ferd. Mueller* Census p. 97. (1882).
うりくさ　　　　　　　　済州島。

16) Lindernia pyxidaria, *Allioni* Flora Pedemontana III. p. 178. (1785).
あぜな　　　　　　　　済州島、慶南、京畿、平南、平北、
　　　　　　　　　　　咸南。

17) Mazus japonicus, (*Thunberg*) *O Kuntze* Revisio Gen. Pl. II. p. 462.
　　　(1891).
ときはがぜ　　　　　　済州島、慶南、全北、慶北、京畿、
　　　　　　　　　　　平北、咸南、咸北。

18) Mazus stachydifolius, *Maximowicz* in Mélanges Biologiques IX. p.
　　　404.
たちさぎごけ　　　　　慶北、平南。

19) Melampyrum japonicum, (*Franchet* et *Savatier*) *Nakai* mss. apud
　　　Matsumura Ind. Pl. Jap. II. 2. p. 564. (1912).
ままこな　　　　　　　慶南、絶影島、所安島、済州島、江
　　　　　　　　　　　原。

20) Melampyrum latifolium, *Nakai* in Tokyo Botanical Magazine XXXI.
　　　p. 107. (1017).
ひかげままこな　　　　江原、咸南。

21) Melampyrum ovalifolium, *Nakai* in Tokyo Botanical Magazine XXIII.
　　　p. 9. (1909).
まるばままこな　　　　江原、咸南、咸北。

22) Melampyrum roseum, *Maximowicz* Primitiæ Floræ Amurensis p. 210.
　　　(1859).
つしまままこな　　　　全南、忠南、慶北、京畿、平南、平
　　　　　　　　　　　北、咸南、咸北、済州島。
　　　f. albiflorum, *Nakai* in Tokyo Botanical Magazine XXXI. p.
　　　108. (1917).

　　　　　　　　　　　済州島。

23) Melampyrum setaceum, *Nakai* in Tokyo Botanical Magazine XXIII.
　　　p. 9. (1909).
a. genuinum, *Nakai* l. c.
ほそばままこな　　　　慶南、京畿、咸南。

β. latifolium, *Nakai* l. c.

おほほそばままこな　　　　　江原、咸北。

γ. congestum, *Nakai* in Tokyo Botanical Magazine XXXI. p. 108.
　　(1917).

えだうちままこな　　　　　江原。

24) Microcarpæa muscosa, *R. Brown* Prodromus Floræ Novæ Hollandiæ
　　p. 436. (1812).

すずめのはこべ　　　　　済州島、慶南。

25) Mimulus inflatus, (*Miquel*) *Nakai* in Tokyo Botanical Magazine
　　XXXIII. p. 209. (1919).

みぞほほづき　　　　　済州島、慶南、京畿。

26) Mimulus tenellus, *Bunge* Enumeratio Plantarum quas in China boreali
　　collegit p. 49. (1831).

ひめみぞほほづき　　　　　京畿、平北、咸南。

27) Omphalotrix longipes, *Maximowicz* Primitiæ Floræ Amurensis p. 209.
　　(1859).

こごめたつなみさう　　　　　咸北。

28) Paulownia tomentosa, (*Thunberg*) *Steudel* Nomenclatore ed. 2. II. p.
　　278. (1841).

きり　　　　　欝陵島。

29) Pedicularis amoena, *Adams* in *Steven* Monographia Pedicularis p. 25.
　　t. 7. (1822).

ゆきわりしほがま　　　　　欝州島。

30) Pedicularis grandiflora, *Fischer* in Memoires Soc. Nat. Mosc. III. p. 60.
　　(1812).

おほじほがま　　　　　咸北。

31) Pedicularis lunaris, *Nakai* in Tokyo Botanical Magazine XXXIV. p.
　　49. (1920).

なぎなたしほがま　　　　　咸北。

32) Pedicularis mandshurica, *Maximowicz* in Mélanges Biologiques X. p.
　　120.

まんしうしほがま　　　　　済州島、江原、咸北。

33) Pedicularis nigrescens, *Nakai* in Tokyo Botanical Magazine XXX. p.
　　145. (1916).

いはしほがま　　　　　咸南。

51) Veronica holophylla, *Nakai* in Tokyo Botanical Magazine XXXII. p. 229. (1918).

　　おほやまとらのを　　　　京畿。

52) Veronica insularis, *Nakai* in Tokyo Botanical Magazine XXXI. p. 29. (1917).

　　たけしまとらのを　　　　欝陵島。

53) Veronica kiusiana, *Furumi* in Tokyo Botanical Magazine XXX. p. 122. (1916)

　　ひろはとらのを　　　　江原、咸南。

54) Veronica Anagallis, *Linné* Species Plantarum ed. 1. p. 16. (1753).

　　かはぢしや　　　　濟州島、京畿、平北、咸南、咸北。

55) Veronica longifolia, *Linné* Species Plantarum ed. 1. p. 13. (1753).
α typica, *Furumi* in Tokyo Botanical Magazine XXX. p. 123. (1916).

　　やまるりとらのを　　　　咸南、咸北。

var. angustata, *Nakai* var. nov.

　　ほそばるりとらのを　　　咸南。

var. Grayi, *Fr. Schmidt* Florula Sachalinensis p. 162. n. 327. (1868).

　　えぞるりとらのを　　　　咸北。

56) Veronica ovata, *Nakai* in Tokyo Botanical Magazine XXIX. p. 3. (1915).

　　ひろはやまとらのを　　　濟州島。

57) Veronica peregrina, *Linné* Species Plantarum p. 20. (1753).

　　むしくさ　　　　濟州島、京畿。

58) Veronica rotunda, *Nakai* in Tokyo Botanical Magazine XXIX. p. 3. (1915).

　　まるばやまとらのを　　　濟州島。

59) Veronica serpyllifolia, *Linné* Species Plantarum ed. 1. p. 15. (1753)

　　てんぐくはがた　　　　咸南、咸北。

60) Veronica Stelleri, *Pallas* et *Chamisso* in Linnæa II. p. 557. (1827).

　　みやまくはがた　　　　咸北。

61) Veronica sibirica, *Linné* Species Plantarum ed. 1. p. 12. (1753).

　　えぞくがいさう　　　　京畿、慶北、咸南、咸北、平北。

var. albiflora, *Nakai*

　　しろばなえぞくがいさう　　咸北。

62) Veronica spuria, *Linné* Species Plantarum ed. 1. p. 13. (1753)

やまとらのを　　　　　　　濟州島、全南、京畿、咸南、咸北。

var. maxima, *Nakai* Vegetation of Chirisan mountains p. 44. (1915).

おほやまとらのを　　　　　慶南。

var. subintegra, *Nakai* Flora Koreana II. p. 129. (1911).

ながばやまとらのを　　　　慶南。

63) Veronica villosula, *Nakai* in Tokyo Botanical Magazine XXIX. p. 4.
　　　(1915).

びろうどやまとらのを　　　濟州島。

本科植物中最モ有用ノモノハ桐樹ナリ、其利用法ハ人ノ知ル所ナレバ略ス。但シ *Wehmer* 氏ノ大著 Pflanzenstoffe 中ニ其種子ヨリ桐油ヲ採ル如ク記シアルハあぶらぎり Aleurites cordata ト誤リシナリ。桐ハ古來支那ヨリ移植セシモノノ如ク傳フレドモ支那ニハ日本及ビ朝鮮ニ栽培スルガ如キ桐樹ナシ。其中ニモ最モ日本ノモノニ近キモノ二種アリ。一ハ毛少クシテ花ノ殆ンド白色ナルモノニテ之ヲ Paulownia pallida, *Dode* ト云ヒ一ハ毛頗ル多ク葉裏ハ褐色ノ密毛ニテ被ハルル所ノ Paulownia lanata *Dode* ナリ。桐ハ往昔、朝鮮本土又ハ日本ニモ自生セシヤモ計ラレザレドモ今ハ全ク自生品ナシ。一ニ北海道ニアリシト云フモノアレドモ虛説ナリ。然ルニ欝陵島ニハ今モ尚ホ人ノ近ヅキ難キ絶壁ニ自生スルヲ以テ、欝陵島ヲ原産地ト目スルモ不可ナラザルガ如シ。

本科植物中花ヲ賞シ得ベキモノニハ「りなりあ」アリ、此ハ歐風園藝家ノ夙ニ知ル所ナリ。其他きくばとらのを、おほやまとらのを、ひろはとらのを、やまるりとらのを、やまとらのを、えぞくがいさう、等ハ皆見ルニ足ル。

藥用ニスベキハ漢法ニ用キル地黄ナリ。強壯劑トシ又解熱通經等ニ用キ畑地ニ栽培ス、其他 Mimulus, Scrophularia, Linaria 等ハ何レモ利用シ得ベキモノ多カルベケレドモ未ダ何人モ試驗セシ人ナシ。

（三）　朝鮮産玄參科木本植物ノ分類

玄　參　科

Rhinanthaceæ.

草本、灌木又ハ喬木、葉ハ一年生又ハ二年生、互生又ハ對生又ハ輪生、有柄又ハ無柄又ハ莖迄翼狀ニ擴ル、單葉、全緣又ハ缺刻アリ又羽狀ニ分

又ス。托葉ナシ。花ハ獨生又ハ岐繖花序又ハ圓錐花叢ヲナス。萼ハ離生
４５數永在性、鍾狀、筒狀又ハ筒部ナシ、裂片ハ始メ相重ナルカ又ハ鑷
合狀ニ排列ス、花冠ハ合瓣幅狀又ハ歪形 4–5 (6-8) 個ノ裂片アリ。雄蕋ハ
二强雄蕋又ハ二個丈ケ退化消滅シ花冠ニ附キ且ッ花冠ノ裂片ト互生ス。
葯ハ 1-2 室、花盤ハ輪狀又ハ數裂ス、子房ハ上位無柄、完全又ハ不完全
ニ二室、花柱ハ單一、柱頭ハ頭狀又ハ二裂ス、卵子ハ各室ニ多數稀ニ二
個、倒生又ハ半倒生、果實ハ蒴稀ニ漿果樣、種皮ハ薄膜樣又ハ翼狀又ハ
凹點アリ、又ハ網狀ナリ、胚乳ハ多肉、胚ハ直又ハ曲。

世界ニ百八十屬二千六百余種アリ。

Rhinanthaceæ, *Jussieu* in Annales du Museum d'Histoire Naturelle,
Paris V. p. 235. (1804). *La Marck* et *De Candolle* Fl. Franc. III. p. 454.
(1815). *G. Don* Gardner's Dict. IV. p. 618. (1838).

Rhinanthoideæ, *Ventenat* Tableau du règne Végétal II. p. 295. (1799).

Personatæ, *Ventenat* l. c. p. 351. *Jussieu* in Ann. Mus. d'Hist. Nat.
Paris XIV. p. 394. (1809). *La Marck* et *De Candolle* Fl. Fran. III. p. 573.
(1815).

Antihirrineæ, *Persoon* Synopsis plantarum II. i. p. 154. (1806).

Rhinanthoidei, *Persoon* l. c. p. 147.

Rhinantheæ, *Humboldt Bompland* et *Kunth* Syn. Pl. II. p. 99. (1823).

Melampyraceæ, *Richard* Demonstrations botaniques (1808). *G. Don* Gard.
Dict. IV. p. 618.

Scrophulariæ, *Jussieu* Gen. Pl. p. 117. p.p. (1789).

Scrophularineæ, *R. Brown* Prodr. Fl. Nov. Holland. p. 433. (1810).
Bartling Ordines Nat. p. 169. G. Don l. c. p. 500.

Scrophulariaceæ, *Lindley* A natural system of Botany ed. 2. p. 288 (1836)
et Vegetable Kingdom ed. 3. p. 681 (1853). *Endlicher* Genera Pl. p. 670
(1836 40). *G. Bentham* in *Alph. de Candolle* Prodr. X. p. 186 (1846).
Bentham et *Hooker* Gen. Pl. II. 2. p. 913 (1876) *R. v. Wettstein* in Nat.
Pflanzenfamilien IV. 3 b. p. 39 (1891)

Scrophularinæ, *Jussieu* sic *Humboldt Bompland* et *Kunth* Syn. Pl. II.
p. 110 p.p. (1823).

Herbæ, frutices v. arbores. Folia annua v. biennia, alterna v. opposita v.
verticillata, petiolata v. sessilia v. decurrentia, simplicia, integra v. incisa v.
pinnatifida. Stipullæ nullæ. Flores solitarii v. cymosi v. paniculati.

Calyx liber persistens 4-5 merus, campanulatus v. tubulosus v. tubo subnullo, lobis æstivatione valvatis v. imbricatis. Corolla gamopetala rotata v. zygomorpha 4-5 (6-8) loba. Stamina didynama v. abortive 2 tubo corollæ affixa et lobis alterna. Antheræ 1-2 loculares. Discus annularis integer v. dentatus. Ovarium superum sessile perfecte v. imperfecte biloculare. Stylus simplex. Stigmata capitata v. biloba. Ovula in loculis ∝ rarissime 2 anatropa v. amphitropa. Fructus capsularis rarius baccatus. Seminum testa membranacea v. reticulata v. foveolata v. alata. Albumen carnosum. Embryo rectus v. curvus.

Genera 180 species supra 2600 in orbe incola, inter eas gen. 20 species 63 in Corea indigena.

き り 屬

喬木、葉ハ對生廣濶一年生、花序ハ二年生、頂生ノ圓錐花叢ナリ、萼ハ五叉ス、花冠ハ歪形、花筒ハ長シ、雄蕋ハ二强、葯ハ二室、開出ス、果實ハ蒴二叉ス、種子ハ膜狀ノ多數ノ翼ヲ有ス。

支那、臺灣、朝鮮ニ亘リ七種アリ。其中一種ハ朝鮮產ナリ。

き り

オトーンナム、ムクイナモ（朝鮮）

（第十六、十七圖）

喬木、若枝ニス絨毛生ジ腺狀ナリ。皮目點在ス、葉ハ廣卵形又ハ五角形廣濶ニシテ表面ニ微毛裏面ニ絨毛アリ通例長サ 20-30 珊、葉柄ハ丸ク長ク絨毛生ズ、花序ハ頂生二年生即チ夏ニ生ジ其翌年ノ初夏ニ開ク、大ナル圓錐花叢ヲナシ皮目多シ、萼ハ厚ク硬ク、先端ハ五叉シ、一面ニ絨毛密生ス、花筒ハ筒狀ニシテ長サ 5-6 珊紫色、外面ニ腺狀ノ毛アリ。五裂片ハ卵形ニシテ反ル。雄蕋ハ二强下方ノモノ長シ、無毛、子房ハ卵形、微毛アリ。蒴ハ卵形木質、二瓣ニ裂開ス、種子ハ多翼。

欝陵島ニ產ス。

Paulownia, *Siebold* et *Zuccarini* Flora Japonica I. p. 25 t. 10 (1835). *Endlicher* Gen. Pl. p. 678. *Bentham* in *Alph. de Candolle* Prodr. X. p. 300 (1846). *Bentham* et *Hooker* Gen. Pl. II. 2. p. 939 (1876). *Wettstein* in nat. Pflanzenf. IV. 3 b. p. 66 (1891).

Arbor. Folia opposita dilatata annua. Inflorescentia in apice rami annotini terminalis et axillaris paniculata. Calyx 5–fidus. Corolla zygomorpha tubo elongato. Stamina didynama. Antheræ biloculares apertæ. Fructus capsularis bivalvis. Semina membranaceo-polyalata.

Species 7 in Formosa, China et Corea indigena.

Paulownia tomentosa, (*Thunberg*) *Steudel* (Tab. XVI. et XVII). Nomenclator botanicus ed. 2. II. p. 278 (1841). *K. Koch* Dendrologie II. p. 299 (1872). *Schneider* Illus. Handb. Laubholzk. II. p. 618. (1911)

Bignonia tomentosa, *Thunberg* Fl. Jap. p. 252. *G. Don* Gard. Dict. IV. p. 216.

Incarvillea tomentosa, *Sprengel* Syst. Veg. II. p. 836 (1825).

Paulownia imperialis, *Siebold* et *Zuccarini* Fl. Jap. I. p. 27. t. 10 (1835). *Miquel* Prol. Fl. Jap. p. 47. *Franchet* et *Savatier* Enum. Pl. Jap. I. p. 382. *Bean* Trees and Shrubs ed. 2. II. p. 124 (1919). *Chancerel* Fl. Forest. p. 274 (1920).

Arbor. Ramus juvenilis tomentosus lenticellis punctatus. Folia ambitu ovata v. late ovata v. ovato-quadrangularia supra pilosa subtus lanata 20–30 cm. longa. Petioli teres elongati villosi. Inflorescentia in apice rami annotini terminalis florens in mense Maio. Calyx 5–fidus lanatus crassus. Corolla 5–6 cm. longa tubulosa purpurea extus pilosa apice obliqua 5–loba, lobis ovatis reflexis. Stamina didynama ventralia elongata glabra. Ovarium ovatum pilosum. Capsula ovata lignosa bivalvis. Semina multialata.

Nom. Jap. Kiri.

Nom. Cor. Otoung- nam v. Mukuinamo.

Hab. in insula Dagelet.

紫 葳 科

BIGNONIACEAE

（一）主 要 ノ 参 考 書 類

著 者 名	書 名
C. H. Persoon	Bignoniaceæ in Synopsis plantarum II. i. p. 168–175 (1806).
C. P. Thunbery	Bignonia Catalpa et B. grandiflora in Flora Japonica p. 251–253 (1784).
J. de Loureiro	Campsis et C. adrepens in Flora Cochinchinensis ed. Germ. II. p. 458–459 (1793).
S. Endlicher	Bignoniaceæ in Genera plantarum p. 708 : 715 (1836–40).
G. Don	Bignoniaceæ in Gardner's Dictionary IV. p. 214–233 (1838).
J. Lindley	Bignoniaceæ in natural system of Botany ed. 2. p. 282–283 (1836).
Fr. de Siebold et *J. G. Zuccarini*	Bignoniaceæ in Abhandlungen der physicalische-mathematischen Klasse der Academien der Wissenschaften zu Muenchen IV. 3. p. 142–143 (1846).
Aug. P. de Candolle	Bignoniaceæ in Prodromus systematis naturalis regni vegetabilis IX. p. 142–248 (1845).
J.E. Planchon et *L. V. Houtte*	Tecoma grandiflora in Flore des Serres XI. p. 103–104. t. 1124–1125 (1856).
F. A. G. Miquel	Bignoniaceæ in Prolusio Floræ Japonicæ p. 286 (1866–7).
G. Bentham et *J. D. Hooker*	Bignoniaceæ in Genera Plantarum II. 2. p. 1026–1053 (1876).
A. Franchet et *L. Savatier*	Bignoniaceæ in Enumeratio plantarum Japonicarum I. p. 326 327 (1875).

K. Schumann Bignoniaceæ in Natürlichen Pflanzen-familien IV. 3 b. p. 189–252 (1894).

(二) 朝鮮ニアル紫葳科ノ植物利用法其他

本科ニ屬スベキモノハ朝鮮ニ原生ノモノナシ。古來寺院其他ニ栽培スルモノニ「きささぎ」アリ。支那ノ原産ニシテ材質硬ク、果實ハ利尿ノ効アリ。近來造林用ニ北米産ノ Catalpa speciosa ヲ多ク植エシモ特ニ推奬スベキ價値ナシ但シ洋風ノ家屋附近ニ植ユレバ風致ヲソユ。

のうせんかづらハ支那ノ原産ニシテ南鮮ノ寺院附近又ハ寺院ノ廢址ニ自生狀態ヲナスモノアリ。佛敎ト共ニ支那ヨリ渡來セシモノナルベシ。

(三) 朝鮮ニアル紫葳科植物ノ分類

紫　葳　科

Bignoniaceæ

喬木又ハ灌木、直立又ハ纏攀性、葉ハ對生又ハ三枚宛輪生、羽狀複葉又ハ掌狀複葉又ハ單葉、葉ノ先端ノ蔓ニ變ズルモノ多シ、花序ハ總狀、岐繖狀、圓錐花叢又ハ花ハ獨生、花ハ兩全、萼ハ合萼2-5叉ス、花冠ハ合瓣、筒狀又ハ殆ンド鐘狀、裂片ハ五個鑷合狀又ハ覆瓦狀ニ排列ス兩層トナルモノ多シ、雄蕋ハ花冠ノ裂片ト互生シ4個又ハ2個、葯ハ二室、縱裂ス。　無葯雄蕋ニシテ雄蕋ノ位置ニ生ズルモノハ絲狀又ハ棒狀ナリ。花盤ハ輪狀又ハ杯狀、全緣又ハ五叉ス。子房ハ1室又ハ2室、花柱ハ單一頂生、絲狀、柱頭ハ二叉ス、果實ハ蒴胞間裂開又ハ胞背裂開シ二瓣ニ分ル、種子ハ多數アリテ胚乳ナシ、胚ハ扁平。

世界ニ百屬五百餘種アリ。主トシテ熱帶地方ノ産。

Bignoniaceæ, *Persoon* Synopsis pl. II. i. p. 168 (1806) p.p.　*C.K. Schneider* Illus. Handb. Laubholzk. II. p. 621 (1911).

Bignoniaceæ, *R. Brown* Prodr. Fl. Nov. Holland. p. 470 (1810).　*Endlicher* Gen. Pl. p. 708.　*G. Don* Gard. Dict. IV. p. 214 (1838).　*Aug. P. de Candolle* Prodr. IX. p. 142 (1845).　*Lindley* Nat. Syst. Bot. ed. 2. p. 282 (1836). Veg. Kingd. ed. 3. p. 675 (1853).　*Bentham* et *Hooker* Gen. Pl. II. 2. p. 1026 (1876).　*K. Schumann* in nat. Pflanzenf. IV. 3 b. p. 189 (1894).

Bignoniaceæ, *Jussieu* sic *Humboldt Bompland* et *Kunth* Syn. Pl. p. 238. (1823).

Bignoniæ, *Jussieu* Gen. Pl. p. 137. excl. gen. (1789).

Crescentiaceæ, *Gardner* in *Hooker* Journ. II. p. 423 (1840). *Lindley* Veg. Kingd. ed. 3. p. 673.

Arbores v. frutices, scandentes v. erecti. Folia opposita v. terna digitatim v. pinnatim decomposita v. simplicia saepe apice in cirrhis mutata. Inflorescentia racemosa v. cymosa v. axillari-solitaria v. paniculata. Flores hermaphroditi. Calyx gamosepalus 2–6 fidus. Corolla gamopetala tubulosa v. subcampanulata, lobis 5 valvatis v. imbricatis, sæpe bilabiata. Stamina corollæ lobis alterna 4 v. 2. Antheræ 2–loculares longitudine dehiscentes. Staminodium loco staminum postici positum filiforme v. clavatum. Discus hypogynus annularis v. cupularis integer v. 5–lobus. Ovarium 1 v. 2–loculare. Stylus simplex terminalis filiformis. Stigma bilobum. Fructus capsularis loculicide v. septicide 2–valvis. Semina ∞ exalbuminosa. Embryo plano-compressus.

Genera 100 species 500 præcipue in regionibus tropicis incola. In Corea sequentes 2 species e antiquo distante cultæ nunc sæpe elapsæ subspontaneæ.

きささぎ屬

直立ノ喬木、葉ハ對生又ハ三枚宛輪生、卵形又ハ廣心臟形、花ハ頂生ノ圓錐花叢ヲナス、萼ハ兩唇ヲ有ス、花冠ハ兩唇アリ、上唇ハ二叉シ下唇ハ三叉ス。完全雄蕋ハ二個ニシテ腹面ニ位シ無葯雄蕋ハ三個ニシテ背面ニアリ、葯室ハ擴ル、果實ハ細長ク角狀ヲナシ扁平ナル種子ハ 2–4 列ニ排ビ種子ノ兩端ニ纖維狀ノ翼アリ。

北米及ビ東亞ニ產シ 5 種アリ。

Catalpa, *Scopoli* Introductio ad historiam naturalem n. 687 (1777). *Jussieu* Gen. Pl. p. 138 (1789). *Endlicher* Gen. Pl. p. 711. n. 4113. *G. Don* Gard. Dict. IV. p. 230. *Aug. P. de Candolle* Prodr. IX. p. 226 (1845). *Bentham* et *Hooker* Gen. Pl. II. 2. p. 1041 (1876). *K. Schumann* in nat. Pflanzenf. IV. 3 b. p. 234 (1894).

Arbores erecti. Folia opposita v. terna ovata v. late cordata. Flores paniculati. Calyx bilabiatus. Corolla bilabiata, lobo postico bilobis, antico trilobis. Stamina perfecta 2 ventralia, 3 dorsalia in staminodium variant.

Antheræ divaricatæ.　Capsula longissima corniculata.　Semina 2–4 serialia plano-compressa utrinque fibroso-alata.

Species 5 in America boreali et Asia orientali incolæ.

きささぎ 又は きささげ

（朝鮮名）　カイヲトンナム　（狗桐樹ノ意）

（第 十 八 圖）

喬木、若枝ニハ微毛アリ。葉ハ三枚宛輪生シ葉柄長シ。葉身ハ大キク廣卵形又ハ圓形、全緣又ハ三叉ス、基脚ハ稍彎入ス。花序ハ頂生ノ圓錐花叢ヲナシ無毛、苞及ビ小苞ハ脱落ス、萼ハ兩唇アリテ唇瓣ハ廣卵形、花冠ハ帶黃色長サ 20 糎許、上唇ハ短ク二叉シ、下唇ハ長ク三叉ス。下方ノ二個ノ雄蕋ハ完全ナレドモ上方ノ三個ハ退化シテ無葯ナリ。果實ハ長ク 20–30 珊ニ達ス、種子ニ翼アリ。

　朝鮮各地ニ栽培ス。

（自生地）　支那。

Catalpa ovata, *G. Don* (Tab. XVIII).

In Gard. Dict. IV. p. 230 (1838).　*Schneider* Illus. Handb. II. p. 625. f. 403. e-f.　*Rehder* in Pl. Wils. I. p. 303 (1912) et Stand. Cyclop. II. p. 684 (1914).

C. Kæmpferi, *Siebold* et *Zuccarini* in Abhand. Acad. Muench. IV. 3. p. 142 (1846).　*Miquel* Prol. Fl. Jap. p. 286.　*Franchet* et *Savatier* Enum. Pl. Jap. I. p. 326.　*Hooker* in Bot. Mag. t. 6611 (1882).　*Matsumura* Ind. Pl. Jap. II. 2. p. 574.　*Chancerel* Fl. Forest. p. 276 (1920).

C. Henryi, *Dode* in Bull. Soc. Dendrol. France (1907) p. 199 f. D. E.

Bignonia Catalpa, (non *Linné*) *Thunberg* Fl. Jap. p. 251 (1784).

Catalpa bignonioides var. ?　Kæmpferi, *Aug. P. de Candolle* Prodr. IX. p. 226 (1845).

Arbor. Ramus juvenilis sparsissime hirtellus.　Folia terna longe petiolata. Lamina magna late ovata v. rotundata indivisa v. 3-lobulata basi subcordata. Inflorescentia paniculata terminalis glabra.　Bracteæ et bracteolæ deciduæ. Calyx bilobus, lobis late ovatis.　Corolla flavida circ. 20 mm. longa, labio postico brevissime bilobo, antico elongato 3-lobo.　Stamina antica 2 perfecta

semiexerta, postica 3 abortiva.　Capsula corniculata usque 30 cm. longa.
Semina plana utrinque fibroso-alata.

Nom. Jap. Kisasagi.

Nom. Cor. Kai-otong-nam.

Circa templum et in hortis culta.

Patria : China.

のうぜんかづら屬

灌木又ハ喬木繼攀性、葉ハ奇數羽狀複葉、小葉ニ鋸齒アリ。花序ハ頂
生總狀又ハ圓錐花叢ヲナス。萼ハ大ニシテ五叉ス。花冠ハ大ニシテ鐘狀
ヲ帶ビタル漏斗狀、雄蕋ハ四個二强、葯ハ開ク、花柱ハ一個、柱頭ハ二
叉ス、子房ハ二室、果實ハ長ク四角ニシテ二瓣ニ開ク。

北米ニ一種、東亞ニ一種アルノミ。

Campsis, *Loureiro* Flora Cochinchinensis ed. Germ. II. p. 458 n. 25
(1793).　*K. Schumann* in nat. Pflanzenf. IV. 3 b. p. 230 (1894).　*C. K.
Schneider* Illus. Handb. Laubholzk. II. p. 622.

Tecoma p.p. (non *Jussieu*) *G. Don* Gard. Dict. IV. p. 223.　*Aug. P. de
Candolle* Prodr. IX. p. 223.　*Bentham* et *Hooker* Gen. Pl. II. 2. p. 1044.

Incarvillea p.p. (non *Jussieu*) *Endlicher* Gen. Pl. p. 710 n. 4110.

Frutices v. arbores scandentes.　Folia imparipinnata, foliolis serratis.
Inflorescentia terminalis racemosa v. paniculata.　Calyx 5-fidus amplus.
Corolla ampla campanulato-infundibularis.　Stamina 4 didynama.　Antheræ
divergentes.　Styli 1.　Stigma bilobum.　Ovarium biloculare.　Capsula
elongata 4-gona 2-valvis.

Species 2 allia in America bor., allia in Asia orient. incolæ.

のうぜんかづら

クムトッンホア

（第 十 九 圖）

高ク繼攀スル喬木、葉ハ一年生ニシテ 2-5 對奇數羽狀複葉ヲナス。小
葉ハ鋸齒アリ。緣ニ小サキ疎毛アリ。花序ハ圓錐花叢又ハ總狀ニシテ大
ナリ。萼ハ長サ3珊許、無毛、裂片ハ披針形ニシテ銳尖、長サ 15-20 糎、
花冠ハ長サ 6-7 珊外面ハ橙黃色、內面ハ紅橙色又ハ黃色、雄蕋ハ四個ニ

シテ少シク抽出ス。蒴ハ黄色、花柱ハ一個、柱頭ハ二叉シ幅廣シ。

全南、慶北等ニ自生狀ヲナスモノアリ。

（原產地）　支那。

Campsis chinensis, *(La Marck) Voss* (Tab. XIX)

Vilmorin's Blumengärten ed. 3. p. 801 (1896).　*Schneider* Illus. Handb. Laubholzk. II. p. 623. f. 402. f. (1911).　Rehder Pl. Wils. I. p. 303 (1912).

Bignonia chinensis, *La Marck* Encyclopedia I. p. 423 (1783).

B. grandiflora, *Thunberg* Fl. Jap. p. 253 (1784).　*Blume* Bijidragen XIV. p. ´78 (1826).

Campsis adrepens, *Loureiro* Fl. Cochinch. p. 458 (1793).

Tecoma grandiflora, *Loiseleur-Deslongchamps* Herbier général de l'amateur V. t. 286 (1821).　*Aug. P. de Candolle* Prodr. IX. p. 223 (1854). *Planchon* in Flore des Serres XI. p. 103. t. 1124–5 (1856).　*Franchet* et *Savatier* Enum. Pl. Jap. I. p. 327.　*G. Don* Gard. Dict. IV. p. 225.　*Sweet* Hort. Brit. p. 184 (1827).

T. grandiflora *DC.* sic *Siebold* et *Zuccarini* in Abhand. Akad. Muench. IV. 3. p. 142.　*Miquel* Prol. Fl. Jap. p. 286.

T. chinensis, *K. Koch* Dendrol. II. p. 307 (1872).

Campsis grandiflora, *K. Schumann* in nat. Pflanzenf. IV. 3 b. p. 230 (1894).

Alte scandentes.　Folia annua 2–5 jugo imparipinnata.　Folicla serrata margine scaberula.　Panicula ampla.　Calyx 3 cm. longus glaber lobis lanceolato-acuminatis 15–20 mm. longis.　Corolla 6–7 cm. longa extus aurantiaca intus rubro-aurantiaca v. rubra.　Stamina semiexerta 4. Antheræ flavidæ.　Styli stigmate bilobo dilatati.　Fructum non vidi.

Nom. Jap. Nōzen-kadzura.

Nom. Kor. Kum-tung-hoa.

Hab. in prov. Zenla austr. et Keishô bor. olim plantis cultis elapsa.

Patria : China.

茜草科

RUBIACEAE

（一）主要ノ参考書類

著者名	書名
Ad. de Chamisso et Died. de Schlechtendal	Rubiaceæ in Linnæa III. p. 220–233 et p. 309–366 (1828). IV. p. 129–202 (1829).
S. Endlicher	Genera plantarum p. 520–566 (1836–40).
Aug. P. de Candolle	Prodromus Systematis naturalis regni Vegetabilis IV. p. 341–622 (1830).
G. Bentham et J. D. Hooker	Genera plantarum II. i. p. 7–151 (1873).
K. Schumann	Rubiaceæ in die natürlichen Pflanzenfamilien IV. 4. p. 1–156 (1891).
J. Hutchinson	Rubiaceæ in Plantæ Wilsonianæ III. part 2. p. 390–417 (1916).
J. Lindley	Cinchonaceæ in natural system of Botany ed. 2. p. 243–246 (1836). Stellatæ ibidem p. 249–250.

（二）朝鮮産茜草科植物ノ種類ト利用法

朝鮮産ノ茜草科植物ハ主トシテ草本類ナリ、余ガ今日迄ニ檢出シ得シモノ次ノ如シ。

1) Adina rubella, *Hance* in Journal of Botany VI. p. 114 (1868).
   しまたにわたりのき　　　　　済州島。

2) Asperula odorata, *Linné* Species plantarum ed. 1. p. 103 (1753).
   くるまばさう　　　　　鬱陵島、江原、平北。

3) Asperula Platygalium, *Maximowicz* in Mélanges Biologiques IX. p. 267 (1873)

   var. alpina, *Maximowicz* l.c. p. 268.
   みやまくるまむぐら　　　　　咸北。

   var. pratensis, *Maximowicz* l.c. p. 268.
   てうせんくるまむぐら　　　　済州島、莞島、全南、慶北、忠南、江原、京畿、平南、平北、咸南。

4) Damnacanthus indicus, *Gærtner* fil. Suppl. Carpol. p. 18. t. 182. f. 7 (1805-7).

    a. genuinus, *Makino* in Tokyo Botanical Magazine XI. p. 279 (1897).

    ありどうし   濟州島。

    var. latifolius, *Nakai* Trees and Shrubs Jap. p. 408. fig. 212 (1922).

    じゆずねのき   濟州島。

5) Galium Aparine, *Linné* Species Plantarum p. 108 (1753).

    やぶやえむぐら   欝陵島、咸北。

6) Galium boreale, *Linné* Species Plantarum p. 108 (1753).

    var. genuinum, *Maximowicz* Primitiæ Floræ Amurensis p. 141 (1859).

    しべりあきぬたさう   咸南。

    var. kamtschaticum, *Maximowicz* l.c.

    えぞきぬたさう   咸北。

    var. latifolium, *Turczaninow* Flora Baicalensi-Dahuriæ I. p. 532 (1842).

    ひろはのきぬたさう   咸南、咸北。

7) Galium davuricum, *Turczaninow* in Bulletin Soc. Nat. Mosc. XVIII. i. p. 312 (1845).

    おほばよつばむぐら   京畿、平南、咸南、咸北。

    var. leiocarpum, *Nakai* Flora Koreana II. p. 498. (1911).

    みやまやえむぐら   咸北。

8) Galium gracile, *Bunge* Enumeratio plantarum quas in China boreali collegit p. 35 (1831).

    Syn. G. venosum, *Léveillé* in *Fedde* Repertorium X. p. 438 (1912).

    よつばむぐら   濟州島、莞島、京畿。

9) Galium gracilens, (*A. Gray*) *Makino* in Tokyo Botanical Magazine XVII p. 74 (1903)

    ひめよつばむぐら   濟州島、京畿、平南。

10) Galium japonicum, (*Maximowicz*) *Makino* et *Nakai* in Tokyo Botanical Magazine XXII. p. 157. (1908).

    きぬたさう   慶南。

11) Galium kamtschaticum, *Steller* ex *Schultes* Mantissa III. p. 186. (1827).

    var. hirsutum, *Takeda* in Tokyo Botanical Magazine XXIV. p. 65. (1910).

えぞのよつばむぐら　　　　　咸北。

var. intermedium, *Takeda* l.c.

ひろはのよつばむぐら　　　　濟州島、江原、咸南。

12) Galium koreanum, *Nakai* in Tokyo Botanical Magazine XXV. p. 55.
(1911).

てうせんやまむぐら　　　　　忠南、慶南、慶北。

13) Galium linearifolium, *Turczaninow* in Bull. Soc. Nat. Mosc. VII. p.
152 (1837).

ほそばきぬたさう　　　　　　平北。

14) Galium paradoxum, *Maximowicz* in Mélanges Biologiques IX. p. 263.
(1873).

みやまむぐら　　　　　　　　全南、江原。

15) Galium pseudo-asprellum, *Makino* in Tokyo Botanical Magazine
XVII. p. 110 (1903).

おほばやえむぐら　　　　　　江原、京畿、平南、咸南。

16) Galium pusillum, *Nakai* in Tokyo Botanical Magazine XXIX. p. 4.
(1915).

やままつば　　　　　　　　　濟州島。

17) Galium remotifolium, *Léveillé* in litt.

てりはよつばむぐら　　　　　濟州島。

18) Galium setuliflorum, (*A. Gray*) *Makino* in Tokyo Botanical Magazine
XVII. p. 75. (1903).

やまむぐら　　　　　　　　　莞島、全南、忠南。

19) Galium strigosum, *Thunberg* in Nova Acta Soc. Sci. Upsala VII. p.
141 (1815).

Syn. G. hongnoense, *Léveillé* in *Fedde* Repert. X. p. 438 (1912).

やへむぐら　　　　　　　　　濟州島、莞島、欝陵島、全南、慶南、
　　　　　　　　　　　　　　京畿、咸南、咸北。

20) Galium trifidum, *Linné* Species Plantarum ed. 1. p. 105 (1753).

Syn. G. Taquetii, *Léveillé* in *Fedde* Repert. X. p. 438 (1912).

ほそばよつばむぐら　　　　　濟州島、咸南、咸北。

21) Galium trifloriforme, *Komarov* in Acta Hort. Petrop. XVIII. p. 428
(1900).

てうせんくるまむぐら　　　　欝陵島、平北。

var. nipponicum, (*Makino*) *Nakai*.

くるまむぐら　　　　　　　　済州島、莞島。

22) Galium tokyoense, *Makino* in Tokyo Botanical Magazine XVII. p.
72. (1903).

はなむぐら　　　　　　　京畿。

23) Galium verum, *Linné* Species Plantarum ed. 1. p. 107 (1753).
var. luteum, (*La Marck*) *Nakai* in Tokyo Botanical Magazine
XXXIV. p. 50. (1920).

きばなかはらまつば　　　全南、慶南、京畿、平南、済州島。

var. ruthenicum, (*Willdenow*) *Nakai* l.c.

えぞかはらまつば　　　　慶北、京畿、江原、咸南、咸北。

f. album, *Nakai* l.c.

てうせんかはらまつば　　咸南、咸北。

f. intermedium, *Nakai* l.c.

うすきかはらまつば　　　咸北、江原。

24) Mitchella undulata, *Siebold* et *Zuccarini* in Abhandl. Akad. Muench.
IV. 3. p. 175 (1846).

つるありどうし　　　　　済州島、欝陵島、莞島、甫吉島。

25) Oldenlandia diffusa, *Roxburgh* Hort. Bengal. p. 11. (1814).
var. longipes, *Nakai* in Tokyo Botanical Magazine XXV. p. 182.
(1901).

ながえのふたばむぐら　　済州島。

26) Oldenlandia hirsuta, *Linné* fil. suppl. p. 127. (1867).

はしかぐさ　　　　　　　済州島、慶南。

27) Oldenlandia paniculata, *Linné* Species Plantarum ed. 1. p. 1667 (1753).

はまむぐら　　　　　　　済州島、絶影島。

28) Pæderia chinensis, *Hance* in Journal of Botany VII. p. 228 (1878).

やいとばな　　　　　　　済州島、欝陵島、甫吉島、忠南、慶
南、全南。

var. angustifolia, *Nakai* Veg. Isl. Quelp. p. 83. n. 1174 b. (1914).

ほそばやいとばな　　　　済州島、欝陵島。

var. velutina, *Nakai*.

びろうどやいとばな　　　全南。

29) Rubia chinensis, *Regel* et *Maack* Tentamen Floræ Ussuriensis n. 241.
　　　　 t. 8. figs 1–2. (1861).

　　おほばきぬたさう　　　　濟州島、全南、京畿、江原、平北、
　　　　　　　　　　　　　　咸南、咸北。

30) Rubia cordata, *Thunberg* Flora Japonica p. 60 (1784).

　　あかね　　　　　　　　　濟州島、欝陵島、全南、京畿。

31) Rubia cordifolia, *Linné* Mantissa Pl. p. 197 (1767).
　　var. pubescens, *Nakai.*

　　けくるまあかね　　　　　平北。

　　var. pratensis, *Maximowicz* Primitiæ Floræ Amurensis p. 140 (1859).

　　おほくるまあかね　　　　濟州島、全北、忠北、京畿、江原、
　　　　　　　　　　　　　　平南、咸北。

　　var. silvatica, *Maximowicz* l.c.

　　くるまあかね　　　　　　咸南、咸北。

　右ノ中しまたにわたりのき、ありどうし、じゅずねのき、へくそかづ
らハ木本ナリ。へくそかづらハ通例草本狀ナレドモ甫吉島ノ始原林中ニ
テハ高サ數丈、莖ノ直徑5分許ノ蔓性ノ木トナル。

　賞觀用ニハしまたにわたりのきハ花ヲ賞スベク、ありどうし、じゅず
ねのきハ果實ヲ賞スベシ。

　あかねノ根ハ昔時染料トセシモ今ハ用キズ。

（三）　朝鮮產茜草科木本植物ノ分類

茜　　草　　科

Rubiaceæ.

　草本．半灌木、灌木又ハ喬木、直立又ハ纒攀性又ハ匍匐性、往々刺ア
リ、葉ハ單葉對生又ハ輪生全綠又ハ鋸齒アリ往々羽狀ニ缺刻ス、托葉ハ
種々ノ形アリ、花ハ腋生獨生又ハ種々ノ花序ヲナス、花ハ兩全又ハ單性、
萼筒ハ子房ニ癒着シ、萼片ハ4–5個不顯著ノモノ又ハ齒狀ノモノ又ハ長
ク筒狀ヲナシ後著シク尖ルモノナドアリ。花冠ハ合瓣漏斗狀又ハ鐘狀又
ハ輻狀又ハ筒狀又ハ壺狀、內面ハ無毛又ハ有毛、花冠ノ裂片ハ4–5個、
同形又ハ不同、雄蕊ハ花筒ニ附キ花冠ノ裂片ト同數ニシテ裂片ト互生シ
稀ニ單體雄蕊ヲナスアリ。葯ハ二室、子房ハ1–10室、花柱ハ2–10分シ、

柱頭ハ種々ノ形アリ。　卵子ハ子房ノ各室ニ 1-∞ 個倒生又ハ半倒性、果
實ハ蒴又ハ核果又ハ漿果 1-10 室、種子ニ胚乳アリ、幼根ハ上位又ハ下位。
　世界ニ 348 屬　4500 餘種アリ。

Rubiaceæ, *Bernard de Jussieu* Ordines naturales in Ludovici XV horto
Trianonensi dispositi (1759).　*C. K. Schneider* Illus. Handb. Laubholzk.
II. p. 629 (1911).

　Rubiaceæ, *Ant. L. de Jussieu* Genera Pl. p. 196 (1789).　*C. H. Persoon*
Syn. Pl. II. i. p. 195 (1806).　*Aug. P. de Candolle* Prodr. IV. p. 341 (1830).
Endlicher Gen. Pl. p. 520.　*G. Bentham* et *J. D. Hooker* Gen. Pl. II. 1. p.
7 (1873).　*K. Schumann* in nat. Pflanzenf. IV. 4. p. 1.

　Cinchonaceæ, *Lindley* Nat. Syst. ed. 2. p. 243 (1836).

　Stellatæ or Galiaceæ, *Lindley* l.c. p. 249.

　Herbæ, suffrutices, frutices, v. arbores, erecti v. scandentes v. prostrati
rarius aculeati.　Folia simplicia opposita v. verticillata integra v. serrata v.
pinnatifida.　Stipulæ variæ.　Flores axillares solitarii v. inflorescentia varia
terminalis v. axillaris.　Flores hermaphroditi v. unisexuales.　Calycis tubus
ovario adnatus, lobi 4–5 obsoleti v. dentiformes v. elongati.　Corolla
gamopetala infundibularis v. campanulata v. rotata v. tubulosa v. urceolata,
intus glabra v. villosa, limbis 4–5 æqualibus v. inæqualibus.　Stamina
corollæ lobis isomera et lobis corollæ alterna rarissime monadelpha.
Antheræ biloculares.　Ovarium 1–10 loculare.　Styli 2–10 fidi.　Stigmata
varia.　Ovula in loculis ovarii 1–∞ anatropa v. amphitropa.　Fructus
capsularis v. drupaceus v. baccatus 1–10 locularis.　Semina albuminosa.
Radicula supera v. infera.

　Genera 348 et supra 4500 species in orbe incola.

たにわたりのき屬

　灌木又ハ喬木、葉ハ對生、托葉ハ早落性又ハ永存性、有柄又ハ無柄、
花序ハ頭狀、頂生又ハ腋生、花托ニ毛アリ、萼齒ハ 5 個永存性又ハ早落
性、花冠ハ筒狀漏斗狀、裂片ハ 5 個ニシテ鑷合狀ニ排列シ先端ノミ相重
ナル、雄蕊ハ 5 個花冠ノ口ニツキ抽出セズ、葯ハ二室、子房ハ二室、各
室ニ多數ノ卵子アリ、花柱ハ細シ、柱頭ハ棍棒狀又ハ頭狀、蒴ハ二小乾
果ニ分ル、種子ハ兩端ニ翼狀ノ突出物アリ、胚乳アリ、幼根ハ上位。
　亞細亞及ビ阿弗利加ノ産ニシテ八種アリ、鮮朝ニハ次ノ一種アルノミ。

Adina, *Salisburg* The Paradisus Londinensis t. 115 (1806–7). *Bentham* et *Hooker* Gen. Pl. II. i. p. 30 (1874). *J. D. Hooker* Fl. Brit. Ind. III. p. 24 (1880). *K. Schumann* in die natür. Pflanzenf. IV. 4. p. 56 (1891).

Nauclea sect. e Adina, *Endlicher* Gen. Pl. p. 557. (1836–40).

Frutex v. arboreus. Folia opposita, stipulis deciduis v. subpersistentibus, petiolata v. subsessilia. Inflorescentia capitata terminalis et axillaris. Receptaculum ciliatum. Calycis limbus 5 persistentes v. decidui. Corolla tubuloso-infundibularis, limbis 5 valvatis v. apice tantum imbricatis. Stamina 5 fauce corollæ affixa inserta. Antheræ biloculares. Ovarium 2-loculare ovulis ∞. Stylus filiformis. Stigma capitatum v. clavatum. Capsula 2-cocca. Semina utrinque alato-producta albuminosa. Radicula supera.

Species 8 in Asia et Africa incolæ.

島たにわたりのき
(第二十圖)

高サ 3-4 米突ノ灌木分岐多シ、樹膚ハ褐灰色ニシテ不規則ニ裂開ス、若枝ニハ短毛生ジ帶紅色又ハ綠色、托葉ハ相癒合シ永存性ノモノモアリ、葉身ハ披針形又ハ廣披針形又ハ帶卵披針形、全綠、表面ハ脈上及ビ緣ニ近ク短毛生ジ、裏面ハ脈上ニ微毛アリ、側脈ハ平行ス、葉身ノ長サ 1-4 珊幅ハ 4-20 糎、帶紅色ノモノ多シ、頭狀花序ハ頂生又ハ腋生花梗アリ、花梗ニハ短微毛アリ、花托ニ毛アリ。萼片ハ匙狀先端ニ微毛アリ、永存性、果實ノ成熟時ニハ花時ノ二倍大トナル、花冠ハ帶紅色又ハ桃色又ハ白シ、長サ 3 糎許、花柱ハ長ク抽出ス、柱頭ハ頭狀、又ハ光澤アリテ二小乾果ニ分ル、種子ハ少ニシテ兩端ニ翼アリ。

濟州島南側ノ溪畔ニ生ズ。

（分布） 支那(湖北、廣西、廣東)。

Adina rubella, *Hance* (Tab. XX).

In Journ. Bot. VI. p. 114 (1868). *Maximowicz* in Mélanges Biologiques IX. p. 270 (1879). *Hemsley* in Journ. Bot. XIV. p. 208 (1876) et in Journ. Linn. Soc. XXIII. p. 371 (1888). *E. Pritzel* in *Engler* Bot. Jahrb. XXIX. p. 580 (1901). *Pampani* in Nuovo Giornale Botanico Italiano XVII. p. 718 (1910). *Hutchinson* in Pl. Wils. III. 2. p. 390 (1916).

Adina Fauriei, *Léveillé* in *Fedde* Repert. VIII. p. 283 (1910).

f. **rubescens**, *Nakai*.

Frutex usque 3–4 metralis altus ramosissimus. Cortex fuscenti-cinereus irregulariter fissus. Rami juveniles adpresse-pilosi rubescentes. Stipulæ conniventes deciduæ v. subpersistentes. Folia lanceolata v. late lanceolata v. ovato-lanceolata integerrima, supra venis et circa margine adpresse pilosella, infra supra venas pilosa, venis primariis arcuatis parallelis, 1–4 cm. longa 4–20 mm. lata sæpe rubescentes. Caput terminale v. subterminale pedunculatum. Pedunculi adpressissime pilosi. Receptaculum ciliatum. Calycis lobi spatulati apice ciliolati persistentes in fructu duplo accrescentes. Corolla rubescens v. lilacina tubuloso-infundibularis 3 mm. longa. Styli longe exerti. Stigma capitatum. Capsula lucida bicocca. Semina minuta utrinque alato-producta.

Nom. Jap. Shima-taniwatarinoki.

Hab. in petrosis secus torrentes lateralis australis Quelpært.

Distr. China (Hupeh, Kwangsi, Kwangtung).

f. **viridis**, *Nakai*.

Rami juveniles virides. Folia viridia. Flores sæpe albescentes.

Hab. in Quelpært cum f. rubescente mixte crescit.

やいとばな屬

繼攀性ノ灌木、臭氣ニ富ム、葉ハ對生又ハ三枚宛輪生、有柄、托葉ハ脱落性又ハ永存性、花ハ腋生又ハ頂生ノ圓錐花叢ヲナシ兩全又ハ多性的雌雄異株、萼筒ハ倒圓錐狀、裂片ハ 4–5 個永存性、花冠ハ長鍾狀、裂片ハ 4–5 個鑷合狀ニ排列ス、雄蕋ハ 4–5 個、花冠ニ附ク、花糸ハ無毛、葯ハ橢圓形ニシテ縱裂ス、子房ハ二室各室ニ一個ノ卵子アリ、花柱ハ基部迄二裂ス、果實ハ丸ク二個ノ小堅果アリ、種子ニ胚乳アリ、幼根ハ下位。

亞細亞及ビブラジルニ六種アリ。

Pædería, *Linné* Mantissa plantarum p. 7. n. 1252 (1767). *Jussieu* Gen. Pl. p. 205 (1789). *La Marck* Illus. t. 166. f. 1. *Persoon* Syn. I. p. 210. *Blume* in Bijidragen XVI. p. 968 (1826). *Aug. P. de Candolle* Prodr. IV. p. 471. *G. Don* Gard. Dict. III. p. 561. *Endlicher* Gen. Pl. p. 538. n. 3180. *F. A G. Miquel* Fl. Ind. Bat. II. p. 257 (1856). *Bentham* et *Hooker* Gen. Pl. II. 2. p. 133. *K. Schumann* in nat. Pflanzenf. IV. 4. p. 125. p.p.

Frutex scandens fœtidus. Folia opposita v. ternatim verticillata petio-
lata. Stipulæ deciduæ v. persistentes. Flores axillares et terminales
paniculati hermaphroditi v. polygamo-dioici. Calycis tubus turbinatus,
limbis 4-5 persistentibus. Corolla tubuloso-campanulata, lobis 4-5 valvatis.
Stamina 4-5 corollæ adnata. Filamenta glabra. Antheræ oblongæ longi-
tudine fissæ. Ovarium 2-loculare. Ovula in loculis solitaria. Styli 1
bifidi v. ad basin 2-partiti. Fructus globosus 2 pyrenis. Semina albuminosa.
Radicula infera.

Species 6 in Asia et Brasilia incolæ.

や い と ば な

トクチョンダン（朝鮮名）

（第二十一圖 a. c. d. e）

纏攀性ノ灌木往々高サ數丈ニ達ス、莖ハ直徑 3-10 粍又ハ其以上アリ、
若枝ニハ微毛アルト毛ナキトアリ、托葉ハ卵形永存性、葉身ハ 1-9 珊無
毛又ハ微毛アリ、葉身ハ卵形、廣卵形又ハ卵橢圓形先端トガリ基脚ハ截
形又ハ心臟形、表面ハ始メ微毛アリ、裏面ハ葉脈ニ沿ヒ微毛アリ、花序
ハ腋生又ハ頂生ノ岐繖花序ヲナス、無毛又ハ微毛アリ、花筒ハ倒圓錐狀
又ハ杯狀無毛、萼片ハ五個、三角形ニシテトガリ無毛、永存性、花冠ハ
長筒狀外面ニハ白色粒狀ノ毛アリ、內面ニハ濃紫色ノ班點アリ花筒ノ半
以上ニ粒狀ノ毛アリ、裂片ハ五個始メ鑷合狀ニ排列シ開花時ニハ覆瓦狀
トナル、雄蕋ハ五個花筒ニ附着シ其中二個ハ他ノ三個ヨリモ長大ナリ、
花柱ハ二岐シ無毛、柱頭ハ點狀、果實ハ丸ク淡黃褐色ニシテ光澤アリ。

欝陵島、慶南、忠南、全羅南北、南部ノ諸島及ビ濟州島ニ產ス。

（分布）本島、四國、九州、琉球、臺灣、支那、フィリッピン。

一種葉幅廣ク裏面ニ絨毛密生スルアリ。**びろうどやいとばな**（第二十
一圖 b）ト云フ。

全南ニ產ス、未ダ朝鮮以外ニ產スルヲ見ズ。

又一種葉ハ狹長ニシテ狹披針形ヲナスアリ、毛ハやいとばな狀ナリ、
之ヲ**ほそばやいとばな**ト云フ、濟州島及ビ欝陵島ニ產シ對馬ニ分布ス。

Pæderia chinensis, *Hance* (Tab. XXI a. c. d. e).

In Journal of Botany VII. p. 228 (1878) et VIII. p. 12 (1879) *Franchet*
Pl. Davidianæ I. p. 155 (1884).

P. fœtida, (non *Linné*) *Thunberg* Fl. Jap. p. 106. *Hooker* et *Arnott* Bot. Beechey's Voy. p. 194. *Bentham* Fl. Hongk. p. 162. *Miquel* Prol. Fl. Jap. p. 275. *Franchet* et *Savatier* Enum. Pl. Jap. I. p. 210.

P. tomentosa, (non *Blume*) *Maximowicz* in Mélanges Biologiques XI. p. 799 p.p. (1888) *Hemsley* in Journ. Linn. Soc. XXIII p. 389. *Ito* Icon. Pl. Jap. I. t. 6 (1911). *Nakai* Fl. Kor. I. p. 292. *Dunn* et *Tutcher* in Kew Bull. ser. X. p. 134 (1912) *Hutchinson* in Pl. Wils. III. 2. p. 403.

P. Wilsonii, *Hesse* in Mitteil. Deutsch. Dendrol. Gesells. XXII. p. 268 (1913).

Frutex scandens v. volubilis interdum alte scandens. Caulis diametro 3–10 mm. v. ultra, juvenilis glaber v. parse pilosellus. Stipulæ ovatæ persistentes. Folia longe petiolata, petiolis 1–9 cm. longis glabris v. parce pilosus, laminis ovatis v. late ovatis v. oblongo-ovatis apice acuminatis basi cordatis v. subcordatis v. truncatis, supra primo sparse pilosellis, infra secus venas pilosis. Inflorescentia axillaris et terminalis elongata, ramis cymoso-decompositis, glabra v. parce pilosa. Calycis tubus turbinatus v. cupularis glaber, lobi 5 triangulares acuti glabri persistentes. Corolla tubuloso-campanulata extus papillis albis albescens, intus purpureo-maculata, tubo supra medium papilloso, lobis 5 rotundatis undulatis primo valvatis, patentibus quincuncialibus. Stamina 5 filamentis tubo corollæ adnatis, 2 ceteris longiora. Styli ad basin bifidi curvati glabri. Stigma punctatum. Fructus rotundatus maturitate claro-fuscens lucidus, calycis lobis persistentibus coronatus.

Nom. Jap. Yaitobana v. Hekusokadzura.

Nom. Cor. Tok-chong-dang.

Hab. in Corea austr., Archipelago Coreano, Quelpært et Dagelet.

Distr. Hondo, Shikoku, Kiusiu, Liukiu, Formosa, Philippin et China.

var. **velutina,** *Nakai* (Tab. XXI. b.).

Pæderia tomentosa, *Nakai* Fl. Kor. I. p. 292. p.p. (1909)

Folia subtus velutina, late ovata basi cordata.

Nom. Jap. Birōdo-yaitobana.

Hab. in Corea austr.

var. **angustifolia,** *Nakai* nom. nud. in Vegetations of the Quelpært Island p. 83. n. 1174 b. (1914).

Folia basi truncata angusta 3–16 cm. longa 5–40 mm. lata, supra glabra, infra secus venas pilosella v. glabra.

Nom. Jap. Hosoba-yaitobana.

Hab. in Quelpært et Dagelet.

Distr. Tsushima.

ありどうし屬

分岐多キ小灌木、高サ五尺ヲ出デズ、葉ハ二年生、托葉ハ葉柄間ニアリ。腋生ノ刺アリ、花ハ葉腋ニ數個宛叢生ス、萼筒ハ倒卵形、萼齒ハ4–5個永存性、花冠ハ長漏斗狀、裂片ハ4–5個鑷合狀、雄蕋ハ4–5個、花糸ハ全然花筒ト癒合シテ判明セザルモノト癒合シ乍ラ高マルモノトアリ。子房ハ2–4室、花柱ハ1個、柱頭ハ2–4個稀ニ1個頭狀、果實ハ多肉1–4個ノ小堅果ヲ有ス、種子ニ胚乳アリ。

東亞産ニシテ四種アリ、皆我領域内ニ産ス、濟州島ニ一種アリ。

Damnacanthus, *Gærtner* fil. Supplementum Carpologiæ p. 18. t. 182. f. 7 (1805–7). *Aug. P. de Candolle* Prodr. IV. p. 473 (1830). *Endlicher* Gen. Pl. p. 538. n. 3178. *Bentham et Hooker* Gen. Pl. II. i. p. 118 (1874). *K. Schumann* in nat. Pflanzenf. IV. 4. p. 137 (1891)

Baumannia, *Aug. P. de Candolle* et *Alph. de Candolle* Notices sur les plantes rares IV. 1. t. 1 et 25 (1833).

Frutex humilis 5 pedalis non excedens ramosissimus. Folia biennia integra v. serrulata. Stipula intrapetiolaris. Spinæ axillares. Flores axillari-gemini. Calycis tubus obovatus v. turbinatus, dentes 4–5 persistentibus. Corolla gamopetala tubuloso-infundibularis, lobis 4–5 valvatis. Stamina 4–5, filamentis tubo adnatis. Ovarium 2–4 loculare. Stylus 1. Stigmata 2–4 rarius 1 tum capitatum. Fructus carnosus 1–4 pyrenis. Semina albuminosa.

Species 4 in Asia orientali incolæ.

ありどうし

ニェンギナム（濟州島）

（第二十二圖）

高サ1–3尺ノ灌木ニシテ分岐多シ、小枝ニ微毛アリ、葉ハ二列ニ並ビ卵形又ハ廣卵形又ハ長卵形先端ハトガリ、基脚ハ丸ク或ハ凹ム、表面ハ深綠色又ハ綠色ニシテ光澤ニ富ミ裏面ハ淡綠ナリ、刺ハ腋生ニシテ直立

シ長サ 5-20 珊、 花ハ極メテ短カキ花梗ヲ有ス、 萼ハ無毛、萼片ハ三角
形ニシテトガリ永存性ナリ、花冠ハ白色漏斗狀、裂片ハ四個卵形ニシテ
トガリ、 花筒ノ內面ニハ半以上ニ毛アリ、 雄蕊ハ四個花筒ノ口ニ附ク、
花柱ハ單一ニシテ抽出ス、 柱頭ハ無叉又ハ四叉ス、 果實ハ球形紅色ナ
リ。

　濟州島ニ產ス。

　（分布）　本島、四國、九州、對馬、琉球、支那。

　一種葉ハ卵形又ハ卵橢圓形ニシテ長サ 2-5 珊許ナルアリ、 **じゅずねの
き**（第二十三圖）ト云フ、濟州島ニ產ス。

　（分布）　本島。

Damnacanthus indicus, *Gœrtner* filius (Tab. XXII).

l.c. *Aug. P. de Candolle* l.c. *Siebold* et *Zucc.* in Abhandl. Akad Münch
IV. 3. p. 176 (1846). *Miquel* Prol. Fl. Jap. p. 274. *Franchet et Savatier*
Enum. Pl. Jap. I. p. 210. *Hooker* fil. Fl. Brit. Ind. III. p. 158. *Maximowicz* in Mélanges Biologiques XI. p. 795. *Engler et Maximowicz* in *Engler*
Bot. Jahrb. VI. p. 67. *Hemsley* in Journ. Linn. Soc. XXIII. p. 286. *K.
Schumann* in nat. Pflanzenf. IV. 4. p. 137. *Pritzel* in *Engler* Bot. Jahrb.
XXIX. p. 580. *Matsumura* in Tokyo Bot. Mag. XV. p. 14.

　Carissa spinarum, (non *Linné*) *Thunberg* Fl. Jap. p. 108.

　Baumannia geminifera, *Aug. P. de Candolle* et *Alph. de Candolle* Notices
pl. rar. IV. 1. t. 1 et 25 (1833).

　a. **genuinus,** *Makino* in Tokyo Bot. Mag. XI. p. 279 (1897) XVIII. p.
31. (1904).

　Frutex 1-4 pedalis divaricato-ramosus. Ramuli pilosi. Folia disticha
ovata v. late ovata v. elliptico-ovata acutissima basi rotundata v. obtusa
v. subcordata supra viridissima v. viridia lucida infra pallida. Spina
axillaris erecta 5-20 mm. longa rigida. Flores brevissime pedicellati. Calyx
glaber, lobis deltoideis acuminatis persistentibus. Corolla alba infundibularis, lobis 4 ovatis acutis, tubo intus supra medium ciliato. Stamina 4
fauce corollæ affixa. Styli simplices exerti. Stigmata integra v. 4-fida.
Drupa globosa rubra.

　Nom. Jap. Aridōshi.

　Nom. Quelpært. Nyenginam.

Hab. in lacunis et secus torrentes Quelpært.

Distr. Hondo, Shikoku, Kiusiu, Tsushima, Liukiu et China.

var. **latifolius,** *Nakai* (Tab. XXIII). Trees and Shrubs Jap. I. p. 408. fig. 212. (1922).

Damnacanthus major, *Siebold* et *Zuccazini* in Abhandl. Akad. Muench. IV. 3. p. 177. *Walpers* Annales I. p. 984. *Regel* in Gartenflora (1868) p. 35. *Miquel* Prol. Fl. Jap. p. 274. *Franchet* et *Savalier* Enum. Pl. Jap. I p. 211. *Maximowicz* in Mél. Biol. XI. p. 796. *K. Schumann* in nat. Pflanzenf. IV. 4. p. 137 f. 44. c. D.

D. indicus β. major, (non *Matsumura*) *Makino* in Tokyo Bot. Mag. XVIII. p. 32. (1904)

Nom. Jap. Juzunenoki.

Hab. in lacunis secus torrentes Hallasan, Quelpært.

Distr. Hondo.

菊　科

COMPOSITAE

(一) 主要ナル参考書類

著者名	書名
R. Brown	Some observations on the natural Family of plants called Compositæ, in the Transaction of the Linnæan Society XII. p. 76–142 (1818).
St. Endlicher	Compositæ in Genera plantarum p. 355–503 (1836–40).
Aug. P. de Candolle	Compositæ in Prodromus systematis naturalis regni vegetabilis V. p. 4–695 (1835). VI. p. 1–678 (1837). VII. p. 1–308 (1838).
J. Lindley	Compositæ in natural system of Botany ed. 2. p. 251–264 (1836) in Vegetable Kingdom ed. 3. p. 702–715 b. (1853).
G. Bentham et J. D. Hooker	Compositæ in Genera Plantarum II. i. p. 163–533 (1874).
O. Hoffmann et A. Peter	Compositæ in natürlichen Pflanzenfamilien IV. 5. p. 87–387 (1889).
C. K. Schneider	Compositæ in Illustriertes Handbuch der Laubholzkunde II. p. 753–768 (1911).
C. F. A. Ledebour	Compositæ in Flora Rossica II. p. 463–867 (1844–46).
Fr. Schmidt	Compositæ in Florula Amguno-Burejensis p. 49–53 (1868).
C. J. Maximowicz	Conspectus Artemisiarum in Mélanges Biologiques VIII. p. 521–539 (1872).
T. Nakai	Compositæ in Flora Koreana II. p. 3–59 (1911). Artemisiæ Japonicæ in Tokyo Botanical Magazine XXVI. p. 98–105 (1912).

其他ノ引用書類、論文等ハ次章ノ各種ノ目錄ニ附記シアレバ就テ見ルベシ。

（二）　朝鮮產菊科植物ノ種類

菊科植物ハ顯花植物中最モ多種ニシテ全世界ニハ 800 餘屬ト 14000 餘種アリ、朝鮮ニモ亦最モ大ナル科トシテ存在シ 55 屬 228 種アリ。

1)　Achillea Ptarmica, *Linné* Species plantarum ed. 1. p. 898 (1753).

　　からのこぎりさう　　　　　　平北、咸南、咸北。

2)　Achillea ptarmicoides, *Maximowicz* Primitiæ Floræ Amurensis p. 154 (1859).

　　やまのこぎりさう　　　　　　慶北、江原、平北、咸南、咸北。

　　var. lilacina, *Nakai* in Tokyo Botanical Magazine XXXIV. p. 52 (1920)

　　ももいろやまのこぎりさう　咸北。

　　var. rosea, *Nakai* l. c.

　　べにばなやまのこぎりさう　咸北。

3)　Achillea Rhodo-Ptarmica, *Nakai* in Tokyo Botanical Magazine XXXIV. p. 52 (1920).

　　ひなのこぎりさう　　　　　咸北。

4)　Achillea sibirica, *Ledebour* Index Seminum horti academici Dorpatensis (1811)

　　のこぎりさう　　　　　　　濟州島、全南、全北、慶南、京畿、平南、咸南、咸北。

5)　Adenocaulon adhærescens, *Maximowicz* Primitiæ Floræ Amurensis p. 152 (1859).

　　のぶき　　　　　　　　　　濟州島、全南、欝陵島、京畿、江原、平北。

6)　Adenostemma viscosum, *Forster* Characteres Generum plantarum p. 90 (1776).

　　ぬまだいこん　　　　　　　濟州島。

7)　Ainsliæa acerifolia, *Schulz Bip.* in *Zollinger* Systematisches Verzeichniss der im Indischen Archipel gesammelten Pflanzen p. 126. (1854).

もみぢはぐま 莞島、全南、忠南、京畿、江原、平
北、咸南。

var. subapoda, *Nakai* in Tokyo Botanical Magazine XXX. p. 290.

ちゃぼもみぢはぐま 平北。

8) Ainsliæa apiculata, *Schulz Bip.* l.c.

きつこうはぐま 全南、慶南、濟州島。

9) Anaphalis margaritacea, (*Linné*) *Bentham* et *Hooker* Genera Plantarum
II. i. p. 303 (1873).

かうらいははこ 江原、咸南、咸北。

10) Anaphalis Morii, *Nakai* in Tokyo Botanical Magazine XXVI. p. 326
(1912).

たんなやまははこ 濟州島。

11) Anaphalis pterocaula, (*Franchet* et *Savatier*) *Maximowicz* in Bull.
Acad. Pétersb. XXVII. p. 478 (1881).

やはずははこ 江原、咸南、咸北。

12) Antennaria Steetziana, *Turczaninow* apud *Korschinsky* in Acta Hort.
Petrop. XII. p. 355. (1900).

えぞうすゆきさう 濟州島、巨濟島、慶南、慶北、忠北、
黄海、平北、咸南、咸北。

13) Arctium Lappa, *Linné* Species Plantarum ed. 1. p. 816. (1753).

ごばう 咸北。

14) Artemisia angustissima, *Nakai* in Tokyo Botanical Magazine XXIX.
p. 8 (1915).

いとよもぎ 慶南、咸北。

15) Artemisia annua, *Linné* Species Plantarum ed. 1. p. 847. (1753).

くそにんじん 全北、忠南、咸北、濟州島。

16) Artemisia apiacea, *Hance* apud *Walpers* Annales II. p. 895 (1852).

かはらにんじん 濟州島、全北、平南、咸南。

17) Artemisia aurata, *Komarov* in Acta Hort. Petrop. XVIII. p. 422 (1900).

きんよもぎ 咸北。

18) Artemisia Besseriana, *Ledebour* Flora Rossica II. p. 590 (1844–6)
a. triloba, *Ledebour* l.c.

たかねきぬよもぎ 咸北。

19) Artemisia borealis, *Pallas* Reise durch verschiedne Provinzen des Rus-

sischen Reichs III. app. p. 735 n. 129. t. H. h. f. 1. (1771)

いそよもぎ　　　　　　京畿。

20) Artemisia capillaris, *Thunberg* Flora Japonica p. 309. (1784)

かはらよもぎ　　　　　済州島。

21) Artemisia desertorum, *Sprengel* Systema vegetabilium III. p. 490.
(1826).

おほかはらよもぎ　　　欝陵島。

22) Artemisia Fauriei, *Nakai* in Tokyo Botanical Magazine XXIX. p. 7.
(1915).

ひめふくどよもぎ　　　全南、全北、忠南、平北。.

23) Artemisia Fukudo, *Makino* in Tokyo Botanical Magazine XXIII. p.
146. (1902).

ふくどよもぎ　　　　　全南、全北。

24) Artemisia Gmelini, *Stechmann* de Artemisia p. 30 n. 27 (1775).

α. discolor, *Nakai* Flora Koreana II. p. 31. (1911).

うらじろひめいはよもぎ　黄海、咸北。

β. vestita, *Nakai* l.c.

しろひめいはよもぎ　　咸北。

25) Artemisia hallaisanensis, *Nakai* in Tokyo Botanical Magazine XXIX.
p. 7. (1915).

たんなみねよもぎ　　　済州島。

26) Artemisia integrifolia, *Linné* Species Plantarum ed. 1. p. 848 (1753).

ひとつばよもぎ　　　　咸南、咸北。

27) Artemisia japonica, *Thunberg* Flora Japonica p. 310. (1784).

をとこよもぎ　　　　　済州島、全南、忠北、京畿、平北。

f. resedifolia, *Takeda* in Tokyo Botanical Magazine XXV. p. 22. (1904).

ほそばをとこよもぎ　　済州島、江原、平南、咸北。

28) Artemisia Keiskeana, *Miquel* Prolusio Floræ Japonicæ p. 108. (1867).

いぬよもぎ　　　　　　済州島、全南、慶南、慶北、忠南、
　　　　　　　　　　　　京畿、江原、平南、咸南、咸北。

29) Artemisia koreana, *Nakai* Flora Koreana II. p. 28. (1911).

おほはたよもぎ　　　　京畿。

30) Artemisia laciniata, *Willdenow* Species Plantarum III. p. 1843 (1800).

しこたんよもぎ　　　　咸北。

31) Artemisia latifolia, *Ledebour* in Mémoires du l'Academie imperiale des sciences de St.-Pétersbourg V. p. 559.

    f. luxurians, *Korschinsky* in Acta Horti Petropolinani XII. p. 363. (1892).

    おほよもぎ　　　　　　　　咸南。

32) Artemisia lavandulæfolia, *Aug. P. de Candolle* Prodromus systematis naturalis regni vegetabilis VI. p. 110 (1837)

    ひめよもぎ　　　　　　　　京畿、江原、平南、平北、咸北。

33) Artemisia leucophylla, *Turczaninow* Pl. exsicc. apud Komarov Flora Manshuriæ IV. p. 674 (1907).

    うすゆきよもぎ　　　　　　咸北。

34) Artemisia megalobotrys, *Nakai* in Tokyo Botanical Magazine XXXI. p. 111. (1917).

    じゅずよもぎ　　　　　　　咸北。

35) Artemisia Messerschmidtiana, *Besser* Tentamen de Abrotanis p. 27. (1832)

    a. viridis, *Besser* l.c.

    いはよもぎ　　　　　　　　全北、忠北、京畿、江原、黄海、平南、平北、咸南、咸北。

    f. laxiflora, *Nakai.*

    ちらしいはよもぎ　　　　　平南。

    var. discolor, (*Komarov*) *Nakai.*

    うらじろいはよもぎ　　　　平北。

36) Artemisia mongolica, *Fischer* ex *Besser* in Nouveaux Mémoires du la Société des Naturalistes de Moscou III. p. 53 (1834).

    ほそばよもぎ　　　　　　　欝陵島、江原、平北、咸南、咸北。

37) Artemisia nutantiflora *Nakai.*

Syn. Art. nutans, *Nakai* Flora Koreana II. p. 33 (non *Willdenow*).

    てうせんよもぎ　　　　　　京畿、黄海、平北、咸南。

38) Artemisia rubripes, *Nakai* in Tokyo Botanical Magazine XXXI. p. 112. (1917).

    おほほそばよもぎ　　　　　京畿、江原、咸南。

39) Artemisia scoparia, *Waldstein* et *Kitaibel* Descriptiones et icones plantarum rariorum Hungariæ I. p. 660. t. 65, (1802).

はまよもぎ　　　　　　　　済州島、全南、全北、慶南、巨済島、
　　　　　　　　　　　　　京畿、江原、黄海、平南、平北、咸
　　　　　　　　　　　　　南、咸北。

40) Artemisia selengensis, *Turczaninow* in litt. apud *Besser* Tent. de Abrot.
　　　n. 33. (1832).

　　f. serratifolia, (*Komarov*) *Nakai.*

　　Syn. Art. vulgaris *a.* selengensis f. serratifolia, *Komarov* Fl. Mansh.
　　　III. p. 673 (1907).

たかよもぎ　　　　　　　忠南、京畿、平北、咸南、咸北。

　　f. simplicifolia, *Nakai.*

ほそばたかよもぎ　　　　平北。

41) Artemisia Siebersiana, *Willdenow* Species Plantarum III. p. 1845.
　　　(1800).

はたよもぎ　　　　　　　京畿、江原、平北、咸南、咸北。

42) Artemisia silvatica, *Maximowicz* Primitiæ Floræ Amurensis p. 161.
　　　(1859).

もりよもぎ　　　　　　　江原、平南。

43) Artemisia Stelleriana, *Besser* Tent. de Abrotanis p. 79. t. 5 (1832).

　　var. sachalinensis, *Nakai* in Tokyo Botanical Magazine XXVI. p. 102
　　　(1912).

おほしろよもぎ　　　　　咸南。

44) Artemisia stolonifera, *Komarov* Flora Manshuriæ III. p. 676 (1907).

ひろはひとつばよもぎ　　全南、忠南、慶北、江原、咸南、咸北。

　　var. laciniata, *Nakai* in Tokyo Botanical Magazine XXXIV. p. 53.
　　　(1920).

きくばよもぎ　　　　　　咸北。

45) Artemisia subulata, *Nakai* in Tokyo Botanical Magazine XXIX. p. 8.
　　　(1915).

まきのはよもぎ　　　　　忠南。

46) Artemisia vulgaris, *Linné* Species Plantarum ed. 1. p. 848. (1753).

やまよもぎ　　　　　　　済州島、全南、全北、忠南、京畿、
　　　　　　　　　　　　　平南、平北、咸南、咸北。

47) Aster adustus, (*Maximowicz*) *Koidzumi* in schéd. Herb.

　　Syn. Aster trinervius var. adustus, *Maximowicz* in schéd. apud

Franchet et *Savatier* Enumeratio plantarum Japonicarum I. p. 223 (1875).

　やましろぎく　　　　　　　　咸北。

48) Aster ageratoides, *Turczaninow* Enumeratio plantarum Chinensis n. 109 in Bull. Soc. Nat. Mosc. VII. p. 154 (1837).

Syn. Aster quelpærtensis, *Vaniot* et *Léveillé* in Bulletin Acad. Internat. Geogr. Bot. (1909) p. 140.

　のこんぎく　　　　　　　　全南、欝陵島、忠北、京畿、黄海、
　　　　　　　　　　　　　　　平南、咸北。

49) Aster altaicus, *Willdenow* Enumeratio plantarum horti regii Berolinensis p. 881. (1809).

Syn. Aster depauperatus, *Vaniot* et *Léveillé* l.c. p. 142.

Aster Hayatæ, *Vaniot* et *Léveillé* l.c. p. 143.

　やまぢのぎく　　　　　　　　濟州島、慶南、忠北、黄海、江原、
　　　　　　　　　　　　　　　咸南、咸北。

50) Aster fastigiatus, *Fischer* in Memoires de la Société des Natur. de Moscou III. p. 74 (1812).

Syn. A. micranthus, *Vaniot* et *Léveillé* l.c. p. 141.

A. micranthus v. achilleiformis, *Léveillé* in *Fedde* Repertorium VIII. p. 449 (1910).

　ひめしをん　　　　　　　　　濟州島、京畿、江原、平南、平北、
　　　　　　　　　　　　　　　咸北。

51) Aster hispidus, *Thunberg* Flora Japonica p. 315. (1784).

Syn. Ast. Feddei, *Léveillé* et *Vaniot* in *Fedde* Repertorium VIII. p. 108 (1910).

A. macrodon, *Vaniot* et *Léveillé* in Bull. Acad. Int. Geogr. Bot. (1909) p. 141.

A. rupicola, *Vaniot* et *Léveillé* l.c. p. 142.

　はまべのぎく　　　　　　　　濟州島、絶影島、欝陵島、全南、慶
　　　　　　　　　　　　　　　南、慶北、京畿、江原、平南、咸北
　　　　　　　　　　　　　　　咸南。

52) Aster holophyllus, *Hemsley* in Journal of the Linræan Society XXIII. p. 412. (1888).

　ほそばよめな　　　　　　　　黄海、平南、咸北。

53) Aster incisus, *Fischer* in Memoires Soc. nat. Mosc. III. p. 76 (1812).

よめな 　　　　　　　　　済州島、慶南、忠南、京畿、黄海、
　　　　　　　　　　　　　平北、咸南、咸北。

var. holophyllus, *Maximowicz* apud *Komarov* Flora Manshuriæ III. p.
　　599. (1907)

なかばよめな 　　　　　　咸北。

54) Aster indicus, *Linné* Species Plantarum ed. 1. p. 876 (1753).

Syn. A. Ursinus, *Léveillé* in *Fedde* Repertorium XII. p. 100 (1913).

いんどよめな 　　　　　　済州島、全北。

55) Aster koraiensis, *Nakai* in Tokyo Botanical Magazine XXIII. p. 186
　　(1909).

てうせんよめな 　　　　　全南、慶南、忠南、京畿、黄海。

56) Aster Lautureanus, *Franchet* Plantæ Tschefou p. 224 (1890).

やまよめな 　　　　　　　咸北。

57) Aster Maackii, *Regel* Tentamen Floræ Ussuriensis n. 252. t. IV. f.
　　6-8. (860).

ひごしをん 　　　　　　　江原、平北、咸南、咸北。

58) Aster Oharai, *Nakai* in Tokyo Botanical Magazine XXXII. p. 110
　　(1918).

おほだるまぎく 　　　　　欝陵島、江原。

59) Aster pinnatifidus, *Makino* in *Iinuma's* Somoku-dzusetsu ed. 3. IV. p.
　　1106 t. 50 (1912).

ゆうがぎく 　　　　　　　済州島、慶北、京畿、江原、咸北。

60) Aster scaber, *Thunberg* Flora Japonica p. 316. (1784).

しらやまぎく 　　　　　　済州島、全南、京畿、平北、咸南、
　　　　　　　　　　　　　咸北。

61) Aster spathulifolius, *Maximowicz* in Mélanges Biologiques VIII. p. 7.
　　(1871).

だるまぎく 　　　　　　　済州島、莞島、慶南、咸南。

62) Aster tataricus, *Linné* fil. Supplementum p. 273. (1781).

しをん 　　　　　　　　　京畿、江原。

var. minor, *Makino* in Tokyo Botanical Magazine XXII. p. 166
　　(1908).

こしをん 　　　　　　　　京畿、平南、平北、咸南、咸北。

63) Aster Tripolium, *Linné* Species Plantarum ed. 1. p. 272. (1753).

Syn. A. macrolophus, *Vaniot et Léveillé* in Bulletin du l'Academie International Geographie Botanique (1909). p. 141.

A. papposissimus, *Léveillé* in *Fedde* Repertorium VIII. p. 282. (1910).

はましをん　　　　　　全南、平南。

64) Atractylis amplexicaulis, *Nakai*.

蒼朮薦　　　　　　平北、平南。

65) Atracylis ovata, *Thunberg* Flora Japonica p. 306. (1784).

var. amurensis, *(Freyn) Komarov* Fl. Mansh. III. p. 716. (1907).

ひとつばをけら　　　　忠南、全南、京畿、咸南、咸北。

var. ternata, *Komarov* Fl. Manshuriæ III. p. 716. (1907)

みつばをけら　　　　慶北、京畿、黄海。

66) Bidens bipinnata, *Linné* Species Plantarum ed. 1. p. 832. (1753).

せんだんぐさ　　　　欝陵島、慶南、京畿。

67) Bidens cernua, *Linné* Species Plantarum ed. 1. p. 832. (1753).

var. radiata, *Ledebour* Flora Rossica II. p. 517. (1845).

ながばたうこぎ　　　　咸南。

68) Bidens parviflora, *Willdenow* Enumeratio plantarum Horti regii botanici Berolinensis p. 848. (1809).

ほそばせんだんぐさ　　慶北、全南、京畿、黄海、平南、平北、咸北。

69) Bidens pilosa, *Linné* Species Plantarum ed. 1. p. 832. (1753).

しろばなせんだんぐさ　済州島、京畿、平北。

70) Bidens tripartita, *Linné* Species Plantarum ed. 1. p. 831. (1753).

たうこぎ　　　　　済州島、欝陵島、京畿、平北、咸北、

71) Cacalia aconitifolia, *Bunge* Enumeratio plantarum quas in China boreali collegit n. 208. (1831).

ほそばやぶれがさ　　済州島、慶南、京畿、江原、黄海、咸南、咸北。

72) Cacalia auriculata, *Aug. P. de Candolle* Prodromus systematis naturalis regni vegetabilis VI. p. 329. (1837).

α. ochotensis, *Maximowicz* Primitiæ Floræ Amurensis p. 165. (1859).

かうもりさう　　　　済州島、江原、咸南、咸北。

　　　var. alata, *Nakai* Vegetation of mount Waigalbon in Chosen-ihō extra
　　　　　ed. (1916) p. 73.

　　たにかうもりさう　　　　咸南、咸北。

　　var. Matsumurana, *Nakai* in Tokyo Botanical Magazine XXIII. p.
　　　　　189 (1909).

　　やまかうもりさう　　　　江原。

73)　Cacalia farfaræfolia, *Siebold* et *Zuccarini* in Abhandlungen der mathe-
　　　　matische-physicalischen Klasse der Academien der Wissen-
　　　　schaften zu Muenchen IV. 3. p. 190. n. 658. (1846).

　　おほばかうもり　　　　　濟州島。

　　var. ramosa, (*Maximowicz*) *Matsumura* Shokubutsu-meii rev. ed. p.
　　　　56. (1895).

　　おほかうもり　　　　　　全南、江原、咸南、咸北。

74)　Cacalia firma, *Komarov* in Acta horti Petropolitani XVIII. p. 420
　　　　(1900).

　　おにたいみんがさ　　　　江原、咸北。

75)　Cacalia hastata, *Linné* Species Plantarum p. 835. (1753).

　　var. glabra, *Ledebour* Flora Rossica II. p. 626. (1846).

　　よぶすまさう　　　　　　濟州島、江原、平北、咸南、咸北。

　　var. pubescens, *Ledebour* l.c.

　　おほよぶすまさう　　　　咸南、咸北。

76)　Cacalia Pseudo-Taimingasa, *Nakai* in Tokyo Botanical Magazine
　　　　XXIX. p. 8. (1915).

　　てうせんたいみんがさ　　慶南。

77)　Cacalia Thunbergii, *Nakai* in Tokyo Botanical Magazine XXV. p. 57.
　　　　(1911).

　　やぶれがさ　　　　　　　莞島、全南、京畿、江原、平北、咸
　　　　　　　　　　　　　　南。

78)　Callistephus chinnesis, (*Linné*) *Nees* Genera et Species Asterearum p.
　　　　222. (1832).

　　えぞぎく　　　　　　　　咸南、咸北。

79)　Carduus crispus, *Linné* Species Plantarum ed. 1. p. 821. (1753).

　　ひれあざみ　　　　　　　欝陵島、全南、京畿、江原、平南、
　　　　　　　　　　　　　　咸南、咸北。

80) Carpesium abrotanoides, *Linné* Species Plantarum ed. 1. p. 860. (1753).

やぶたばこ　　　　　　　濟州島、欝陵島、全北、京畿、平北。

81) Carpesium cernuum, *Linné* Species Plantarum ed. 1. p. 859. (1753).

さじがんくびさう　　　　濟州島。

82) Carpesium divaricatum, *Siebold* et *Zuccarini* in Abhandlungen der mathematische-physicalischen Klasse der Academien der Wissenschaften zu Muenchen IV. 3. p. 187. n. 652 (1846).

がんくびさう　　　　　　濟州島、欝陵島。

83) Carpesium glossophylloides, *Nakai* in Tokyo Botanical Magazine XXIX. p. 9. (1915).

てうせんがんくびさう　　慶南、黃海、江原。

84) Carpesium glossophyllum, *Maximowicz* in Melanges Biologiques IX. p. 282 (1873).

こやぶたばこ　　　　　　濟州島、 忠北、 京畿、江原、平南、咸北。

85) Carpesium macrocephalum, *Franchet* et *Savatier* Enumeratio plantarum Japonicarum II. p. 405 (1879).

おほがんくびさう　　　　江原、平北。

86) Carpesium rosulatum, *Miquel* Prolusio Floræ Japonicæ p. 111 (1867).

ひめがんくびさう　　　　濟州島、欝陵島。

87) Carpesium triste, *Maximowicz* in Mélanges Biologiques IX. p. 287. (1873).

みやまがんくびさう　　　全南、江原、咸北。

88) Centaurea monanthos, *George* Geographisch physikalische und naturhistorische Beschreibung des Russischen Reiches I. p. 231 (1797).

たいりんあざみ　　　　　慶北、京畿、平南、咸南、平北。

89) Centipeda minima, (*Linné*) *O. Kuntze* Revisio generum Plantarum I. p. 326 (1891).

ときんさう　　　　　　　濟州島、慶南、京畿、平北。

90) Chrysanthemum indicum, *Linné* Species Plantarum ed. 1. p. 889. (1753).

はまかんくぎ　　　　　　濟州島、絶影島、京畿、黃海、平南。平北。

91) Chrysanthemum koraiense, *Nakai* sp. nov.

てうせんあぶらぎく　　　　京畿、平南。

92) Chrysanthemum lavandulæfolium, (*Fischer*) *Makino* in Tokyo Botanical Magazine XXIII. p. 20 in nota (1909).

あぶらぎく　　　　　　濟州島、慶南、忠南、京畿、黄海、江原、平南、平北、咸北。

93) Chrysanthemum leiophyllum, *Nakai* in Tokyo Botanical Magazine XXXV. p. 149 (1921)

てりはのぎく　　　　　黄海。

94) Chrysanthemum lineare, *Matsumura* in Tokyo Botanical Magazine XIII. p. 83. t. 1. (1899).

ぬまぎく　　　　　　江原、咸北。

95) Chrysanthemum lucidum, *Nakai* in Tokyo Botanical Magazine XXXII. p. 110 (1918).

てりはぎく　　　　　　欝陵島。

96) Chrysanthemum naktongense, *Nakai* in Tokyo Botanical Magazine XXIII. p. 186 (1909).

かうらいのぎく　　　　慶南。

97) Chrysanthemum Pallasianum, (*Fischer*) *Komarov* Flora Manshuriæ III. p. 645. (1907).

おほいはいんちん　　　咸北。

98) Chrysanthemum sibiricum, *Fischer* in litt. apud *Turczaninow* Flora Baicalensi-Dahuriæ II. p. 42. (1842).

てうせんのぎく　　　　全南、慶南、慶北、忠南、京畿、江原、平南、平北、咸南、咸北。

var. acutilobum, (*Aug. P. de Candolle*) *Komarov* Flora Manshuriæ III. p. 642. (1907).

ほそばてうせんのぎく　濟州島、慶南、忠北、江原、平北、咸南。

var. alpinum, *Nakai* in Tokyo Botanical Magazine XXXI. p. 109. (1917).

てうせんいはぎく　　　江原、咸北。

99) Cirsium arvense, (*Linné*) *Scopoli* Flora Carniolica II. p. 126. (1760).

var. mite, *Koch* Synopsis plantarum Germanicæ et Helveticæ ed. 3. p. 341. (1857).

おにはたあざみ　　　　　平南。

var. setosum, (*Willdenow*) *Ledebour* Flora Rossica II. p. 735. (1846).

はたあざみ　　　　　咸南。

100) Cirsium chanroenicum, *Nakai* in Tokyo Botanical Magazine XXVI.
　　　p. 368. (1912)

ちゃうれいあざみ　　　　慶北。

101) Cirsium japonicum, (*Thunberg*) *Aug. P. de Candolle* Prodromus sys-
　　　tematis naturalis regni vegetabilis VI. p. 640. (1837).

α. typicum, (*Maximowicz*) *Nakai* in Tokyo Botanical Magazine XXVI.
　　　p. 379 (1912).

のはらあざみ　　　　　濟州島。

102) Cirsium lineare, (*Thunberg*) *Schulz. Bip.* in Linnæa XIX. p. 335
　　　(1847).

やなぎあざみ　　　　　平南、平北。

103) Cirsium Maackii, *Maximowicz* Primitiæ Floræ Amurensis p. 172.
　　　(1859).

からのあざみ　　　　　莞島、全北、忠南、全南、慶北、京
　　　　　　　　　　　畿、江原、平南、咸南。

var. koraiense, *Nakai* in Tokyo Botanical Magazine XXIII. p. 100.
　　　(1909).

ほそばからのあざみ　　　京畿。

var. Nakaianum, (*Léveillé* et *Vaniot*) *Nakai* in Tokyo Botanical
　　　Magazine XXVI. p. 378 (1912).

Syn. Cnicus Nakaianum, *Léveillé* et *Vaniot* in *Fedde* Repertorium
　　　VIII. p. 168 (1910).

Cirsium Maackii var. horridum, *Nakai* in Tokyo Botanical Magazine
　　　XXVI. p. 375 (1912).

とげあざみ　　　　　濟州島。

var. Taquetii, (*Léveillé* et *Vaniot*) *Nakai*.

Syn. Cnicus Taquetii, *Léveillé* et *Vaniot* in *Fedde* Repertorium VIII.
　　　p. 168 (1910).

おほとげあざみ　　　　濟州島。

104) Cirsium mokchangense, *Nakai* in Tokyo Botanical Magazine XXIX.
　　　p. 9 (1915).

うちはあざみ　　　　　　　全南。

105) Cirsium nipponicum, (*Maximowicz*) *Makino* in Tokyo Botanical
　　　　Magazine XVIII. p. 155 (1905).

ひめあざみ　　　　　　　欝陵島。

106) Cirsium pendulum, *Fischer* in *Aug. P. de Candolle* Prodromus sys-
　　　　tematis naturalis regni vegetabilis VI. p. 650 (1837)

たかあざみ　　　　　　　京畿、江原、平北、咸北。

107) Cirsium Rhinoceros, (*Léveillé et Vaniot*) *Nakai* in Tokyo Botanical
　　　　Magazine XXVI. p. 364. (1912).

はりあざみ　　　　　　　濟州島。

108) Cirsium Schanterense, *Trautvetter* et *Meyer* Florula Ochotensis p.
　　　　58. (1856).

てうせんきせるあざみ　　　　江原、咸南、咸北。

109) Cirsium segetum, *Bunge* Enumeratio plantarum quas in China
　　　　boreali collegit n. 202 (1831).

あれちあざみ　　　　　　　濟州島、莞島、慶南、慶北、京畿、
　　　　　　　　　　　　　　江原、平南、咸南。

f. lactiflorum, *Nakai* in Tokyo Botanical Magazine XXVI. p. 356
　　　　(1912).

白花あれちあざみ　　　　　平南。

110) Cirsium setidens, (*Dunn*) *Nakai* in Tokyo Botanical Magazine
　　　　XXXIV. p. 54 (1920).

てうせんやなぎあざみ　　　京畿。

111) Cirsium uninervium, (*Léveillé et Vaniot*) *Nakai*.
　　Syn. Cnicus uninervius, *Léveillé* et *Vaniot* in *Fedde* Repertorium
　　　　VIII. p. 168 (1910).

ほそばのあざみ　　　　　　濟州島。

112) Cirsium Wlassovianum, *Fischer* in litt. ex *Aug. P. de Candolle*
　　　　Prodromus systematis naturalis regni vegetabilis VI. p. 653
　　　　(1837).

うらじろやなぎあざみ　　　江原、平南、咸南、咸北。
var. album, *Nakai*.

白花うらじろやなぎあざみ　咸北。

var. bracteatum, *Ledebour* Flora Rossica II. p. 741. (1846).

咸北。

113) Cirsium Yoshinoi, *Nakai* in Tokyo Botanical Magazine XXVII. p. 263 (1913).

あきのあざみ　　　　　慶南。

114) Crepidiastrum lanceolatum, (*Houttuyn*) *Nakai* in Tokyo Botanical Magazine XXXIV. p. 150 (1920).

f. alatum, *Nakai* l.c.

かうらいわだん　　　　絶影島。

var. latifolium, *Nakai* l.c. p. 151.

f. subpetiolatum, *Nakai* l.c.

まるばわだん　　　　　絶影島。

115) Crepidiastrum Quercus, (*Léveillé* et *Vaniot*) *Nakai* l.c. p. 152.

おほばあせとうな　　　濟州島。

116) Crepis japonica, (*Linné*) *Bentham* Flora Hongkongensis p. 194. (1861).

をにたびらこ　　　　　濟州島、欝陵島、全南、京畿。

117) Cyathocephalum Schmidtii, (*Maximowicz*) *Nakai* in Tokyo Botanical Magazine XXIX. p. 11 (1915).

てうせんやまたばこ　　咸北

118) Echinopus davuricus, *Fischer* ex *Alph. de Candolle* Prodromus systematis naturalis regni vegetabilis VI. p. 523. (1837).

ひごたい　　　　　　　濟州島、全北、京畿、平南、咸北。

119) Eclipta alba, (*Linné*) *Hasskarl* Plantæ Javæ rariores. p. 528. (1848).

たかさぶらう　　　　　濟州島、慶南、京畿。

120) Erigeron kamtschaticus, *Aug. P. de Candolle* Prodromus systematis naturalis regni vegetabilis V. p. 290. (1836).

var. manshuricus, (*Komarov*) *Koidzumi* in Tokyo Botanical Magazine XXXI. p. 140. (1917).

てうせんむかしよもぎ　平南、平北、咸南、咸北。

121) Erigeron glabratus, *Hoppe* et *Hornschuch* apud *Bluff* et *Fingerhuth* Compendium Floræ Germanicæ II. p. 364 (1825).

みやまあづまぎく　　　平北、咸南、咸北。

122) Eupatorium japonicum, *Thunberg* Flora Japonica p. 308. (1784).

ひよどりばな　　　　　　　　済州島、欝陵島、全南、慶南、忠南、
　　　　　　　　　　　　　　京畿、江原、咸北。

123)　Eupatorium Kirilowi, *Turczaninow* in Bulletin du la Société des
　　　　Naturalistes de Moscou VII. p. 153 (1837).

みつばさはひよどり　　　　　済州島、京畿、江原、平北、咸南、
　　　　　　　　　　　　　　咸北、

124)　Eupatorium Lindleyanum, *Aug. P. de Candolle* Prodromus sys-
　　　　tematis naturalis regni vegetabilis V. p. 180. (1836).

さはひよどり　　　　　　　　済州島、全南、京畿、黄海、平南、
　　　　　　　　　　　　　　咸北。

125)　Eupatorium stœchadosmum, *Hance* in Annales des Sciences Naturel-
　　　　les sér. IV. XVIII. p. 222 (1862).

ふぢばかま　　　　　　　　　珍島、全南。

126)　Gerbera Anandria, (*Linné*) *Schulz. Bip.* in Flora XXVIII. p. 782
　　　　(1844).

せんぼんやり　　　　　　　　済州島、慶北、忠南、京畿、平南、
　　　　　　　　　　　　　　平北、咸南。

var. pinnata, *Nakai.*

こせんぼんやり　　　　　　　咸北。

127)　Gnaphalium hypoleucum, *Aug. P. de Candolle* Prodromus systematis
　　　　naturalis regni vegetabilis VI. p. 222. (1837).

あきのははこぐさ　　　　　　済州島、全南、慶南。

128)　Gnaphalium japonicum, *Thunberg* Flora Japonica p. 311. (1784).

ちちこぐさ　　　　　　　　　済州島、絶影島、全南、忠南、咸南。

129)　Gnaphalium luteo-album, *Linné* Species Plantarum p. 851. (1753).

うすいろはうこぐさ　　　　　咸南。

var. multiceps, (*Wallich*) *Hooker* fil. Flora of British India III. p. 358
　　　　(1881).

はうごぐさ　　　　　　　　　済州島、莞島、欝陵島、全南、京畿。

130)　Gnaphalium uliginosum, *Linné* Species Plantarum ed. 1. p. 856 (1753)

えぞのはうこぐさ　　　　　　全南、慶南、京畿、江原、咸南、咸
　　　　　　　　　　　　　　北。

131)　Hemistepta carthamoides, (*Roxburgh*) *O. Kuntze* Revisio generum
　　　　plantarum I. p. 344 (1891).

きつねあざみ　　　　　　　濟州島、欝陵島、慶北、京畿、平南、
　　　　　　　　　　　　　平北、咸南。

132) Hieracium coreanum, *Nakai* in Tokyo Botanical Magazine XXIX.
　　　p. 9. (1915).

ひろはかうぞりな　　　　　咸北。

133) Hieracium hololerion, *Maximowicz* Primitiæ Floræ Amurensis p. 182
　　　(1859).

いとすみらん　　　　　　　濟州島、　全南、　京畿、江原、平南、
　　　　　　　　　　　　　平北。

134) Hieracium prælongum, *Nakai* in Tokyo Botanical Magazine XXXI.
　　　p. 112 (1917).

ながばかうぞりな　　　　　咸南。

135) Hieracium umbellatum, *Linné* Species plantarum p. 804. (1753).

やなぎなんぽぽ　　　　　　濟州島、全南、　京畿、江原、黄海、
　　　　　　　　　　　　　平北、咸南、咸北。

136) Hypochæris grandiflora, *Ledebour* Flora Altaica IV. p. 164. (1833).

わうごんさう　　　　　　　京畿、黄海、平南、咸南、咸北。

137) Inula britannica, *Linné* Species Plantarum ed. 1. p. 882. (1753).
　　　var. japonica, *Komarov* Flora Manshuriæ III. p. 626. (1907).

をぐるま　　　　　　　　　濟州島、　全南、　慶北、江原、平北、
　　　　　　　　　　　　　咸南。

　　　var. linariæfolia, (*Turczaninow*) *Regel* Tentamen Floræ Ussuriensis
　　　n. 260. (1860).

ほそばをぐるま　　　　　　京畿、平南、平北。

　　　var. ramosa, *Komarov* Flora Manshuriæ III. p. 626. (1907).

えだうちをぐるま　　　　　全南、平南、咸南。

138) Inula salicina, *Linné* Species Plantarum ed. 1. p. 882. (1753).

かせんさう　　　　　　　　慶南、慶北、京畿、平南、平北、咸南。

139) Ixeris chinensis, (*Thunberg*) *Nakai* in Tokyo Botanical Magazine
　　　XXXIV. p. 152. (1920).

たかさごさう　　　　　　　濟州島、欝陵島、全南、慶南、慶北、
　　　　　　　　　　　　　京畿、江原、平南、平北、咸南。

　　　var. grossidens, *Nakai*.

たんなたかさごさう　　　　濟州島。

140) Ixeris debilis, *A. Gray* Botany of Japan p. 397. (1859).

ちしばり　　　　　　　　済州島、慶南、京畿、咸南。

141) Ixeris dentata, *(Thunberg) Nakai.*

にがな　　　　　　　　　済州島、全南、忠南。

var. albiflora, *(Makino) Nakai.*

しろばなにがな　　　　　莞島、全南。

var. lobata, *Nakai.*

みつまたにがな　　　　　済州島。

var. octoradiata, *Nakai.*

はなにがな　　　　　　　全南。

142) Ixeris Matsumuræ, *(Makino) Nakai* in Tokyo Botanical Magazine
XXXIV. p. 153. (1920).

のにがな　　　　　　　　欝陵島、全南、京畿、江原、平南。

143) Ixeris graminea, *(Fischer) Nakai* in Tokyo Bot. Mag. XXXVI. p. 23
(1922).

Syn. Prenanthes graminea, *Fischer* in Memoires du la Société des
naturalistes de Moscou III. p. 67. (1812).

かはらにがな　　　　　　全南。

144) Ixeris repens, *(Linné) A. Gray* Botany of Japan p. 397. (1859).

はまにがな　　　　　　　済州島、慶南、京畿、江原、咸南、

145) Ixeris sonchifolia, *(Bunge) Nakai* in Tokyo Botanical Magazine
XXXIV. p. 154. (1920).

てうせんやくしさう　　　済州島、全南、慶南、慶北、京畿、
　　　　　　　　　　　　平南、平北、咸南。

146) Ixeris stolonifer, *A. Gray* Botany of Japan p. 396. (1859)

いはにがな　　　　　　　済州島、巨文島、欝陵島、咸南。

147) Lactuca laciniata, *(Houttuyn) Makino* in Tokyo Botanical Magazine
XVII. p. 88 (1903).

あきののげし　　　　　　済州島、欝陵島、慶北、京畿、平南、
　　　　　　　　　　　　平北、咸南。

148) Lactuca Raddeana, *Maxinowicz* in Mélanges Biologiques IX. p. 355.
(1874).

やまにがな　　　　　　　済州島、京畿、咸南、咸北。

149) Lactuca triangulata, *Maximowicz* Primitiæ Floræ Amurensis p. 177.
(1859).

みやまあきののげし　　　　濟州島、全南、全北、慶南、慶北、
　　　　　　　　　　　　　欝陵島、江原、京畿、咸南。

150) Lapsana apogonoides, (*Maximowicz*) *Hooker* et *Jackson* Index
　　　Kewensis III. p. 30 (1894).

こをにたびらこ　　　　　　濟州島、全南。

151) Leontopodium coreanum, *Nakai* in Tokyo Botanical Magazine
　　　XXXI. p. 109. (1917).

てうせんうすゆきさう　　　濟州島、江原。

152) Leontopodium leiolepis, *Nakai* in *Matsumura* Icones Plantarum
　　　Koishikavenses IV. 4. p. 75. Pl. 250. (1920).

みゆきさう　　　　　　　　咸南。

153) Ligularia coreana, *Nakai* in Tokyo Botanical Magazine XXIX. p. 10
　　　(1915).

おほはんくゎいさう　　　　咸北。

154) Ligularia deltoidea, *Nakai* in Tokyo Botanical Magazine XXIX. p.
　　　126. (1917).

さんかくつはぶき　　　　　咸北。

155) Ligularia intermedia, *Nakai* in Tokyo Botanical Magazine XXXI. p.
　　　125. (1917).

かうらいめたからこう　　　咸南、平北、咸北。

156) Ligularia jaluensis, *Komarov* in Acta Horti Petropolitani XVIII. p.
　　　420. (1900).

じんえうつはぶき　　　　　咸南。

157) Ligularia Jamesii, (*Hemsley*) *Komarov* Flora Manshuriæ III. p. 697.
　　　(1907).

やのねつはぶき　　　　　　咸南、咸北。

158) Ligularia pulchra, *Nakai* in Tokyo Botanical Magazine XXXI. p.
　　　126. (1917).

ながばをたからこう　　　　咸南、咸北。

159) Ligularia sibirica, *Cassini* Opuscules phytologiques I. p. 401. (1826).
　　　var. araneosa, *Aug. P. de Candolle* Prodromus systematis naturalis
　　　　　regni vegetabilis VI. p. 315. (1837).

たんなをたからこう　　　　全南、江原。

var. vulgaris, *Aug. P. de Candolle* l.c.

をたからこう　　　　　　　濟州島、全南、江原、咸南。

160) Ligularia Taquetii, (*Léveillé*) *Nakai* Report on the vegetation of the island Quelpært p. 90 (1914).

はまたばこ　　　　　　　濟州島。

161) Ligularia tussilaginea, (*Burmann*) *Makino* in Tokyo Botanical Magazine XVIII. p. 52. (1904).

つはぶき　　　　　　　濟州島。

162) Matricaria inodora, *Linné* Flora Suecica ed. 2. p. 297. n. 765. (1755).

てうせんかみつれ　　　　　京畿、平北。

163) Mulgedium sibiricum, *Lessing* Synopsis generum Compositarum p. 142. (1832).

むらさきのげし　　　　　咸北。

164) Nabalus ochroleuca, *Maximowicz* in Mélanges Biologiques VII. p. 557. (1870).

かうらいおほにがな　　　　濟州島、京畿。

165) Nabalus Tatarinovii, (*Maximowicz*) *Nakai*.
Syn. Prenanthes Tatarinovii, *Maximowicz* Primitiæ Floræ Amurensis p. 474. (1859).

つりふくわうさう　　　　咸北。

166) Paraixeris chelidoniifolia, (*Makino*) *Nakai* in Tokyo Botonical Magazine XXXIV. p. 156 (1920).

くさのわうばのぎく　　　全南、慶北、江原、平北。

167) Paraixeris denticulata, (*Houttuyn*) *Nakai* in Tokyo Botanical Magazine XXXIV. p. 156. (1920).
f. typica, (*Maximowicz*) *Nakai* l.c. p. 157.

やくしさう　　　　　濟州島、全南、欝陵島、慶南、忠南、京畿、江原、平北、咸南。

f. pinnatipartita, (*Makino*) *Nakai* l.c.

きくばやくしさう　　　　平北、咸南。

168) Petasites japonica, *Miquel* Prolusio Floræ Japonicæ p. 380. (1867).

ふき　　　　　　濟州島、欝陵島、江原、咸北。

169) Petasites saxatilis, (*Turczanincw*) *Komarcv* Flora Manshuriæ III. p. 684. (1907).

たうぶき　　　　　咸南、咸北。

170) Picris japonica, *Thunberg* Flora Japonica p. 299. (1784).

かうぞりな　　　　　済州島、全南、京畿、平南、平北。

171) Rhynchospermum verticillatum, *Reinwardt* in Herb. *Reinwardt.* fide
　　Blume in Bijidragen tot de Flora van Nederlandsch Indië 15de
　　stuk p. 902. (1826).

var. subsessilis, *Oliver* in herb. apud *Miquel* Prolusio Floræ Japonicæ
　　p. 362. (1867).

しうぶんさう　　　　済州島。

172) Saussurea brachycephala, *Franchet* in Bulletin du l'Herbier Boissier
　　(1897) p. 540.

やはずしらねあざみ　　欝陵島、全南、江原。

173) Saussurea chinnamponensis, *Léveillé* et *Vaniot* in Bulletin du
　　l'Academie Geogr. Bot. (1909) p. 145.

やなぎひごたい　　　平南。

174 Saussurea conandrifolia, *Nakai* in Tokyo Botanical Magazine XXIX.
　　p. 196. (1915).

をくやまひごたい　　平北。

175) Saussurea diamantiaca, *Nakai* in Tokyo Botanical Magazine XXIII.
　　p. 185. (1909).

var. typica, *Nakai* in Tokyo Botanical Magazine XXIX. p. 196.
　　(1915).

もりひごたい　　　　江原、咸南。

var. longifolia, *Nakai* l.c.

ながばもりひごたい　　平北。

176) Saussurea elongata, *Aug. P. de Candolle* in Annales de Musée
　　d'histoire naturelle, Paris XVI. p. 201 (1810).

var. recurvata, *Maximowicz* Primitiæ Floræ Amurensis p. 167. (1859).

ながばひごたい　　　咸北。

177) Saussurea eriolepis, *Bunge* in litt. fide *Aug. P. de Candolle* Prodromus
　　systematis naturalis regni vegetabilis VI. p. 535.

うらぎんひごたい　　済州島、玲島、全南、慶南、忠南、
　　　　　　　　　　江原。

178) Saussurea eriophylla, *Nakai* in Tokyo Botanical Magazine XXVII.
　　p. 35 (1913).

α. typica, *Nakai* in Tokyo Botanical Magazine XXIX. p. 195 (1915).

うらじろひごたい　　　　　江原、咸南。

var. alpina, *Nakai* l.c. p. 196.

みやまうらじろひごたい　　平北、咸南、咸北。

179) Saussurea grandifolia, *Maximowicz* Primitiæ Floræ Amurensis p. 169 (1859).

α. genuina, *Herder* in Bulletin du la Société des Naturalistes de Moscou (1868) p. 15.

しらねあざみ　　　　　　　全南、江原、平北、咸南、咸北。

var. tenuior, *Herder* l.c. p. 16.

つるしらねあざみ　　　　　平北、咸南。

var. macrolepis, *Nakai* in Tokyo Botanical Magazine XXIX. p. 204. (1915).

　　　　　　　　　　　　　慶南。

var. microcephala, *Nakai* l.c.

　　　　　　　　　　　　　咸北。

180) Saussurea grandifolioides, *Nakai* in Tokyo Botanical Magazine XXVII. p. 35. (1913).

ひめしらねあざみ　　　　　朝鮮中部。

181) Saussurea Hoasii, *Nakai* in Tokyo Botanical Magazine XXIX. p. 10 (1915).

をくやまひごたい　　　　　咸北。

182) Saussurea japonica, *Aug. P. de Candolle* in Annales Mus. Paris XVI. p. 203 (1810).

var. subintegra, *(Regel) Komarov* Fl. Manshuriæ III. p. 729. (1907).

ひめひごたい　　　　　　　黄海、平北、咸南、咸北。

var. alata, *(Regel) Komarov* l.c.

ひれひめひごたい　　　　　咸南、咸北。

var. lineariloba, *Nakai* in Tokyo Botanical Magazine XXV. p. 58 (1911).

ほそばひめひごたい　　　　京畿。

var. ovata, *(Regel) Komarov* l.c.

おほひめひごたい　　　　　京畿、黄海、咸南、咸北。

var. pinnatifida, *(Regel) Komarov* l.c.

きくばひめひごたい　　　　　京畿、黄海、平南、平北。

183)　Saussurea manshurica, *Komarov* in Acta Horti Petropolitani XVIII.
　　　　p. 424. (1900).

a. typica, *Nakai* in Tokyo Botanical Magazine XXIX. p. 205 (1915).

やぶひごたい　　　　　　咸南、咸北。

var. pinnatifida, *Nakai* l.c.

きくばやぶひごたい　　　咸南。

184)　Saussurea Matsumuræ, *Nakai* in Tokyo Botanical Magazine XXIX.
　　　　p. 206 (1915).

おほほくちあざみ　　　　咸北。

185)　Saussurea Maximowiczii, *Herder* in Bulletin Soc. Nat. Mosc. (1868)
　　　　p. 14.

みやこあざみ　　　　　濟州島、巨濟島、京畿、江原、咸南、
　　　　　　　　　　　咸北。

var. serrata, *Nakai* in Tokyo Botanical Magazine XXIX. p. 202
　　　　(1915).

ほそばみやこあざみ　　　黄海。

186)　Saussurea nutans, *Nakai* in Tokyo Botanical Magazine XXXI. p.
　　　　110 (1917).

かうらいたうひれん　　　江原。

187)　Saussurea odontolepis, *Schulz* in litt. fide *Herder* in Bulletin Soc.
　　　　Nat. Mosc. (1868) p. 13.

きくばひめあざみ　　　　全南、慶北、京畿、平南。

188)　Saussurea salicifolia, *Aug. P. de Candolle* in Anuales Mus. Nat. Hist.
　　　　Paris. XVI. p. 200 (1910).

var. angustifolia, (*Ledebour*) *Aug. P. de Candolle* Prodromus syste-
　　　　matis naturalis regni vegetabilis VI. p. 533 (1837).

うらじろやなぎひごたい　　咸北。

189)　Saussurea saxatilis, *Komarov* in Acta Horti Petropolitani XVIII. p.
　　　　422. (1900).

きぬひごたい　　　　　　咸南。

190)　Saussurea seoulensis, *Nakai* in Tokyo Botanical Magazine XXV. p.
　　　　58 (1911).

からひごたい　　　　　　京畿。

191) Saussurea serrata, *Aug. P. de Candolle* in Annales Mus. d'Histoire
  naturelle Paris XVI. p. 534 (1810).

  var. amurensis, *Herder* in Bulletin du la Société des naturalistes de
  Moscou (1868) p. 19.

  のこぎりひごたい　　　　　咸南、咸北。

192) Saussurea stenolepis, *Nakai* in Tokyo Botanical Magazine XXIX. p.
  207 (1915).

  ははきひごたい　　　　　咸北。

193) Saussurea Taquetii, *Léveillé* et *Vaniot* in *Fedde* Repertorium VIII.
  p. 169. (1910).

  はまひごたい　　　　　濟州島、全南。

194) Saussurea triangulata, *Trautvetter* et *Meyer* Florula Ochotensis p. 58.
  t. 29. (1856).

  var. genuina, *Herder* Plantæ Raddeanæ III. 3. p. 33.

  くもぬひごたい　　　　　平北、咸南。

  var. alpina, *Nakai* in Tokyo Botanical Magazine XXIX. p. 203
  (1915).

  こくもぬひごたい　　　　　咸南、咸北。

195) Saussurea Uchiyamana, *Nakai* in Tokyo Botanical Manazine XXIX.
  p. 197 (1915).

  ひかげひごたい　　　　　江原。

196) Saussurea umbrosa, *Komarov* in Acta Horti Petropolitani XVIII. p.
  424 (1900).

  たにひごたひ　　　　　咸南。

  var. herbicola, *Nakai* in Tokyo Botanical Magazine XXIX. p. 201
  (1915).

  のはらひごたい　　　　　咸南。

197) Saussurea ussuriensis, *Maximowicz* Primitiæ Floræ Amurensis p. 167
  (1859).

  a. genuina, *Meximowicz* l.c. p. 168.

  ほくちあざみ　　　　　慶南、江原、平北、咸北。

  var. incisa, *Maximowicz* l.c.

  きくあざみ　　　　　江原、黃海、平南、咸南、咸北。

198) Scorzonera albicaulis, *Bunge* Enumeratio plantarum quas in China boreali collegit n. 230 (1831).

やなぎばらもんじん　　　　　濟州島、全南、全北、慶南、京畿、平南、咸南、咸北。

199) Scorzonera austriaca, *Willdenow* Species plantarum III. p. 1798. (1800).

こばらもんじん　　　　　慶北、咸南、平南、平北。

200) Scorzonera radiata, *Fischer* in litt. ex *Ledebour* Flora Altaica IV. p. 160. (1833).

ふたなみさう　　　　　平北。

201) Senecio argunensis, *Turczaninow* Flora Baicalensi-Dahuriæ II 2. p. 91. (1842).

こうりんぎく　　　　　濟州島、京畿、江原、黄海、平南、平北、咸南、咸北。

202) Senecio campestris, *Aug. P. de Candolle* Prodromus systematis naturalis regni vegetabilis VI. p. 361. (1837).

さはをぐるま　　　　　濟州島、所安島、豐島、全南、全北、慶南、慶北、京畿、江原、平南、平北、　咸南

203) Senecio flammeus, *Aug. P. de Candolle* l. c. p. 362.

こうりんぎく　　　　　京畿、平北、咸北。

204) Senecio Imaii, *Nakai* in Tokyo Botanical Magazine XXIX. p. 10. (1915).

かはらをぐるま　　　　　平南。

205) Senecio Kawakamii, *Makino* in Tokyo Botanical Magazine XXVI. p. 292. (1912).

Syn. S. phœanthus, *Nakai* in Tokyo Botanical Magazine XXXI. p. 110 (1917).

みやまをぐるま　　　　　江原、平北、咸北。

206) Senecio koreanus, *Komarov* in Acta Horti Petropolitani XVIII. p. 422 (1900).

きくばきをん　　　　　咸南。

207) Senecio longi-ligulatus, *Léveillé* et *Vaniot* in *Fedde* Repertorium VIII. p. 169 (1910).

たかねこうりんぎく　　　　　濟州島。

208) Senecio nemorensis, *Linné* Species Plantarum ed. 1. p. 870. (1753).

きをん　　　　　濟州島、咸南、咸北、

209) Senecio palmatus, *Pallas* Reise durch Verschiedne Provinzen des Russischen Reichs III. p. 321. (1771).

はんごんさう　　　　　咸南、咸北。

210) Senecio Pseudo-arnica, *Lessing* in Linnæa VI. p. 240 (1831).

えぞをぐるま　　　　　咸北。

211) Serratula coronata, *Linné* Species Plantarum ed. II. p. 1144. (1762).

たむらさう　　　　　濟州島、全南、全北、京畿、江原、平南、咸南、咸北。

212) Serratula deltoidea, (*Aiton*) *Makino* in Tokyo Botanical Magazine XXIV. p. 247. (1910).

やまぼくち　　　　　濟州島、全南、慶南、忠南、京畿、江原、平北。

213) Serratula excelsa, *Makino* in Tokyo Botanical Magazine XXIV. p. 249.

はばやまぶくち　　　　　濟州島、京畿、江原、平北、咸南、咸北。

214) Serratula Hayatæ, *Nakai* Flora Koreana II. p. 49 (1911).

しらはたむらさう　　　　　京畿。

215) Siegesbeckia orientalis, *Linné* Species Plantarum ed. 1. p. 900 (1753).

つくしめなもみ　　　　　濟州島、京畿、平北。

216) Siegesbeckia pubescens, *Makino* Journal of Japanese Botany I. 7. p. 24 (1917).

めなもみ　　　　　平北、咸北。

217) Solidago Virgaurea, *Linné* Species Plantarum ed. 1. p. 880 (1753).

あきのきりんさう　　　　　濟州島、欝陵島、全南、京畿、平南、平北、咸北。

var. coreana, *Nakai* in Tokyo Botanical Magazine XXXI. p. 110 (1917).

てうせんあきのきりんさう　　江原、咸南。

218) Sonchus asper, *Linné* Species Plantarum ed. 1. p. 794 (1753).

おにのげし　　　　　欝陵島。

219) Sonchus oleraceus, *Linné* Species Plantarum ed. 1. p. 794. (1753).

　　　のげし　　　　　　　　　濟州島、莞島、欝陵島、京畿、平南。

220) Sonchus uliginosus, *Biebert* ex *Aug. P. de Candolle* Prodromus
　　　systematis naturalis regni vegetabilis VII. p. 186. (1838).

　　　はちじょうな　　　　　　濟州島、京畿．江原、咸南、平南。

221) Tanacetum sibiricum, *Linné* Species Plantarum ed. 1. p. 844. (1753).

　　　いんちんよもぎ　　　　　咸北。

222) Tanacetum vulgare, *Linné* Species Plantarum ed. 1. p. 844. (1753).

　　　よもぎぎく　　　　　　　咸南、咸北。

223) Taraxacum albidum, *H. Dahlstædt* Acta Horti Bergiani IV. n. 2. p.
　　　11. t. I. fig. 3–5 (1907).

　　　しろばなたんぽぽ　　　　慶北、京畿、咸南。

224) Taraxacum coreanum, *Nakai* sp. nov.

　　　かうらいたんぽぽ　　　　京畿。

225) Taraxacum hallaisanense, *Nakai* in Tokyo Botanical Magazine
　　　XXIX. p. 11 (1915).

　　　たんなたんぽぽ　　　　　濟州島。

226) Taraxacum platycarpum, *H. Dahlstædt* in Acta Horti Bergiani IV.
　　　n. 2. p. 14. t. 1. fig. 16–22. (1907).

　　　たんぽぽ　　　　　　　　濟州島、欝陵島、京畿、咸南。

227) Wedelia prostrata, (*Hooker* et *Arnott*) *Hemsley* in Journal of the
　　　Linnæan Society XXIII. p. 434. (1888).

　　　はまをぐるま　　　　　　濟州島。

228) Xanthium Strumarium, *Linné* Species Plantarum ed. 1. p. 987.
　　　(1753).

　　　をなもみ　　　　　　　　濟州島、欝陵島、全南、全北、京畿、
　　　　　　　　　　　　　　　黃海、江原。

右ノ中莖ガ數年ヲ經テ灌木狀トナルヽ

　　　たかねきぬよもぎ　　　　　　うらじろひめいはよもぎ
　　　しろひめひはよもぎ　　　　　いはよもぎ
　　　うらじろいはよもぎ　　　　　おほだるまぎく

ノミナリ。

（三）　朝鮮產菊科木本植物ノ分類

菊　　科

Compositæ.

草本又ハ灌木又ハ喬木、乳汁アルモノトナキモノトアリ、托葉ナシ。葉ハ一年生又ハ二年生、互生、對生又ハ輪生、有柄又ハ無柄、全緣又ハ鋸齒アリ、頭狀花序ハ種々ノ排列ヲナス、總苞ハ一列乃至數列、種々ノ重ナリ方アリ、花托ニ毛アルモノ、小苞アルモノ等アリ、花ハ兩全又ハ退化シテ單性、萼ハナキモノ又ハ刺、毛、羽毛、鱗片等ニ變化セルアリ、花冠ハ筒狀、整正又ハ舌狀、白色、紫色、黃色、紅色、碧色等種々アリ、萼筒ハ或ハ丸ク或ハ稜角アリ、脈ハ五本乃至二十本、雄蕊ハ花筒ニツキ通例抽出ス、胞間ノ突出セルモノ葯ノ基部截形ナルモノ丸キモノ簇形ナルモノ、尾ヲ有スルモノナドアリ、通例聚葯雄蕊ナレドモ退化シテ離生スルアリ、花柱ハ一個、柱頭ハ一個又ハ二個、其形狀突起物等ハ分類上ノ標徵ヲナス、子房ハ一室、唯一個ノ直立セル卵子アリ、果實ハ瘦果、唯一個ノ種子ヲ藏ス、種子ニ胚乳ナシ、幼根ハ下向。

世界ニ800餘屬ト14000餘種アリ、餘リニ多種多樣ナル爲メ未ダ完全ナル分類ナシ、日本領域ニ71屬450種、朝鮮ニ55屬228種アリ。

Compositæ, *Vaillant* in Acta Academiæ Paris 1718–1721. *Adanson* Familles des plantes II. p. 103 (1763). *Aug. P. de Candolle* Prodr. V. p. 4 (1835). *Endlicher* Gen. Pl. p. 355 (1336–40). *Lindley* Nat. Syst. ed. 2. p.221 (1836). Veg. Kingd. ed. 3. p. 702 (1853). *Bentham* et *Hooker* Gen. Pl. II. i. p. 163 (1874) *Hoffmann* in nat. Pflanzenf. IV. 5. p. 87. (1889) *Linné* Prælect. in ord. nat. pl. ed. *Giseke* p. 21 (1792).

Herbæ, suffrutices, frutices v. arbores lactiferæ v. elactiferæ exstipullata. Folia annua v. biennia, alterna, opposita v. verticillata petiolata v. sessilia, integra v. serrata. Flores capitati. Caput varie dispositum. Involucri squamæ 1–∞ seriales varie imbricatæ. Receptaculum glabrum v. pilosum v. paleaceum sæpe foveolatum, planum v. concavum v. turbinatum v. elevato-conicum. Flores hermaphroditi v. fæminei. Calycis tubus ovario cohærens edentatus v. dentes in pappis v. paleis v. aculeis variantes. Corolla tubulosa regularis v. ligulata, alba v. purpurea v. flava v. rosea v. coccinea v. cærulea. Calycis tubus angulatus v. teres v. compressus v. 5–20 nervis. Stamina 5 vulgo antheris conniventibus sed rarissime liberis, exerta. Connectivum obtusum v. longe exertum. Antheræ basi truncatæ v. sagittatæ v. attenuatæ v. caudatæ. Styli simplices. Stigma indivisum v. bifidum forma variabillimum. Ovarium uniloculare uniovulatum. Semina in achenia. Achenia semine unico exalbuminosa. Radicula infera.

Genera 800 species ultra 14000 per totas regiones orbis late expansa, inter eas genera 7 et species 450 in Japonia et genera 55 species 228 in Corea indigena.

よ も ぎ 屬

一年生又ハ多年生ノ草木又ハ半灌木又ハ灌木、多クハ綿毛ニテ被ハル、葉ハ互生、托葉アリ、單葉、全緣又ハ鋸齒アリ又ハ三叉又ハ羽狀ニ分叉ス、頭狀花序ハ總狀又ハ穗狀又ハ圓錐花叢ヲナス。總苞ノ鱗片ハ數列ヨリ成ル、花托ハ無毛又ハ有毛、花ハ風媒花ニシテ皆整正、但シ緣ニアルモノハ雄花ナリ、葯ハ基脚丸シ、柱頭ハ刷毛狀又ハ全緣、瘦果ハ二稜又ハ縱線アリ。

南阿ト濠州ヲ除ク全世界ニ分布シ少クモ200餘種アリ、其中33種ハ朝鮮ニ自生シ三種ハ木本ナリ。

Artemisia, *Tournefort* Institutio Rei Herbariæ p. 460. t. 260. *Linné* Gen. Pl. n. 945. *Aug. P. de Candolle* Prodr. VI. p. 93. *Ledebour* Fl. Ross. II. p. 560. *Bentham* et *Hooker* Gen. Pl. II. i. p. 435. *Hoffmann* in nat. Pflanzenf. IV. 5. p. 281. *Schneider* Illus. Handb. Laubholzk. II. p. 762.

Absinthium, *Tournefort* l.c. p. 457. t. 260.

Abrotanum, *Tournefort* l.c. p. 459.

Herbæ annuæ v. biennes v. perennes, suffrutices v. frutices, sæpe lanati v. aranei. Folia alterna stipulata simplicia integra v. serrata v. triloba v. pinnatim incisa v. 2–3 pinnatisecta. Caput racemosum v. spicato-racemosum v. paniculatum. Involucri squamæ oligoseriales. Receptaculum nudum v. pilosum. Flores anemophilosi omnes regulares, marginales fæminei fertiles v. steriles, centrales hermaphroditi fertiles v. steriles. Antheræ connatæ basi obtusæ v. integræ. Stigma penicillatum v. integrum v. dilatatum. Achenia 2-costata v. striata.

Supra 200 species per totas regiones præter Africam austr. et Australiam incolæ, inter eas species 33 in Corea indigenæ quarum 3 sunt plantæ lignosæ.

たかねきぬよもぎ

（第二十四圖）

灌木、（余ノ見シモノニテハ高サ 60 珊許）分岐多シ、枝ハ直立又ハ傾上シ一年生ノモノニハ白毛密生ス、葉ハ　柄、基脚ハ長キ楔形、先端ハ全緣又ハ三叉シ、表面ハ綠色ナレドモ絹毛アル爲メ微白色ナリ裏面ニ綿毛アリ。頭狀花序ハ腋生ニシテ無柄又ハ有柄、總狀ニ排列ス、丸ク、苞ハ二個長サ 2-3 粗白毛アリ、總苞ノ鱗片ハ三列ニ並ビ最外側ノモノハ卵形ニテトガリ、先端ハ膜質、背面ニ毛アリ、中列ノモノハホボ外列ノモノニ同ジ、最內列ノモノハ倒卵形ニシテ殆ンド透明膜質背面ニ微毛アリ、花柱ニ毛ナシ、外列ノ花ハ雄花ニシテ結實シ子房ハ無毛稜角アリ、花冠ハ外面ニ腺狀ノ突起アリ、筒狀ニシテ先端ハ三叉シ、花柱ハ深ク二叉ス、中央ノ花ハ兩全ニシテ結實ス、花冠ハ長鐘狀ニシテ外面ニ腺狀　突起アリ、葯ハ基脚截形、葯間ハ長ク抽出ス、花柱ハ先端ノミニ叉ス、柱頭ハ羽狀ナリ。

咸北長白山脈（冠帽峯）雪嶺山脈（快上峯）ニテ發見セリ。

（分布）　オコーツク沿海地方、アヤン山、カムチャツカ、東西比利亞、烏蘇利、黑流江流域地方。

Artemisia Besseriana, *Ledebour* (Tab. XXIV).

Flora Rossica II. p. 590 (1844–6).

Absinthium lagocephalum, *Fischer* in herb. apud *Besser* Absin. p. 233.

Artemisia lagocephala, *Fischer* sic *Aug. P. de Candolle* Prodr. VI. p. 122 (1837). *Turczaninow* Catalogus Pl. in reg. Baic.-Dah. in Bulletin Soc. Nat. Mosc. (1838) p. 94. n. 624. *Herder* Pl. Radd. Band. III. heft II. p. 81. n. 118 (1867). *Fr. Schmidt* Fl. Amg.-Burej. p. 50. n. 217 (1868). *Maximowicz* in Mél. Biol. VIII. p. 531. n. 24 (1872). *Komarov* Fl. Mansh. III. p. 667. *Nakai* in Tokyo Bot. Mag. XXXIV. p. 52 (1920).

a. **triloba,** *Ledebour* l.c.

Artemisia lagocephala *a.* triloba, *Ledebour* sic *Herder* l.c. *Fr. Schmidt* l.c. *Maximowicz* l.c. p. 532.

A. lagocephala *a.* triloba, *Maximowicz* sic *Nakai* l.c.

A. chinensis, *Linné* Species Pl. ed. 2. p. 1190. quoad pl. Sibiricam (1763). *Aug. P. de Candolle* Prodr. VI. p. 118. *Lessing* in Linnæa VI. p. 216.

Frutex in nostris speciminibus usque 60 cm. altus ramosus ramis erectis v. ascendentibus, hornotinis lanatis. Folia sessilia basi longe cuneata apice trifida v. integra supra viridia pilis sericeis albescentia infra lanata. Caput axillare solitarium subsessile racemosim dispositum globosum bracteis binis subulatis 2–3 mm. longis lanatis suffultum. Involucri phylla triserialia extremis ovato-attenuatis apice scarioso-membranaceis dorso lanatis, mediis ovato-lanceolatis dorso lanatis apice et margine scarioso-membranaceis, intimis obovatis fere hyalino-membranaceis dorso parce ciliatis. Receptaculum nudum. Flores marginales fæminei fertiles, ovario glabro angulare, corolla extus glanduloso-papillosa tubulosa apice tridentata, stylis alte bifidi. sFlores disci hermaphroditi fertiles, corolla tubuloso-campanulata extus glanduloso-papillosa antheris basi truncatis, connectivo longe producto stylis apice bifidis stigmate penicillato.

Nom. Jap. Takane-kinuyomogi.

Hab. in alpinis Corea sept.

Distr. Sibiria baicalensis et orientalis, Amur, Ussuri, Ajan, Ochotzk et Kantschatica.

うらじろひめいはよもぎ

(第二十五圖)

5–7年生ノ枝ヲ有スル灌木、分岐多シ、莖ハ多角稜線アリ、帶紅色、上方ニ毛アリ、葉ハ外形ハ卵形ニシテ二回羽狀ニ缺刻ス、小羽片ハ全緣又ハ鋸齒アリ細ク先端ハトガル幅ハ1–1.5糎、表面ハ凹腺點アリテ綠色、裏面ニハ白キ綿毛アリ、花序ハ總狀樣圓錐花叢ヲナシ葉ヲ有ス、總苞ノ鱗片ハ二列ニシテ外面ニ微毛アリ、背面ハ綠色ニシテ緣ハ膜狀、緣ノ花ハ雄花、中央ノ花ハ兩全花、何レモ結實ス。

黄海、咸北ニ産ス。

（分布） 西比利亞東部、アルタイ連山、ダフリア、ヒラマヤ山西部、滿州。

一種莖ニハ白毛密生シ、葉ハ表面ニモ白キ綿毛ノ密生スルアリ、**しろひめいはよもぎ**ト云フ、（第二十六圖）。

咸南、咸北ニ産ス。

（分布） 滿洲。

Artemisia Gmelini, *Stechmann* (Tab. XXV).

de Artemisia p. 30. n. 27 (1775). *Besser* Tent. Abrot. n. 10 (1832). *Aug. P. de Candolle* Prodr. VI. p. 106 (1837). *Turczaninow* Cat. n. 626 (1838).

A. sacrorum var. minor, Ledebour Fl. Alt. IV. p. 72 (1833) et Fl. Ross. II. p. 578 (1844–6). *Herder* Pl. Radd. III. p. 68 (1867). *Maximowicz* in Mél. Biol. VIII. p. 530 (1872), *Komarov* Fl. Mansh. III. p. 664 (1907).

var. **Gebleriana,** *Besser* l.c. *Aug. P. de Candolle* Prodr. VI. p. 107.

A. sacrorum var. minor a Gebleriana, *Herder* l.c.

A. vestita, *Wallich* Cat. et herb. comp. n. 411 apud *Aug. P. de Candolle* Prodr. VI. p. 106.

A. sacrorum var. minor f. discolor, *Komarov* Fl. Mansh. III. p. 664 (1907).

A. Gmelini var. discolor, *Nakai* Fl. Kor. II. p. 31 (1911).

Frutex ramosus. Caulis 5–7 ennis angulato-striatus rubescens superne pilosus. Folia ambitu ovata bipinnatisecta, pinnulis integris v. dentatis angustis acutis 1.0–1.5 mm. latis supra viridibus impresso-punctulatis infra albo-lanatis. Inflorescentia racemoso-paniculata foliacea. Involucrum globosum squamis biserialibus extus pilosis dorso viridibus margine hyalino-scariosis. Flores marginales fœminei fertiles, disci hermaphroditi fertiles.

Nom. Jap. Urajiro-hime-iwayomogi.

Hab. in Korea septentrionali.

Distr. Sibiria orient., Altai, Davuria, Himalaya occid. et Manshuria.

var. **vestita,** *Nakai* Fl. Kor. II. p. 31. (Tab. nostra XXVI).

Artemisia sacrorum var. minor f. vestita, *Komarov* Fl. Mansh. III. p. 664.

Caulis albo-lanatus. Folia supra lanigera infra candissime lanata. Inflorescentia et involucrum lanata.

Nom. Jap. Shiro-hime-iwayomogi.

Hab. in Korea sept.

Distr. Manshuria.

い は よ も ぎ
（第二十七圖）

灌木、根ハ木質ニシテ肥厚シ其レヨリ通例二三本以上ノ莖ヲ生ズ、莖
ハ 2-4 年生ニシテひめいはよもぎヨリモ二倍以上ノ大サニ達ス、葉ハ概

形ハ卵形ニシテ二回羽狀ニ分岐シ、裂片ハトガリ、表面ハ綠色ニシテ凹
腺點アリ、裏面ハ少シク微毛アリ、頭狀花序ハ半球形ニシテ下垂ス、總
苞ノ鱗片ハ 2-3 列、無毛又ハ少シク微毛アリ、花ハ皆結果シ黃色、緣ノ
モノハ雌花、中ノモノハ兩全花、花筒ノ外面ニ腺點アリ。

　咸南、咸北、平北、平南、黃海、江原、京畿、慶北、忠北、忠南、全
北ニ分布ス。

　（分布）　露西亞中部、西比利亞、ダフリア、蒙古、黑龍江流域、滿洲、
樺太、北海道。

　一種頭狀花序ノ極メテ疎生スルアリ、**たなばたいはよもぎ**ト云フ、平
南ノ產ナリ。

　又一種葉裏ニ白毛ノ密生スルアリ、**うらじろいはよもぎ**ト云フ、平南
ニ產シ、滿洲ニモアリ。

Artemisia Messerschmidtiana, *Besser* (Tab. XXVII).

Tentamen Abrot. p. 27. n. 12 (1832).　*Aug. P. de Candolle* Prodr. VI. p.
107.　Nakai Fl. Kor. II. p. 31.

　a. **viridis**, *Besser* l.c. *Aug. P. de Candolle* l.c. *Nakai* l.c.

　f. **typica**, *Nakai* l.c.

Artemisia sacrorum *β*. intermedia a. viridis, *Ledebour* Fl. Alt. IV. p. 72
(1833) et Fl. Ross. II. p. 578.　*Herder* Pl. Radd. III. p. 67.　*Komarov* Fl.
Mansh. III. p. 663.　*Nakai* in Tokyo Bot. Mag. XXVI. p. 102.

　A.　sacrorum *β*. intermedium, *Maximowicz* in Mél. Biol. VIII. p. 529.

　A.　sacrorum, *Matsumura* Ind. Pl. Jap. II. 2. p. 625.

Radix lignosa crassa multiceps v. oligoceps.　Caulis 2–4 ennis fastigiato-
ramosus duplo elatior quam species præcedens.　Folia ambitu ovata petiolata
bipinnatisecta, lobis acutis supra impresso-punctatis infra parce pilosella.
Caput hemisphæricum nutans.　Involucri squamæ 2–3 seriales glabræ v.
parce pilosæ.　Flores omnes fertiles flavæ, marginales fæminei, disci her-
maphroditi, tubo corollæ extus glanduloso-punctato.

　Nom. Jap. Iwa-yomogi.

　Hab. in Corea media et septentrionali.

　Distr. Rossia media, Sibiria, Davuria, Amur, Mongolia, Manshuria,
Sachalin et Yeso.

　f. **laxiflora**, *Nakai* Fl. Kor. II. p. 31.

Caput laxissime dispositum longissime pedunculatum.

Nom. Jap. Tanabata-iwayomogi.

Hab. secus flumen Daidōkō.

var. **discolor,** *Nakai.*

Artemisia sacrorum β. intermedium f. discolor, *Komarov* Fl. Mansh. III. p. 664.

Folia supra glabra subtus tomentosa.　　Cetera ut typica.

Nom. Jap. Urajiro-iwayomogi.

Hab. circa Gishu.

Distr. Manshuria.

よ　め　な　屬

草本一年生又ハ多年生、又ハ半灌木又ハ灌木、有毛又ハ無毛、葉ハ互生有柄又ハ無柄、單葉、全緣又ハ鋸齒アリ又ハ缺刻アリ、頭狀花序ハ枝ノ先端ニ生ズ、單一又ハ繖房狀又ハ總狀又ハ複繖房狀ニ排列ス、總苞ノ鱗片ハ 3-∞ 列、頭狀花ハ二樣ノ花アリ、外側ノモノハ舌狀花冠ニシテ 1-2 列、兩全又ハ無性、白色、紫色、碧色、菫色等アリ、中ノ花ハ整正兩全、黃色、花托ハ無毛槪子淺凹區劃アリ、葯ハ聚葯、瘦果ハ多少扁平 1-4 稜アリ。

濠州ヲ除キ世界各地ニ生ジ 200 餘種アリ、朝鮮產 17 種中木本ノモノハ一種ナリ。

Aster, *Tournefort* Institutio rei Herbariæ p. 481. t. 274.　*Adanson* Familles II. p. 125.　*Persoon* Syn. II. 2. p. 441 (1807).　*Aug. P. de Candolle* Prodr. V. p. 226 (1836).　*Endlicher* Gen. Pl. p. 373. n. 2301. *Bentham* et *Hooker* Gen. Pl. II. 1. p. 271.　*Britton* and *Brown* Fl. North. United States and Canada III. p 354 (1898).　*Hoffmann* in nat. Pflanzenf. IV. 5. p. 161.

Pinardia, *Necker* Elementa Bot. I. p. 5 (1791).

Biotia, (non *Cassini*) *Aug. P. de Candolle* Prodr. V. p. 264.

Turczaninowia, *Aug. P. de Candolle* Prodr. V. p. 257.　*Endlicher* Gen. Pl. p. 374. n. 2304.

Calimeris, *Nees* Synopsis specierum generis Asterum herbacearum p. 225 (1818).　*Aug. P. de Candolle* l.c. p. 258.　*Endlicher* Gen. Pl. p. 374. n. 2305.

Heleastrum, *Aug. P. de Candolle* l.c. p. 263.

Asteromæa, *Blume* Bijidragen XVI. p. 901 (1826). *Aug. P. de Candolle* l.c. p. 259. *Endlicher* l.c. p. 380 n. 2346. *Hoffmann* l.c. p. 161.

Boltonia, *L'Heritier* Sertum Anglicum p. 27 (1788). *Cassini* Opuscules phytologiques XXXVII. p. 464 et 491 (1826). *Nees* Syn. p. 234 *Aug. P. de Candolle* l.c. p. 301. *Endlicher* Gen. Pl. p. 380 n. 2343. *Bentham* et *Hooker* Gen. Pl. II. 1. p. 269. *Hoffmann* l.c. p. 161.

Hisutsua, *Aug. P. de Candolle* Prodromus. VI. p. 44 (1837). *Walpers* Repertorium II. p. 636.

Arctogeron, *Aug. P. de Candolle* l.c. V. p. 260. *Endlicher* l.c. p. 374 n. 2309.

Heteropappus, *Lessing* Synopsis generum Compositarum p. 189 (1832). *Aug. P. de Candolle* l.c. V. p. 297. *Endlicher* l.c. p. 379. n. 2336. *Bentham* et *Hooker* l.c. p. 269. *Hoffmann* l.c. p. 161.

Diplopappus, *Cassini* Opus. XIII. p. 308. *Aug. P. de Candolle* l.c. V. p. 275. *Walpers* Repert. II. p. 577, et 957.

Linosyris, *Cassini* l.c. XXXVII. p. 476. *Aug. P. de Candolle* l.c. V. p. 352. *Walpers* Repert. II. p. 593. et Annales II. p. 834.

Homostylium, *Nees* in Linnæa XVIII. p. 513. *Walpers* Repertorium VI. p. 120.

Galatea, *Cassini* l.c. XVIII. p. 56.

Galatella, *Cassini* l.c. XXXVII. p. 463 et 488. *Aug. P. de Candolle* l.c. V. p. 254. *Endlicher* Gen. Pl. p. 374 n. 2303.

Doellingeria, *Nees* Synopsis p. 177.

Bellidiastrum, *Micheli* Nova plantarum Genera t. 29. *Aug. P. de Candolle* l.c. V. p. 266. *Endlicher* l.c. p. 373. n. 2300.

Herba annua v. perennis rarius suffrutices v. frutices ciliati v. glabri. Folia alterna petiolata v. sessilia simplicia integra v. varie incisa v. dentata v. pinnatifida. Caput terminale solitarium v. corymbosum v. racemosum v. corymboso-paniculatum. Involucri squamæ 3–∞ seriales. Caput heterogamum. Flores radii 1–2 seriales hermaphroditi v. steriles albi v. purpurei v. azurei v. violacei, disci regulares fertiles flavi. Receptaculum glabrum sæpe foveolatum. Antheræ connatæ obtusæ. Achenia compressa 1–4 costata.

Species utra 200 per totas regiones orbis præter Australiam indigenæ. Inter 17 species Coreanas unica est fruticula.

おほだるまぎく

（第二十八、二十九圖）

根ハ木質、莖ハ灌木性ニシテ 3-7 年生、丸ク、傾上シ、皮ハ灰色、高サ 1-2 尺、栽培スレバ四尺ニ達ス、一年生ノ莖ニハ開出スル毛アリ、葉ハ倒卵形大ナルハ長サ 20 珊幅 10 珊ニ達スルアリ、表面ハ綠色、裏面ハ淡綠色、兩面共ニ絨毛アリ、緣ニハ粗大ノ鋸齒アリ、基脚ハ葉柄ニ向ヒテ翼狀トナリ緣ニ毛アリ、苞ハ細ク三列ナリ、皆同形、背面ニ毛アリ長サ 10-15 糎、舌狀花冠ハ帶菫紫色、長サ 12-20 糎幅 1-2 糎、冠毛ハ褐色。江原道及ビ欝陵島ノ海岸ニ産ス。

Aster Oharai, *Nakai* (Tab. XXVIII et XXIX).

in Tokyo Botanical Magazine XXXII. p. 110 (Sect. Alpigenia).

Radix lignosa. Caulis fruticosus 3-7 ennis teres ascendens cortice cinereo, 1-2 pedalis altus, cultus 4 pedalis, hornotinus patentim hispidulo-pubescens. Folia obovata usque 20 cm. longa 10 cm. lata supra viridia infra pallida utrinque velutina grosse dentata basi in petiolem alato-decurrentia margine ciliata. Bracteæ angustæ triseriales subæquilongæ subulatæ v. lineares virides dorso ciliatæ 10-15 mm. longæ. Ligula pallide violaceopurpurea 12-20 mm. longa 1-3 mm. lata. Pappus fuscescens tenuis sub lente scaber.

Nom. Jap. Ō-darumagiki.

Hab. secus litus insula Dagelet et prov. Kōgen.

Planta endemica !

朝鮮產、馬錢科、夾竹桃科、紫草科、馬鞭草科、唇形科、
茄科、玄參科、紫葳科、茜草科、菊科ノ木本植物
ノ和名、朝鮮名、學名ノ對稱、

和　　　名	朝　鮮　名	學　　　名
えいしうかづら	....	Gardneria insularis, *Nakai.*
ていかかづら	....	Trachelospermum asiaticum, *Nakai.*　α. pubescens, *Nakai.*
てうせんていかかづら	....	var. glabrum, *Nakai.*
ちしゃのき	....	Ehretia thyrsiflora, *Nakai.*
こしきぶ、こむらさき	....	Callicarpa dichotoma, *Pœuschel.*
むらさきしきぶ、みむらさき、やまむらさき	パッサクテナム	Callicarpa japonica, *Thunberg.*
こばのむらさきしきぶ		var. Taquetii, *Nakai.*
おほむらさきしきぶ		var. luxurians, *Rehder.*
やぶむらさき	チョブサルナム（莞島）、カッサビナム、カイビナム（濟州島）	Callicarpa mollis, *Siebold et Zuccarini.*
こばのやぶむらさき		var. microphylla, *Siebo'd et Zuccarini.*
くさぎ	カイナム（濟洲島）	Siphonanthus trichotomus, *Nakai.*
びろうどくさぎ		var. ferrugineus, *Nakai.*
はまがう	スンブギナム、スンビキナム（濟州島）	Vitex rotundifolia, *Linné.*
こにんじんぼく	....	Vitex chinensis, *Miller.*
みれじゃかうさう	....	Thymus Przewalskii, *Nakai.*
いはじゃかうさう	....	var. magnus, *Nakai.*
くこ	ククイチャナム、コイチョツナム、クイチャ	Lysium chinense, *Miller.*
きり	オトーンナム、ムクイナモ	Paulownia tomentosa, *Steudel.*
きささぎ	カイチトンナム	Catalpa ovata, *G. Don.*
のうぜんかづら	クムトゥンホァ	Campsis chinensis, *Voss*
しまたにわたりのき	....	Adina rubella, *Hance.*
やいとばな	トクチョンダン	Pœderia chinensis, *Hance.*
びろうどやいとばな	....	var. velutina, *Nakai.*
ほそばやいとばな	....	var. angustifolia, *Nakai.*
ありどうし	....	Damnacanthus indicus, *Gærtner* fil.
じゅずれのき	....	var. latifolius, *Nakai.*
たかれきぬよもぎ	....	Artemisia Besseriana, *Ledebour.* α. triloba, *Ledebour.*
うらじろひめいはよもぎ	....	Artemisia Gmelini, *Stechmann.* var. Gebleriana, *Besser.*
しろひめいはよもぎ	....	var. vestita, *Nakai.*
いはよもぎ	....	Artemisia Messerschmidtiana, α. viridis, *Besser.* f. typica, *Nakai.*
たなばたいはよもぎ	....	f. laxiflora, *Nakai.*
うらじろいはよもぎ	....	var. discolor, *Nakai.*
おほだるまぎく	....	Aster Oharai, *Nakai.*

第 一 圖

え い し う か づ ら

Gardneria insularis, *Nakai.*

a. 蕾ヲ附クル枝（自然大）。
b. 萼ト雌蕋。
c. 萼ノ一部ヲ去リテ雌蕋ノ全部ヲ表ハス。
d. 雄蕋ノ背面。
e. 雄蕋ノ腹面。
f. 花式圖。
g. 果實ヲ附クル枝（自然大）。
　　　　　b—e ハ廓大。

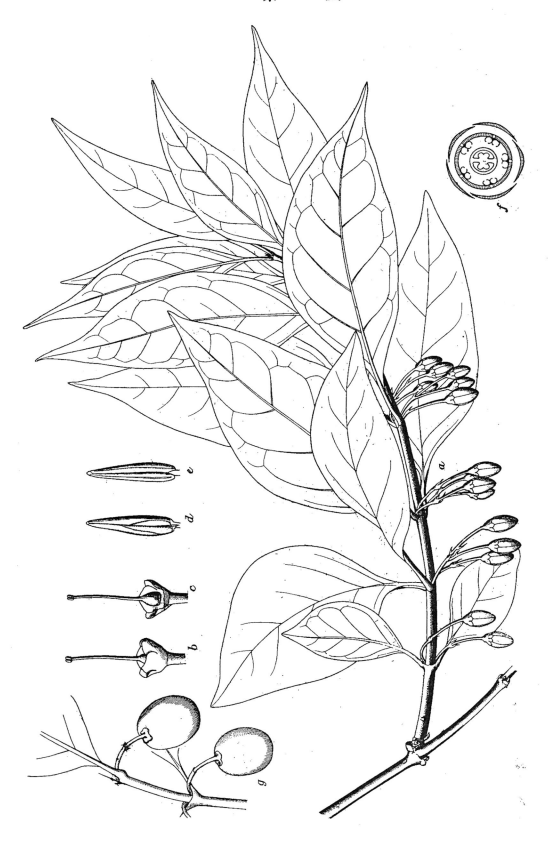

Nakai T. et Terauchi M.del.

Matsudaira N. sculp.

第 二 圖

て い か か づ ら

Trachelospermum asiaticum, *Nakai.*

a.　匐枝（自然大）。

b.　上方ノ枝（自然大）。

c.　花序ヲ附クル枝（自然大）。

d_1.　萼片ノ外面 ⎫
d_2.　萼片ノ內面 ⎰廓大。

e.　花筒ヲ縱斷シ二個ノ雄蕊ヲ去リテ
　　柱頭ト雄蕊トノ位置ノ關係ヲ示ス（廓大）。

f.　雄蕊ヲ內方ヨリ見ル（廓大）。

Nakai T. et Kanogawa I. del.

Matsudaira N. sculp.

第 三 圖

てうせんていかかづら

Trachelospermum asiaticum, *Nakai.*
var. glabrum, *Nakai.*

a. 匐枝（自然大）。
b. 花序ヲ附クル枝（自然大）。
c. 果序ヲ附クル枝（自然大）。
d. 雄蕋ヲ廓大シテ示ス。

第　三　圖

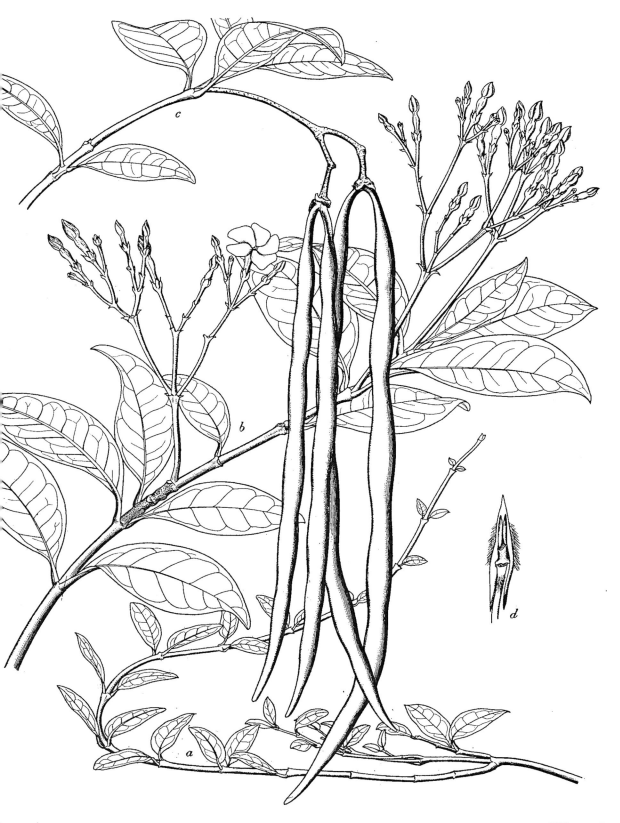

Nakai T. et Kanogawa I. del.

K.Nakazawa sculp.

第 四 圖

ち し ゃ の き

Ehretia thyrsiflora, *Nakai.*

果序ヲ附クル枝（自然大）。

第 四 圖

Yamada T. del.

Matsudaira N. sculp.

第　五　圖

こ　む　ら　さ　き

Callicarpa dichotoma, *Ræuschel.*

a.　果序ヲ附クル枝（自然大）､

b.　葉ノ裏面ヲ廓大ス。

Matsudaira N. sculp.

Kanogawa l. del.

第 六 圖

むらさきしきぶ

Callicarpa japonica *Thunberg.*

a. 花序ヲ附クル枝（自然大）。
b. 果序ヲ附クル枝（自然大）。
c. 枝ノ一部ヲ廓大シテ示ス。
d. 花冠ヲ開キテ内部ヲ示ス（四倍大）。
e. 萼ヲ開キテ雌蕋ヲ示ス（四倍大）。

第 七 圖

こばのむらさきしきぶ

Callicarpa japonica, *Thunberg.*
var. Taquetii, *Nakai.*

a. 花序ヲ附クル枝（自然大）。
b. 果序ヲ附クル枝（自然大）。
c. 枝ノ一部ヲ廓大シテ示ス。
d. 萼ノ一部ヲ去リテ雌蕋ヲ示ス（三倍大）。
e. 花冠ヲ開キテ内部ヲ示ス（三倍大）。

Matsudaira N. sculp.

Kanogawa l. del.

第 八 圖

おほむらさきしきぶ

Callicarpa japonica, *Thunberg.*
var. luxurians, *Rehder.*

a.　花序（自然大）。
b.　果序ヲ附クル枝（自然大）。

Kanogawa, l.del.

Matsudaira N. sculp.

第　九　圖

やぶむらさき

Callicarpa mollis, *Sielold* et *Zuccarini*.

a. 花序ヲ附クル枝（自然大）。
b. 果序ヲ附クル枝（自然大）。
c. 葉ノ表面ヲ廓大ス。
d. 葉ノ裏面ヲ廓大ス。
e. 花冠ヲ開キテ内部ヲ示ス（三倍大）。

第 九 圖

Kanogawa I. del.

Matsudaira N. sculp.

第　十　圖

く　さ　ぎ

Siphonanthus trichotomus, (Thunberg) Nakai.

 a. 花ヲ附クル枝（自然大）。

 b. 果序（　,,　）。

Kanogawa I. del.

Matsudaira N. sculp.

第 十 一 圖

は　ま　が　う

Vitex rotundifolia, *Linné* fil.

a.　匐枝（自然大）。

b.　花序ヲ附クル枝（自然大）。

c.　果序ヲ附クル枝（自然大）。

d.　葉ノ表面ヲ廓大ス。

e.　葉ノ裏面ヲ廓大ス。

第 十 一 圖

Kanogawa I.del.

Matsudaira N. sculp.

第 十 二 圖

こ に ん じ ん ぼ く

Vitex chinensis, *Miller*.

a. 花ト葉トヲ附クル枝（自然大）。

b. 萼（三倍大）。

c. 雌蕋（三倍大）。

d. 花冠ヲ開キテ内部ヲ示ス（三倍大）。

第 十 三 圖

みねじゃかうさう

Thymus Przewalskii, *Nakai.*

a. 花ヲ附クル植物（自然大）。
b. 花ノ側面觀（五倍）。
c. 萼ヲ背面ヨリ見ル（五倍）。
d. 萼ヲ腹面ヨリ見ル（五倍）。
e. 花冠ノ下唇（五倍）。
f. 花冠ノ上唇（五倍）。

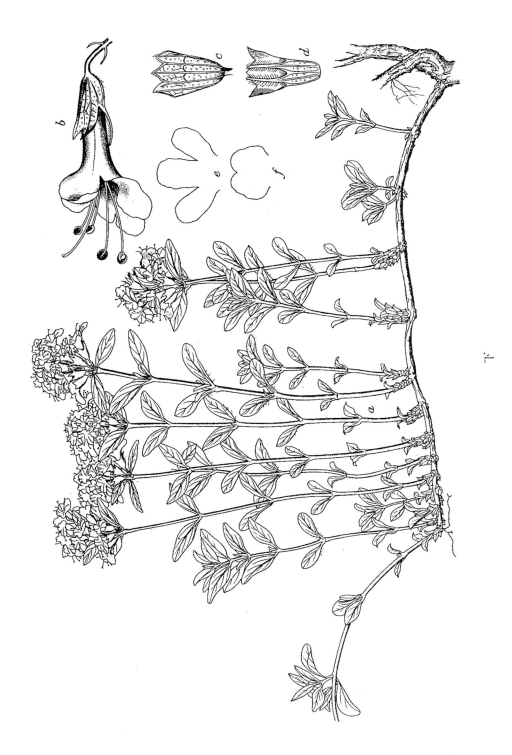

Nakai T. et Kanogawa I. del.

K.Nakazawa. sculp.

第 十 四 圖

いはじゃかうさう

Thymus Przewalskii, *Nakai.*

var. magnus, *Nakai.*

a.　植物ノ下部（自然大）。

b.　花ヲ附クル枝（　同　）。

c.　花（四倍半大）。

d.　蕚ヲ背面ヨリ見ル（五倍大）。

e.　蕚ヲ腹面ヨリ見ル（五倍大）。

Nakai T. et Kanogawa I. del.

Matsudaira N. sculp.

第 十 五 圖

く　こ

Lycium chinense, *Miller.*

a. 葉ト花ト果實トヲ附クル枝（自然大）。

b. 萼ノ一部ヲ取去リテ雌蕊ヲ示ス（三倍大）。

c. 花冠ヲ開キテ內部ヲ示ス（三倍大）。

Kanogawa l. del.

Matsudaira N. sculp.

第 十 六 圖

き り

Paulownia tomentosa, *Steudel.*

a. 花序 （自然大）。
b. 花冠ヲ開キテ內部ヲ示ス （自然大）。
c. 雌蕊 （自然大）。

第 十 六 圖

Yamada T. del.

b

c

a

Matsudaira N. sculp.

第 十 七 圖

き り

Paulownia tomentosa, *Steudel.*

   a.　果序（自然大）。
   b.　葉（自然大）。

第 十 七 圖

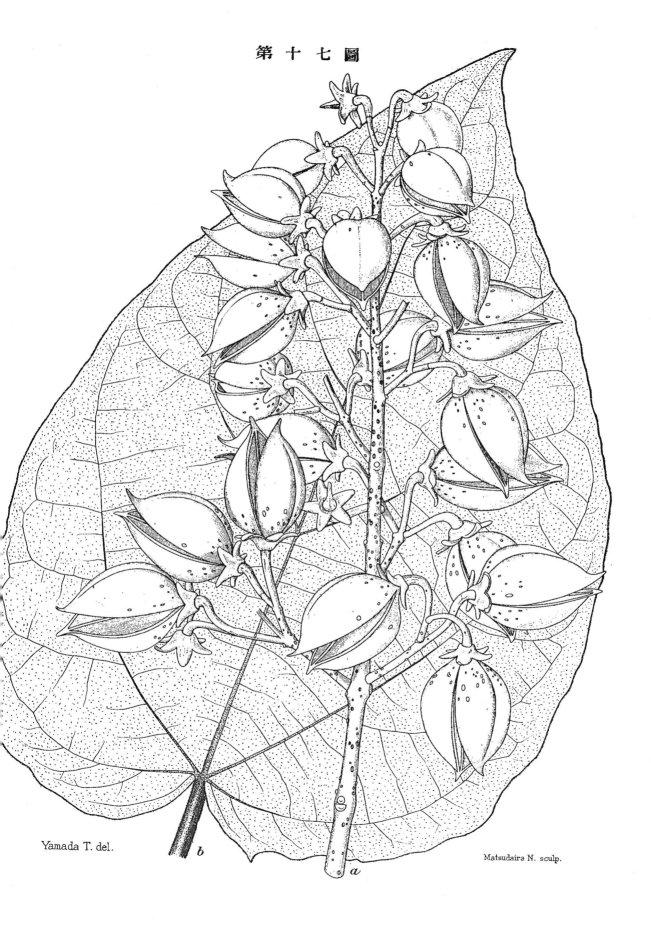

Yamada T. del.   b   Matsudaira N. sculp.

a

第 十 八 圖

き さ さ ぎ

Catalpa ovata, *G. Don.*

a. 花序ト葉トヲ附クル枝（自然大）。
b. 成熟セル果實ヲ附クル枝（自然大）。
c. 萼ト雌蕋（二倍大）。
d. 花冠ヲ開キテ内部ヲ示ス（二倍大）。
e. 種子（二倍大）。

Kanogawa I. del.

K.Nakazawa sculp.

第二十圖

しまたにわたりのき

Adina rubella, *Hance.*

a. 花ト葉トヲ附クル枝（自然大）。
b. 果實ト葉トヲ附クル枝（自然大）。
c. 花ノ廓大圖。
d. 果實ノ廓大圖。
e. 幹ノ皮（自然大）。

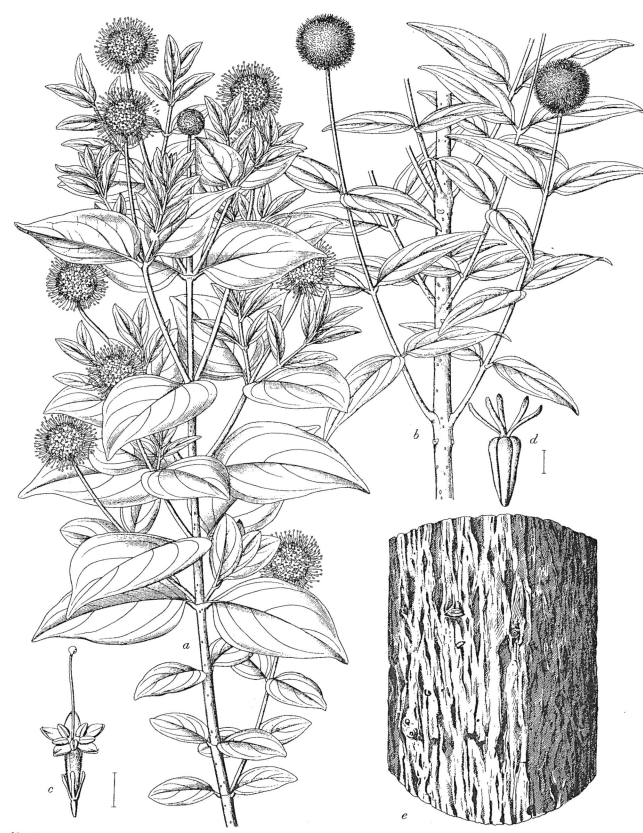

Yamada T.del.

K.Nakazawa sculp.

第二十一圖

a. c. d. やいとばな

Pæderia chinensis, *Hance.*

a. 花ヲ附クル枝（自然大）。
c. 花冠ヲ開キテ内部ヲ示ス（三倍大）。
d. 花柱ト子房ノ縦斷面（三倍大）。
e. 太キ幹（自然大）。

b. びろうどやいとばな

Pæderia chinensis, *Hance.*
var. velutina, *Nakai.*

果實ヲ附クル枝（自然大）。

上

下

Kanogawa I.del.

K.Nakazawa sculp.

第 二 十 二 圖

あ り ど う し

Damnacanthus indicus, *Gærtner* fil.

果實ト葉トヲ附クル枝（自然大）。

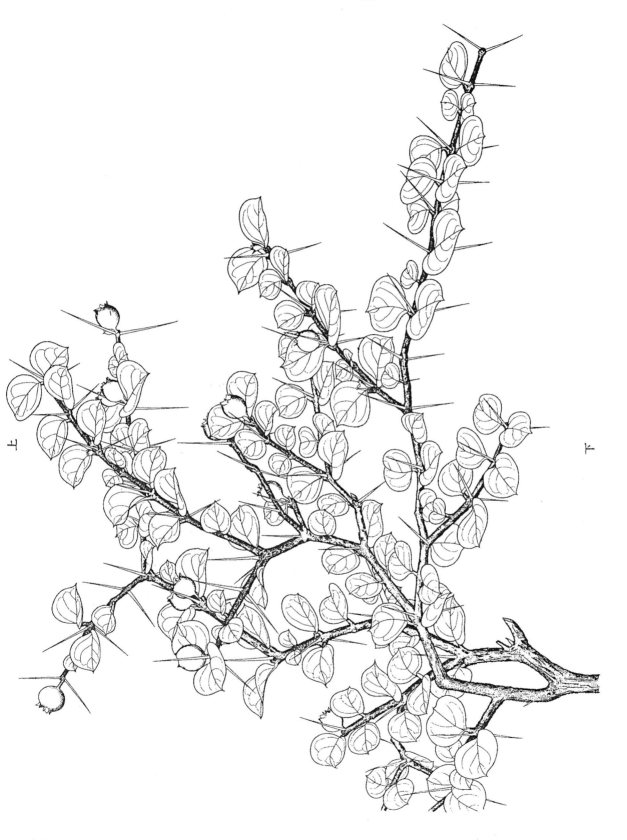

第 二 十 三 圖

じゅずねのき

Damnacanthus indicus, *Gærtner* fil.
var. latifolius, *Nakai.*

葉ヲ附クル枝（自然大）。

上

下

第 二 十 四 圖

たかねきぬよもぎ

Artemisia Besseriana, *Ledebour.*
var. triloba, *Ledebour.*

a.　莖ノ下部（自然大）。
b.　莖ノ中部（　,,　）。
c.　莖ノ上部（　,,　）。
d.　若キ側枝（　..　）。
e.　同上ノ一部ヲ廓大ス。
f.　若葉ノ先端ヲ廓大ス。
g.　頭狀花（蕾）ヲ三倍大ニス

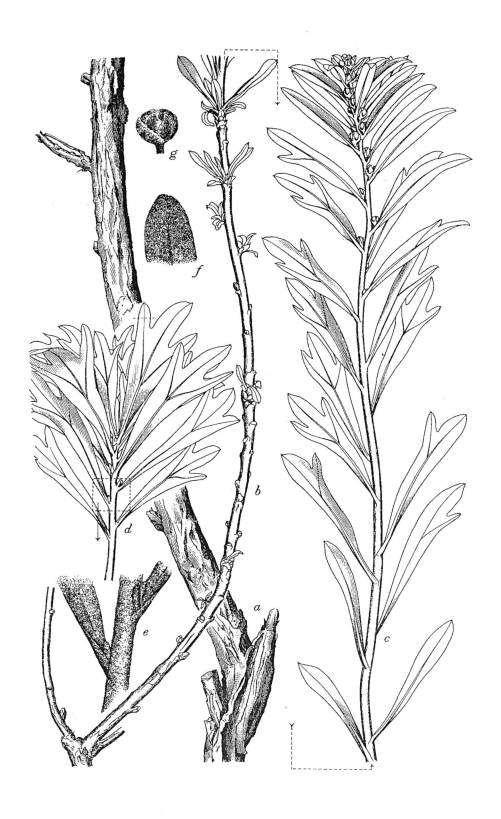

Kanogawa I. del.

K.Nakazawa sculp.

第 二 十 五 圖

うらじろひめいはよもぎ

Artemisia Gmelini, *Stechmann.*
var. Gebleriana, *Besser.*

a.　一年生ノ莖ノ中部（自然大）。
b.　莖ノ上部蕾ヲ附ク（自然大）。
c.　雌花（十五倍大）
d.　兩全花（十五倍大）。
e.　雄蕋（三十倍大）。
f.　雌花ノ柱頭、受粉シ得ズ（約二十倍大）。
g.　兩全花、受粉シ得（約二十倍大）。

nada T. et Nakai T. del.

K.Nakazawa sculp.

第 二 十 六 圖

しろひめいはよもぎ

Artemisia Gmelini, *Stechmann.*
var. vestita, *Nakai.*

a. 莖ノ中部（自然大）。
b. 莖ノ上部、蕾ヲ附ク（自然大）。

Yamada T.del.

K.Nakazawa sculp.

いはよもぎ

Artemisia Messerschmidtiana, *Besser.*

a.   viridis, *Besser.*

f.   typica, *Nakai.*

a.　三年生ノ莖（自然大）。

b.　花ヲ附クル枝（　　"　　）。

c.　雌花（十四倍大）。

d.　兩全花（十四倍大）。

Nakai T. et Kanogawa I. del.

K.Nakazawa sculp.

第 二 十 八 圖

おほだるまぎく

Aster Oharai, *Nakai.*

a. 莖ノ下部、主幹ハ四年生ナリ （自然大)。

b. 若枝 （自然大)。

朝鮮森林植物編
15輯

虎耳草科　SAXIFRAGACEAE

目次　Contents

虎耳草科

SAXIFRAGACEAE

(一) 主 要 ノ 引 用 書 類

著 者 名	書 名
W. J. Bean	1) Deutzia in 'Trees & Shrubs hardy in the British Isles' Vol. I. ed. 2 p. 480–488 (1919).
	2) Hydrangea in ditto Vol. I. p. 623–63I (1919).
	3) Philadelphus in Vol. II. p. 132–141 (1919).
	4) Ribes in Vol. II. p. 396–404 (1919).
G. Bentham & J.D. Hooker	Saxifrageæ in Genera Plantarum I. pt. 2. p. 629–655 (1865).
H. de Boissieu	Les Saxifragées du Japon in Bulletin de l'herbier Boissier Tome V. p. 682–695 (1897).
A. P. de Candolle	1) Grossularieæ in 'Prodromus Systematis naturalis regni vegetabilis' III. p. 477–483 (1828).
	2) Philadelpheæ in III. p. 205–206 (1828).
	3) Saxifragaceæ in IV. p. 1–54 (1830).
C. B. Clarke	Saxifragaceæ in J. D. Hooker, The Flora of British India II. p. 388–411 (1878).
C. Clusius	Ribes in Rariorum Plantarum Historia p. 119–120 cum figs. (1601).
R. Courtois	De Genera Hydrangea commentatio in Sylloge Plantarum novarum itemque minus cognitarum II. p. 38–47 (1828).
J. Dalecamps	Grossulariæ in Historia Generalis Plantarum I. p. 131–133 cum figs. (1587).
L. Dippel	1) Ribesiaceæ in Handbuch der Laubholzkunde III. p. 280–308 (1893).
	2) Saxifragaceæ, l. c. p. 308–355 (1893).
D. Don	1) Grossulariæ & Saxifrageæ in Prodromus Floræ Nepalensis p. 208–212 (1825).
	2) Observations on Philadelpheæ and Granateæ, two new families of plants, in the Edinburgh New Philosophical Journal XV. p. 132–135 (1826).
G. Don	1) Philadelpheæ in General System of Dichlamydeous plants II. p. 806–808 (1832).

	2) Grossularieæ l. c. III. p. 177–192 (1834).
	3) Escalloneæ l. c. p. 192–196 (1834).
	4) Cunoniaceæ l. c. p. 196–204 (1834).
	5) Galacineæ l. c. p. 208–204 (1834).
	6) Saxifragaceæ l. c. p. 204–235 (1834).
J. F. Durande	Saxifragæ, Cacti & Onagræ in Notions élémentaires de botanique p. 277-238 (1781).
S. Endlicher	1) Saxifragaceæ in Genera Plantrum p. 813–823 (1836).
	2) Ribesiaceæ l. c. p. 823–824.
	3) Philadelpheæ l. c. p. 1186–1188.
A. Engler	Saxifragaceæ in die natürlichen Pflanzenfamilien III. Abt. 2. a. p. 41–93 (1890).
F.B. Forbes & W.B. Hemsley	Saxifragaceæ in the Journal of the Linnæan Society XXIII. p. 265–280 (1877).
A. Franchet & L. Savatier	Saxifrageæ in Enumeratio Plantarum Japonicarum I. p. 143–158 (1875).
E. Gilg & E. Koehne	Saxifragaceæ in Beiblatt zu den Botanischen Jahrbüchern no 75. p. 37–39 (1904).
M. Grenier & M. Godron	Grossulariées & Saxifragées in Flore de France I. p. 635–660 (1848).
Al. de Humboldt, A.M. Bonpland & C.S. Kunth	
	1) Saxifrageæ in Synopsis Plantarum III. p. 358–363 (1824).
	2) Grossularieæ l. c. p. 365–367.
M. E. de Janczewski	Monographie des Groseilliers Ribes L. in Mémoires de la Société de Physique et d'histoire naturelle de Genève Vol. 35. fasc. 3. p. 219–517 (1907).
A. L. de Jussieu	1) Saxifragæ in Genera Plantarum p. 308–310 (1789).
	2) Ribes, l. c. p. 310–211.
	3) Philadephus, l. c. p. 325.
K. Koch	1) Onagrariaceæ Unterf. 2. Ribesieæ in Dendrologie I. p. 637–667 (1869).
	2) Saxifragaceæ Unterf. 2. Hydrangeeæ l. c. p. 335–360 (1869).
V. Komarov	Saxifragaceæ in Acta horti Petropolitani XXII. p. 407–447 (1903).

S. Korschinsky	Philadelpheæ, Grossularieæ & Saxifragaceæ in Acta Horti Petropolitani XII. p. 338–342 (1892).
C. de Lamarck	1) Groseillier, Ribes in Encyclopèdie méthodique III. p. 47–52 (1789).
	2) Hortense du Japon l. c. p. 136–137.
	3) Hydrangea in Illustrations des genres Pl. 370 (1823).
	4) Philadelphus l. c. Pl. 420.
de Lamarck & de Candolle	1) Saxifrageæ in Flore Française IV. 1. p. 358–382 (1804).
	2) Grossulariæ l. c. IV. 2. p. 405–408 (1805).
	3) Saxifrageæ in Synopsis Plantarum in Flora Gallica descriptarum p. 316–320 (1806).
	4) Grossulariæ l. c. p. 325.
	5) Philadelphus l. c. p. 329.
C. F. Ledebour	1) Philadelpheæ in Flora Rossica II. p. 139 (1844—6).
	2) Grossularieæ l. c. p. 194–203.
	3) Saxifragaceæ l. c. p. 204–233.
H. Léveillé	Hydrangea sachalinensis—Deutzia coreana in Fedde, Repertorium VIII. p. 282–283 (1910).
J. Lindley	1) Grossulaceæ et Escalloniaceæ in a natural system of Botany p. 26–27 (1836).
	2) Baueriaceæ, Cunoniaceæ et Saxifragaceæ l. c. p. 161–163 (1836).
	3) Brexiaceæ l. c. p. 218 (1836).
	4) Hydrangea Japonica in Edwards' Botanical Register XXX. Pl. 61 (1844).
C. Linnaeus	1) Hortus Cliffortianus p. p. 82–83, 188 (1737).
	2) Species Plantarum ed. 1. p. 200–202, p. 470 (1753).
J. C. Loudon	Philadelphaceæ, Grossulaceæ, Escalloniaceæ et Saxifrageæ-Hydrangeæ in Arboretum et Fruticetum Britannicum Vol. II. part 3. p. 950–997 (1838).
J. Matsumura	Saxifragaceæ in Index Plantarum Japonicarum II. 2. p. 170–192 (1912).

C. J. Maximowicz

1) Ribesiaceæ et Saxifrageæ in Primitiæ Floræ Amurensis p. 117–123 (1859).

2) Revisio Hydrangeearum Asiæ orientalis in Mémoires de l'Académie Impériale des Sciences de St.-Pétersbourg VIIe série. Tome X, no. 16. p. 1–48. cum tab. 1–3 (1867).

3) Ribes in Mélanges Biologiques Tome IX. p. 213–246 (1873).

A. H. Moore

Philadelphus in *Bailey's* Standard Cyclopedia of Horticulture V. p. 2579–2582 (1916).

A. Michaux

Hydrangea—Tiarella in Flora Boreali-Americana p. 268–270 (1803).

F. A. G. Miquel

Saxifrageæ in Annales Musei Botanici Lugduno-Batavi III. p. 96–100 (1867).

T. Nakai

1) Saxifragaceæ in Flora Koreana I. p. 214–226 (1909). II. p. 482–486 (1911).

2) 朝鮮植物第一卷 p. 325–344 (1914).

3) 濟州島植物調査報告書 p. 50–51 (1904).

4) 莞島植物調査報告書 p. 7–8 (1914).

5) Plantæ novæ Coreanæ et Japonicæ II. in *Fedde*, Repertorium XIII. p. 267–278 (1914).

6) 智異山植物調査報告書 p. 34 (1915).

7) Philadelphus Japono-Coreanæ in Botanical Magazine, Tokyo XXIX. p. 63–67 (1915).

8) Notulæ ad Plantas Japoniæ et Koreæ XI. in Botonical Magazine, Tokyo XXX. 140–144 (1916).

9) 白頭山植物調査書 (1918).

10) 金剛山植物調査書 (1918).

11) 欝陵島植物調査書 (1919).

12) Deutzia in Japonia, Corea et Formosa indigena in Tokyo Botanical Magazine XXXV. p. 81–96 (1921).

D. Oliver

Schizophragma integrifolia in *Hooker*, Icones Plantarum Pl. 1934 (1894).

J. Palibin

Saxifragaceæ in Conspectus Floræ Koreæ I. p. 89–91 (1898).

P. S. Pallas

1) Flora Rossica I. p. 35–37 (1788).

	2) **Voyages** de M. P. S. Pallas Tome IV. appendix p. 691–692 (1793).
C. H. Persoon	Ribes in Synopsis Plantarum I. p. 251–252 (1805).
	Hydrangca, Cunonia, Saxifraga, Mitella etc. l. c. p. 486–491 (1805).
	Deutzia et Hortensia l. c. p. 505 (1805).
	Philadelphus l. c. II. i. p. 24 (1806).
Ed. Pynaert	Hydrangea Japonica rosalba in Flore des Serres XVI. Pl. 1649–1650. p. 75–78 (1865—7).
A. Rehder	1) Deutzia, Hydrangea et Schizophragma in *Sargent*, Plantæ Wilsonianæ I. p. 6–43 (1911).
	2) Deutzia in *Bailey's* Standard Cyclopedia of Horticulture II. p. 992–995 (1914).
	3) Hydrangea l. c. III. p. 1619–1623 (1915).
	4) Ribes l. c. V. p. 2956–2964 (1916).
	5) Schizophragma l. c. VI. p. 3112–3113 (1917).
C. K. Schneider	Saxifragaceæ in Illustriertes Handbuch der Laubholzkunde I. p. 360–423 (1905).
F. P. v. Siebold	Synopsis Hydrangeæ generis specierum Japonicarum in Acta Physico-Medica Academiæ Cæsareæ Leopoldino-Carolinæ naturæ Curiosorum XIV. pt. 2, p. 686–692 (1829).
F. P. v. Siebold & J. G. Zuccarini	
	1) Flora Japonica I. p. 17–23 t. 6–8 (1835); p. 58–66, t. 27 (1837); p. 101–122 t. 51–66 (1840); p. 189. t. 100 (1841).
	2) Ribesiaceæ in Abhandlung der Physicalische-Mathematische Klasse der Academien von Wissenchaften zu München IV. 2. p. 189–190 (1845).
	3) Saxifrageæ ibidem p. 190–192 excl. gn. Stephanandra.
E. Spach	1) Grossularieæ in Histoire naturelle des végétaux VI. p. 144–132 (1833).
	2) Cunoniaceæ l. c. V. p. 3–36 (1836).
	3) Saxifrageæ l. c. p. 37–70.
C. Sprengel	Hydrangea-Saxifraga in Systema Vegetabilium II. p. 360–371 (1826).

C. P. Thunberg	1) Deutzia in Nova Genera Plantarum I. p 19–21 cum fig. (1781).
	2) Deutzia in Flora Japonica p. 10 (1784) et Deutzia scabra, ibidem p. 135.
J. Torrey & A. Gray	Grossulaceæ in 'a Flora of North America' 1. pt. 3. p. 544–553 (1840).
H. Tragus	1) De Vua crispa in 'De Stirpium Historia Commentariorum', interprete D. Kyberus III. p. 987–979 cum fig. (1552).
	2) De Ribe, l. c. p. 994–996 cum fig.
E. H. Wilson	The Hortensias, Hydrangea macrophylla and Hydrangea serrata in The Journal of Arnold Arboretum IV. p. 233–246 (1923).

(二)　朝鮮産虎耳草科植物研究ノ歴史

西暦 1867 年 *C. J. Maximowicz* 氏ハ Revisio Hydrangearum Asiæ orientalis ＝ Philadelphus coronarius *α* genuinus ガ Auboe 島 (朝鮮群島?)＝生スル事ヲ記セドモ、其何ナルヤ不明ナリ。

1877 年 *D. Oliver* 氏ハ *Hooker's* Icones Plantarum 第十三巻 1285 圖＝ Saxifraga Rossi ナル新種ガ朝鮮ニアルコトヲ記セリ、之レハ Aceriphyllum Rossi ナリ。

1887 年 *F. B. Forbes, W. B. Hemsley* 兩氏ハ The Journal of the Linnæan Society 第二十三巻＝

Astilbe chinensis, *Franchet* et *Savatier*.　　(仁　　川)
Saxifraga cortusæfolia, *Siebold* et *Zuccarini*. (京城ノ山)
Saxifraga Rossi, *Oliver*.　　　　　　　　(　同　　)
Saxifraga rotundifolia, *Linné*.　　　　　(長 白 山)
Chrysosplenium sphærospermum, *Maximowicz*. (京城ノ山)
Parnassia palustris, *Linné*.　　　　　　　(仁　　川)
Deutzia grandiflora, *Bunge*.　　　　　　　(京城ノ山)
Philadelphus coronarius, *Linné* var pekinensis,
　Maximowicz.　　　　　　　　　　　　　(仁　　川)
Ribes fasciculatum, *Siebold* et *Zuccarini*. (仁　　川)

ヲ朝鮮産トシテ擧グ。其中 Astilbe chinensis ハ Astilbe chinensis

var. Davidii ニ、Saxifraga Rossi ハ Aceriphyllum Rossi ニ、Saxi-
fraga rotundifolia ハ Saxifraga punctata ニ、Deutzia grandiflora ハ
Deutzia coreana ニ、Philadelphus coronarius var. pekinensis ハ
Philadelphus pekinensis ニ改ムベシ。

1890 年 *A. Engler* 氏ハ Die natürlichen Pflanzenfamilien III. Tei-
lung 2 Abtheilung a ニ朝鮮産トシテ

    Astilbe chinensis, *Franchet* et *Savatier.*

    Aceriphyllum Rossi, *Engler.*

    Philadelphus coronarius, *Linné.*

ヲ挙グ。其中 Astilbe chinensis ハ Astilbe chinensis var. Davidii ニ、
Philadelphus coronarius ハ Philadelphus pekinensis ニ改ムベシ。

1898 年 *J. Palibin* 氏ハ Conspectus Floræ Koreæ 第一巻ニ

    Astilbe chinensis, *Franchet* et *Savatier.*

    Aceriphyllum Rossi, *Engler.*

    Saxifraga rotundifolia, *Linné.*

    Chrysosplenium sphærospermum, *Maximowicz.*

    Parnassia palustris, *Linné.*

    Philadelphus coronarius, *Linné* var. pekinensis, *Maximowicz.*

    Philadelphus coronarius, *Linné* var. mandshuricus, *Maximowicz*

    Deutzia grandiflora, *Bunge.*

    Ribes alpinum, *Linné.*

    Ribes fasciculatum, *Siebold* et *Zuccarini.*

ノ十種ヲ挙グ、其中 Astilbe chinensis ハ Astilbe chinensis var.
Davidii ニ、Saxifraga rotundifolia ハ Saxifraga punctata ニ、Phila-
delphus coronarius var. pekinensis ハ Philadelphus pekinensis ニ、
Philadelphus coronarius var. mandshuricus ハ Philadelphus mand-
shuricus ニ、Deutzia grandiflora ハ Deutzia coreana ニ、Ribes al-
pinum ハ Ribes tricuspe ニ改ムベシ。

1903 年 *V. Komarov* 氏ハ其著 Flora Manshurica 中ニ北鮮産トシテ

    Astilbe chinensis var. koreana, *Komarov.* (新變種)

    Rodgersia podophylla, *A. Gray.*

    Rodgersia tabularis, *Komarov.*

    Aceriphyllum Rossi, *Engler.*

    Saxifraga cortusæfolia, *Siebold* et *Zuccarini.*

Saxifraga punctata, *Linnè.*

Saxifraga manshuriensis, *Komarov.* (新種)

Chrysosplenium pilosum, *Maximowicz.*

Philadelphus Schrenckii, *Ruprecht.*

Deutzia glabrata. *Komarov.* (新種)

Ribes burejense, *Fr. Schmidt.*

Ribes nigrum, *Linné.*

Ribes procumbens, *Pallas.*

Ribes Maximowiczii, *Komarov.*

Ribes diacantha, *Pallas.*

ノ十五種ヲ舉グ、其中 Astilbe chinensis var. koreana ハ Astilbe koreana ニ、Ribes nigrum ハ Ribes ussuriensis, *Janczewski* ニ、Ribes Maximowiczii ハ Ribes distans, *Janczewski* ニ改ムベシ。

1905 年 *C. K. Schneider* 氏ハ Illustriertes Handbuch der Laubholzkunde 第一卷ニ朝鮮産トシテ Philadelphus pekinensis, *Ruprecht* ヲ載ス。

1907 年 *E. de Janczewski* ハ Mémoires de la société de Physique et d'Histoire naturelle de Genève Vol. 35. fasc. 3 ニ Monographie des Groseilliers ヲ出版シ、其中ニ朝鮮産トシテ

Ribes manshuricum, *Komarov.*

Ribes bureiense, *Fr. Schmidt.*

Ribes fasciculatum, *Siebold* et *Zuccarini.*

Ribes diacantha, *Pallas.*

Ribes distans, *Janczewski* α. manchuricum, (*Komarov*) *Janczewski.*

ノ五種ヲ舉グ、其中 Ribes distans ノ一部ハ Ribes tricuspe, *Nakai* ナリ。

1909 年二月、余ノ Flora K reana 第一卷出ヅ。其中ニ虎耳草科植物トシテ

Astilbe chinensis, *Franchet* et *Savatier.*

Astilbe chinensis var. seoulensis, *Nakai.*

Astilbe Thunbergii, *Miquel.*

Rodgersia podophylla, *A. Gray.*

Rodgersia tabularis. *Komarov.*

Aceriphyllum Rossi, *Engler.*

Aceriphyllum Rossi f. multi obum, *Nakai.*

Saxifraga manshuriensis, *Komarov.*

Saxifraga oblongifolia, *Nakai.* （新種）

Saxifraga punctata, *Linné.*

Saxifraga cortusæfolia, *Siebold & Zuccarini.*

Saxifraga sarmentosa, *Linné.*

Saxifraga rotundifolia, *Linné.*

Chrysosplenium sphærospermum, *Maximowicz.*

Parnassia palustris, *Linné.*

Philadelphus coronarius var. Satsumi, *Maximowicz.*

Philadelphus coronarius var. pekinensis, *Maximowicz.*

Deutzia glabrata, *Komarov.*

Deutzia parviflora, *Bunge.*

Deutzia grandiflora, *Bunge.*

Hydrangea hortensis var. acuminata, *A. Gray.*

Ribes burejense, *Fr. Schmidt.*

Ribes fasciculatum, *Siebold & Zuccarini.*

Ribes Maximowi zii, *Komarov.*

Ribes nigrum, *Linné.*

Ribes procumbens, *Pallas.*

Ribes manshuricum, *Komarov.*

Ribes diacantha, *Pallas.*

ヲ擧グ、其中 Astilbe ハ全部 Astilbe chinensis v. Davidii トナリ。
Saxifraga sarmentosa ト Saxifraga rotundifolia ハ除クベク、Phila-
delphus coronarius var. Satsumi ハ Philadelphus Schrenckii 並ニ
Philadelphus mandshuricus ニ分ツベク、Philadelphus coronarius
var. pekinensis ハ Philadelphus pekinensis ニ、Deutzia grandiflora
ハ Deutzia coreana ニ、Hydrangea hortensis var. acuminata ハ
Hydrangea serrata var. acuminata ニ、Ribes Maximowiczii ハ Ribes
tricuspe ニ、Ribes nigrum ハ Ribes ussuriensis ニ改ムベシ。

同年三月、余ハ武田久吉氏ト共ニ東京植物學雜誌ニ Plantæ ex Tsche-
dschu ト題シテ濟州島植物若干ヲ記セリ。其中ニ

Hydrangea acuminata, *Siebold & Zuccarini.*

Parnassia palustris, *Linné.*

Saxifraga cortusæfolia, *Siebold & Zuccarini.*

Schizophragma hydrangeoides, *Siebold & Zuccarini.*

ヲ舉グ。

1910 年 *H. Léveillé* 氏ハ朝鮮産虎耳草科ノ新植物トシテ *Fedde* 氏
ノ Repertorium 第八卷ニ

Astilbe Thunbergii var. Taquetii, *Léveillé.*

Astilbe Thunbergii var. æthusifolia, *Léveillé.*

Chrysosplenium Pseudo-Fauriei, *Léveillé.*

Deutzia Fauriei, *Léveillé.*

Deutzia coreana, *Léveillé.*

Hydrangea tiliæfolia, *Léveillé.*

Hydrangea Taquetii, *Léveillé.*

ヲ記ス。其中 Astilbe Thunbergii var. Taquetii ハ Astilbe chinensis
var. Davidii ニ、Astilbe Thunbergii var. æthusifolia ハ繡線菊科ニ
移シテ Aruncus æthusifolius トスベク、Deutzia Fauriei ハ Deutzia
glabrata, Komarov ニ、Hydrangea tiliæfoia ハ Hydrangea petiolaris
ニ、Hydrangea Taquetii ハ Schizophragma hydrangeoides ニ移スベシ。

1911 年七月 *Sargent* 氏ノ Plantæ Wi'sonianæ part I 出ヅ。其中
ニ *A. Rehder* 氏ガ朝鮮産ノ虎耳草科植物トシテ

Deutzia prunifolia, *Rehder.* (新種)

Deutzia parviflora, *Bunge.*

Deutzia glabrata, *Komarov.*

Schizophragma hydrangeoides, *Siebold & Zuccarini.*

ノ四種ヲ記ス。

1911 年十二月、余ノ Flora Koreana 第二卷出ズ、其中ニ朝鮮虎耳
草科植物ニ加フベキモノハ

Mitella nuda, *Linné.*

Chrysosplenium trachyspermum, *Maximowicz.*

Chrysosplenium flagelliferum, *Fr. Schmidt.*

Chrysosplenium ramosum, *Maximowicz.*

ノ四種ナリ。

1912 年二月、余ハ東京植物學雜誌ニ Plantæ Millsianæ Koreanæ
ヲ舉グ、其中ニアル虎耳草科植物ハ

Astilbe chinensis, *Franchet & Savatier.*

Saxifraga sarmentosa, *Linné.*

Chrysosplenium flagelliferum, *Fr. Schmidt.*

Parnassia palustris, *Linné.*

Deutzia parviflora, *Bunge.*

ノ五種ナリ。就中 Astilbe chinensis ハ Astilbe chinensis var. Davidii
ニ、Saxifraga sarmentosa ハ Saxifraga cortusæfolia ニ改ムルヲ要
ス。

1913 年二月余ハ東京植物學雜誌ニ日鮮植物管見第九ヲ出ス。 其中ニ
一新種 Deutzia paniculata, *Nakai* ヲ記セリ。

1914 年三月余ノ朝鮮植物第一卷發行アリ、其中ニ

Astilbe chinensis, *Franchet & Savatier* var. Davidii, *Franchet.*

Aceriphyllum Rossi, *Engler.*

Saxifraga cortusæfolia, *Siebold & Zuccarini.*

Saxifraga punctata, *Linné.*

Saxifraga oblongifolia, *Nakai.*

Rodgersia tabularis, *Komarov.*

Rodgersia podophylla, *A. Gray.*

Mitella nuda, *Linné.*

Parnassia palustris, *Linné.*

Chrysosplenium barbatum, *Nakai.*

Chrysosplenium trachyspermum, *Maximowicz.*

Chrysosplenium flagelliferum, *Fr. Schmidt.*

Philadelphus tenuifolius, *Ruprecht & Maximowicz.*

Philadelphus Schrenckii, *Ruprecht.*

Deutzia parviflora, *Bunge.*

Deutzia glabrata, *Komarov.*

Deutzia paniculata, *Nakai.*

Deutzia grandiflora, *Bunge,*

Schizophragma hydrangeoides, *Siebold & Zuccarini.*

Hydrangea petiolaris, *Siebold & Zuccarini.*

Hydrangea coreana, *Nakai.*

Hydrangea acuminata, *Siebold & Zuccarini.*

Ribes fasciculatum, *Siebold & Zuccarini.*

Ribes procumbens, *Pallas.*
Ribes nigrum, *Linné.*
Ribes tricuspe, *Nakai.*
Ribes burejense, *Fr. Schmidt.*
Ribes manshuricum, *Komarov.*

ヲ舉グ、其中 Deutzia grandiflora ハ Deutzia coreana ニシテ Hydrangea coreana ハ Hydrangea serrata ノ海岸生ノモノナリ、又 Ribes nigrum ハ Ribes ussuriense ニ改ムベシ。

同年四月余ノ濟州島植物調査報告書及ビ莞島植物調査報告書上梓セラル。前者中ニアル虎耳草科植物ハ

Astilbe Thunbergii var. Taquetii, *Léveillé.*
Chrysosplenium alternans, *Thunberg.*
Chrysosplenium Grayanum, *Maximowicz.*
Chrysosplenium halaisanense, *Nakai.*
Hydrangea acuminata, *Siebold & Zuccarini.*
Hydrangea petiolaris, *Siebold & Zuccarini.*
Parnassia palustris, *Linné.*
Ribes fasciculatum, *Siebold & Zuccarini.*
Ribes tricuspe, *Nakai.*
Saxifraga cortusæfolia, *Siebold & Zuccarini.*
Schizophragma hydrangeoides, *Siebold & Zuccarini.*

ナリ、其中 Astilbe Thunbergii var. Taquetii ハ Astilbe chinensis var. Davidii ニ改ムベシ。

又後者ニハ

Deutzia glabrata, *Komarov.*
Hydrangea acuminata, *Siebold & Zuccarini.*
Saxifraga cortusæfolia, *Siebold & Zuccarini.*

ノ三種ヲ舉グ。

同年五月余ハ日鮮新植物ヲ *Fedde* ノ Repertorium 第十三卷ニ揭グ、其中ニ朝鮮ノ虎耳草科植物

Chrysosplenium barbatum, *Nakai.*
Chrysosplenium halaisanense, *Nakai.*

ノ二新種ヲ記セリ。

同年十月余ハ日鮮新植物ヲ東京植物學雜誌ニ記シ其中ニ虎耳草科

植物
　　　　Bergenia coreana, *Nakai.*
　　　　Saxifraga Takedana, *Nakai.*
　　　　Saxifraga laciniata, *Nakai & Takeda.*

ノ三新種ヲ記述セリ。

1915 年三月余ノ智異山植物調査報告書出ヅ、其中ニハ虎耳草科植物
　　　　Astilbe chinensis var. Davidii, *Franchet.*
　　　　Chrysosplenium baicalense, *Maximowicz.*
　　　　Chrysosplenium flagelliferum, *Fr. Schmidt.*
　　　　Deutzia glabrata, *Komarov.*
　　　　Deutzia grandiflora, *Bunge.*
　　　　Deutzia parviflora, *Bunge.*
　　　　Hydrangea acuminata, *Siebold & Zuccarini.*
　　　　Philadelphus coronarius, *Linné.*
　　　　Ribes manshuricum, *Komarov.*
　　　　Ribes tricuspe, *Nakai.*
　　　　Saxifraga cortusæfolia, *Siebold & Zuccarini.*
　　　　Saxifraga oblongifolia, *Nakai*

ヲ擧グ、其中 Deutzia grandiflora ハ Deutzia triradiata, *Nakai* ニシ
テ Philadelphus coronarius ハ Philadelphus pekinensis ト Philadel-
phus tenuifolius ト ニ分ツベシ。

　同年五月余ハ東京植物學雜誌ニ日鮮ノばいくわうつぎ類ヲ掲グ其中ニ
朝鮮ノモノハ次ノ五種アリ。
　　　　Philadelphus tenuifolius, *Ruprecht & Maximowicz.*
　　　　Philadelphus Schrenckii, *Ruprecht.*
　　　　Philadelphus pekinensis, *Ruprecht.*
　　　　Philadelphus mandshuricus, *Nakai.*
　　　　Philadelphus lasiogynus, *Nakai.* (新種)

1916 年四月余ハ日鮮植物管見第十一ヲ東京植物學雜誌ニ掲グ、其中
ニ朝鮮産虎耳草科植物トシテ
　　　　Ribes burejense, *Fr. Schmidt.*
　　　　Ribes diacantha, *Pallas.*
　　　　Ribes fasciculatum, *Siebold & Zuccarini.*
　　　　　　α. japonicum, *Janczewski.*
　　　　　　β. chinense, *Janczewski.*

Ribes distans, *Janczewski.*

Ribes tricuspe, *Nakai.*　α.　typicum, *Nakai.*

β.　japonicum, *Nakai.*

Ribes horridum, *Ruprecht.*

Ribes ussuriense, *Janczewski.*

Ribes procumbens, *Pallas.*

Ribes manshuricum, *Komarov.*

ヲ擧グ。

同年六月鷺峯ノ植物調査書ヲ朝鮮彙報特別號ニ出ス、其中ニアル虎耳草科植物ハ次ノ如シ。

Bergenia coreana, *Nakai.*

Philadelphus Schrencki, *Ruprecht.*

Ribes burejense, *Fr. Schmidt.*

Ribes manshuricum, *Komarov.*

Saxifraga punctata, *Linné.*

右ノ中 Ribes Maximowiczi ハ Ribes distans ノ異名ナリ。

1918 年二月、　日鮮植物管見第十六ヲ東京植物學雜誌ニ載セシ中ニ、南胞胎山產ノ一新種

Saxifraga Furumii, *Nakai.*

ヲ記述セリ。

同年三月白頭山植物調査書出ヅ、其內ニアル虎耳草科植物ハ次ノ如シ。

Chrysosplenium sphærospermum, *Maximowicz.*

Parnassia palustris, *Linné.*

Ribes horridum, *Maximowicz.*

Ribes procumbens, *Pallas.*

Saxifraga laciniata, *Nakai & Takeda.*

Saxifraga punctata, *Linné.*

Saxifraga Takedana, *Nakai.*

同年同月余ノ金剛山植物調査書出ヅ、其中ニアル虎耳草科植物ハ次ノ如シ。

Aceriphyllum Rossi, *Engler.*

Aceriphyllum Rossi, var. multilobum, *Nakai.*

Astilbe chinensis var. Dividii, *Franchet.*

Astilbe koreana, *Nakai.*

Chrysosplenium ramosum, *Maximowicz.*

Chrysosplenium trachyspermum, *Maximowicz.*

Deutzia coreana, *Léveillé.*

Deutzia glabrata, *Komarov.*

Deutzia parviflora, *Bunge.*

Philadelphus Schrenckii, *Ruprecht.*

Philadelphus tenuifolius, *Ruprecht & Maximowicz.*

Ribes manshuricum, *Komarov.*

Ribes tricuspe, *Nakai.*

Rodgersia podophylla, *A. Gray.*

Rodgersia tabularis, *Komarov.*

Saxifraga cortusæfolia, *Siebold & Zuccarini.*

Saxifraga oblongifolia, *Nakai.*

Saxifraga punctata, *Linné.*

同年十月余ハ日鮮植物管見第十八ヲ東京植物學雜誌ニ出ス、其中ニ

Saxifraga octopetala, *Nakai.*

ナル一新種ヲ記セリ。

1919 年三月、余ハ日鮮植物管見第二十ヲ東京植物學雜誌ニ出ス、其中朝鮮ノ虎耳草科ニ加フベキ

Astilbe chinensis var. paniculata, *Nakai.* (新變種)

Chrysosplenium macrostemon, *Maximowicz.*

トヲ記セリ。

同年十二月、余ノ欝陵島植物調査書出ヅ、其中ニアル虎耳草科植物ハ次ノ如シ。

Chrysosplenium alternans, *Thunberg.*

Chrysosplenium flagelliferum, *Fr. Schmidt.*

Hydrangea petiolaris, *Siebold & Zuccarini.*

Saxifraga cortusæfolia, *Siebold* et *Zuccarini.*

Schizophragma hydrangeoides, *Siebold* et *Zuccarini.*

Tiarella polyphylla, *Don.*

1921 年五月、余ハ日本領内ノうつぎ屬植物ニ就キ新研究ヲ發表セリ、其中ニアル朝鮮産ノモノハ次ノ如シ。

Deutzia paniculata, *Nakai.*

Deutzia prunifolia, *Rehder.*

Deutzia prunifolia var. latifolia, *Nakai.*

Deutzia coreana, *Léveillé.*

Deutzia glabrata, *Komarov.*

Deutzia parviflora, *Bunge.*

其後朝鮮内ヲ旅行シテ發見セシモノヲ合スレバ朝鮮産ノ虎耳草科植物ハ次ノ各種トナル。其内木本植物ニハ ÷ ヲ附ス。

1) Astilbe chinensis *Maximowicz* ex *Franchet & Savatier*, Enumeratio Plantarum Japonicarum I. p. 144 (1875).

   a. var. Davidii *Franchet*, Plantæ Davidianæ I. 122 (1884).

      おほちだけさし

   b. var. divaricata *Nakai,* var. nov.   やちまたちだけさし

   c. var. paniculata *Nakai* in Tokyo Botanical Magazine XXXIII. p. 55 (1919).   みやまちだけさし

2) Astilbe koreana *Nakai*, Vegetation of Diamond mts p. 174. n. 304 (1918), nom. nud.; in Tokyo Botanical Magazine XXXVI. p. 122 (1912).   たりほのちだけさし

3) Aceriphyllum Rossi *Engler* in Die natürlichen Pflanzenfamilien III. Abt. 2 a. p. 52 (1890).

   a. f. typicum *Nakai.*   たんちやうさう

   b. f. multilobum *Nakai* in The Journal of College of Science, Tokyo XXVI. Art. 1. p. 218 (1909).   おほたんちゃうさう

4) Bergenia coreana *Nakai* in Tokyo Botanical Magazine XXVIII. p. 304 (1914).   かうららいはうちは

5) Chrysosplenium alternans *Thunberg*, Flora Japonica p. 183 (1784), excl.

   Syn. C. alternifolium var. japonicum *Maximowicz* in Mélanges Biologiques IX. p. 761 (1877).   ねこのめさう

6) Chrysosplenium baicalense *Maximowicz* in Bulletin de la société des naturalistes de Moscou LIV. pt. 1. p. 21 (1879).

      けねこのめさう

7) Chrysosplenium barbatum *Nakai*, Chosen-shokubutsu I. p. 334 fig. 410 (1914); in *Fedde*, Repertorium XIII. p. 273 (1914).

      しらげねこのめさう

8) Chrysosplenium flagelliferum *Fr. Schmidt* in Mémoires de l'Académie impériale des Science de Pétersbourg 7 sér. XII. no. 2. p. 135 (1868).　　　　ひめねこのめさう

9) Chrysosplenium Grayanum *Maximowicz* in Bulletin de l'Académie impériale des Sciences de St. Pétersbourg XXIII. p. 348 (1877).

var. Dickinsii *Franchet & Savatier*, Enumeratio Plantarum Japonicarum II. pt. 2. p. 650 (1879).　やまねこのめさう

10) Chrysosplenium hallaisanense *Nakai*, Vegetion of Isl. Quelpært p. 50 n. 692 (1914), nom. nud.; in *Fedde*, Repertorium XIII. p. 273 (1914).　　　　さいしうねこのめさう

11) Chrysosplenium macrostemon *Maximowicz* ex *Franchet & Savatier*, Enumeratio Plantarum Japonicarum II. p. 358 (1879).　　　　いはぼたん

12) Chrysosplenium ramosum *Maximowicz* in Mémoires presentes a l'Académie impériale des Sciences de St. Pétersbourg, par divers savants IX. p. 121 (1859). まるばねこのめさう

13) Chrysosplenium sphærospermum *Maximowicz* in Bulletin de l'Académie impériale des sciences de St. Pétersbourg XXIII. p. 348 (1877).　　　　こがねねこのめさう

14) Chrysosplenium trachyspermum *Maximowicz* in Bulletin de l'Académie impériale des sciences de St. Pétersbourg XXVII. p. 474 (1881).　　　　おほいはぼたん

*15) Deutzia coreana *Léveillé* in *Fedde*, Repertorium VIII. p. 283 (1910).　　　　てうせんうめうつぎ

*16) Deutzia glabrata *Komarov* in Acta horti Petropolitani XXII. p. 433 (1903).　　　　てうせんうつぎ

*17) Deutzia paniculata *Nakai* in Tokyo Botanical Magazine XXVII. p. 31 (1913).　　　　ながほうつぎ

*18) Deutzia parviflora *Bunge* in Mémoires des savants étrangers a l'Académie des sciences de St. Pétersbourg II. p. 105 (1832).　　　　たううつぎ

*19) Deutzia prunifolia *Rehder* in *Sargent*, Plantæ Wilsónianæ I. p. 22 (1911).

a. var. typica *Nakai.* いはうつぎ

b. var. latifolia *Nakai* in Tokyo Botanical Magazine XXXV. p. 94 (1921). ひろはいはうつぎ

*20) Deutzia Tozawæ *Nakai,* sp. nov. かいなんうつぎ

*21) Deutzia tridentata *Nakai,* sp. nov. ちいさんうめうつぎ

*22) Hydrangea serrata *Seringe* in *A. P. de Candolle,* Prodromus systematis naturalis regni vegetabilis IV. p. 15 (1830).

    a. var. acuminata *Nakai,* comb. nov. やまあぢさい

    b. forma fertilis *Nakai,* nov. forma.

    c. forma Buergeri *Nakai,* comb. nov.

*23) Hydrangea petiolaris *Siebold & Zuccarini,* Flora Japonica I. p. 106 t. 54 (1835).

    a. var. ovalifolia *Franchet & Savatier,* Enumeratio Plantarum Japonicarum I. p. 154 (1875). つるあぢさい

    b. var. cordifolia *Franchet & Savatier,* l. c.

    ごとうづる

24) Mitella nuda *Linnaeus,* Species Plantarum ed. 1. p. 406 (1753).

    てうせんちゃるめるさう

25) Parnassia palustris *Linnaeus,* Species Plantarum ed. 1. p. 273 (1753).

    a. var. vulgaris *Drude* in Linnæa, New ser. V. p. 308. (1875).

    こうめばちさう

    b. var. multiseta *Ledebour,* Flora Rossica I. p. 263 (1842).

    うめばちさう

*26) Philadelphus lasiogynus *Nakai* in Tokyo Botanical Magazine XXIX. p. 67 (1915). しらげばいくゎうつぎ

*27) Philadelphus mandshuricus *Nakai,* l. c. p. 66.

    おほばいくゎうつぎ

*28) Philadelphus pekinensis *Ruprecht* in Bulleten de l'Académie des sciences de St. Pétersbourg XV. p. 365 (1857).

    ひめばいくゎうつぎ

*29) Philadelphus scaber *Nakai,* sp. nov. 珍島ばいくゎうつぎ

*30) Philadelphus tenuifolius *Ruprecht & Maximowicz* in Bulletin de l'Académie des sciences de St. Pétersbourg XV. p. 133 (1857). うすばばいくゎうつぎ

*31) Ribes burejense *Fr. Schmidt* in Mémoires de l'Académie im-
périale des Sciences de St. Pétersbourg 7 sér. XII. no. 2.
p. 42, Taf. 1. fig. 1. (1868).　　はりすぐり

*32) Ribes diacantha *Pallas*, Flora Rossica I. pt. 2. p. 36 t. 66
(1788).　　とげすぐり

*33) Ribes distans *Janczewski* in Bulletin de l'Académie de Cracov
(1906), p. 289.

　　a. var. typicum *Nakai*, nom. nov.　　ほざきやぶさんざし
　　b. var. breviracemum *Nakai*, var. nov.　　こほざきやぶさんざし

*34) Ribes fasciculatum *Siebold & Zuccarini* in Abhandlungen der
Akademien von Wissenschaften zu München IV. Abt. 2. p.
189 (1843).

　　a. var. japonicum hort. ex *Janczewski* in Mémoires de la
société de physique et d'histoire naturelle de Genève XXXV.
fasc. 3. p. 397 (1907).　　やぶさんざし
　　b. var. chinense *Maximowicz* in Mélanges Biologiques IX. p.
238 (1874).　　しなやぶさんざし

*35) Ribes horridum *Ruprecht* mscr. ex *Maximowicz* in Mémoires
présentés a l'Académie impériale des sciences de St. Péters-
bourg, par divers savants IX. p. 117 (1859).

　　　　くろみのはりすぐり

*36) Ribes mandshuricum *Komarov* in Acta Horti Petropolitani
XXII. p. 437 (1903).

　　a. var. villosum *Komarov* l. c. p. 439.　　おほもみぢすぐり
　　b. var. subglabrum *Komarov* l. c.　　てうせんおほもみぢすぐり

*37) Ribes procumbens *Pallas*, Flora Rossia I. pt. 2. p. 35 t. 65
(1788).　　はひすぐり

*38) Ribes tricuspe *Nakai* in Tokyo Botanical Magazine XXX. p.
142 (1916).

　　a. var. typicum *Nakai*, l. c.　　てうせんざりこみ
　　b. var. japonicum *Nakai*, l. c.　　ざりこみ

*39) Ribes ussurience *Janczewski* in Bulletin de l'académie de
Cracov (1905), p. 757.　　くろすぐり

40) Rodgersia podophylla *A. Gray* in Memoires of American Aca-

demy of arts & sciences, New series VI. p. 389 (1859).

　　　　　　　　　　　　　やぐるまさう
41) Rodgersia tabularis *Komarov* in Acta Horti Petropolitani
　　 XXII. p. 410 (1903).　　　　　　ふきもどき
42) Saxifraga cortusæfolia *Siebold* & *Zuccarini* in Abhandlungen
　　 der Academien von Wissenschaften zu München IV. Abt. 2.
　　 p. 190 (1843).　　　　　　　　　だいもじさう
43) Saxifraga Furumii *Nakai* in Tokyo Botanical Magazine XXXII.
　　 p. 32 (1918).　　　　　　　　　へらゆきのした
44) Saxifraga laciniata *Nakai* & *Takeda* in Tokyo Botanical
　　 Magazine XXVIII. p. 305 (1914).　 くもまゆきのした
45) Saxifraga manshuriensis *Komarov* in Acta Horti Petropolitani
　　 XXII. p. 415 (1903).　　　　　　 てうせんくろくもさう
46) Saxifraga oblongifolia *Nakai* in Journal of College of science,
　　 Tokyo XXVI. Art. 1. p. 230 (1918).　 てうせんいはぶき
47) Saxifraga octopetala *Nakai* in Tokyo Botanical Magazine
　　 XXXII. p. 230 (1918).　　　　　　 てうせんゆきのした
48) Saxifraga punctata *Linnaeus*, Species Plantarum ed. 1. p. 401
　　 (1753).　　　　　　　　　　　　ちしまいはぶき
49) Saxifraga Takedana *Nakai* in Tokyo Botanical Magazine
　　 XXVIII. p. 305 (1909).　　　　　 つるくもまぐさ
*50) Schizophragma hydrangeoides *Siebold* & *Zuccarini*, Flora
　　 Japonica I. p. 59 t. 26 (1835).　 いはがらみ
51) Tiarella polyphylla *D. Don*, Prodromus Floræ Nepalensis p.
　　 210 (1825).　　　　　　　　　　づだやくしゆ

　　　計　14 屬 51 種 7 變種 3 品種
　　　其中、木本植物ハ 5 屬 24 種 6 變種 2 品種

（三）　朝鮮産虎耳草科木本植物分布の概況

1) うつぎ屬　Deutzia.
　　てうせんうめうつぎ　ハ朝鮮特産物ニシテ主トシテ京城附近ノ山ニ
　　生ジ、岩石地ニアリ。

ちいさんいはうつぎ　モ亦朝鮮特産ノ植物ニシテ智異山ノ岩石地ニ
生ズ。

かいなんうつぎ　モ亦朝鮮特産ノ植物ニシテ全南、海南郡、大興寺
ノ山地岩隙ニ生ズ。

いはうつぎ　ハ黄海、平南、平北ノ山地、岩石地ニ生ジ、南滿州ニ
分布ス。

ひろはいはうつぎ　ハ平南、大聖山ノ産ナリ。

てうせんうつぎ　ハ全南、莞島ヲ南限トシ、北ハ滿州ニ至リ又海ヲ
越エテ山東省ニ産ス。

たううつぎ　ハ全南、海南郡ヲ南限トシ、北ハ北滿州、北支那迄モ
分布ス。

ながほうつぎ　ハ咸南、慶北ノ山ニ生ジ稀品ナリ。

2)　ばいくゎうつぎ屬　Philadelphus.

ひめばいくゎうつぎ　ハ智異山、仁川等ニ發見ス。滿州ヲ經テ北支
那迄分布ス。

おほばいくゎうつぎ　ハ京畿、江原ノ山地ニ生ジ、滿州ニモアリ。

うすばばいくゎうつぎ　ハ智異山系ヨリ北、京畿、江原ヲ經テ平北、
咸北ニ及ビ尚ホ滿州、黑龍江地方迄モ分布ス。

てうせんばいくゎうつぎ　ハ智異山系ヨリ以北至ル所ニ生ジ、南ハ
對馬島ニモ産シ、北ハ滿州、烏蘇利、黑龍江地方ニ迄分布ス。

しらげばいくゎうつぎ　ハ京畿道光陵ノ山中ニ發見ス。朝鮮特産ナ
リ。

珍島ばいくゎうつぎ　ハ全南、珍島ノ二高山、(尖察山、女貴山)上
ニ生ズ、朝鮮特産ナリ。

3)　あぢさい屬　Hydrangea.

やまあぢさい　ハ慶北、慶南、全北、全南ヨリ濟州島迄モ分布ス。

つるあぢさい　濟州島及ビ鬱陵島ニ産ス。内地ニ廣ク分布ス。

ごとうづる　ハ鬱陵島ノミニ之ヲ見ル、但シ内地ニハ廣ク分布ス。

4)　いはがらみ屬　Schizophragma.

いはがらみ　ハ鬱陵島及ビ濟州島ニ産シ内地ニハ廣ク分布ス。

5)　すぐり屬　Ribes.

やぶさんざし　ハ全南、咸南、濟州島ノ山ニテ發見ス。しなやぶさ
んざしノ毛少キ一形ニシテ、日本内地ニアリテモ少シ、反之しな

やぶさんざしハ分布廣ク、全道ニ分布シ、日本内地、北支那、満州ニモ産ス。

とげすぐり　ハ朝鮮ヲ以テ分布ノ南限トシ、咸北ノ北部ニ産シ、之レヨリ満州東部西比利亜ヲ經テアルタイ山ニ至ル迄分布ス。

ほざきやぶさんざし　ハ北地ノ産ニシテ、平北、咸南、咸北ヨリ満州迄分布ス。

こほざきやぶさんざし　ハ朝鮮ノ特産ニシテ平北、黒水洞ニテ發見セラル。

てうせんざりこみ　ハ咸北、咸南、平北ヨリ南ハ智異山ニ至ル迄ニ産ス。

ざりこみ　ハ濟州島、漢挐山上ニ生ジ飛ンデ咸北鏡城郡熊谷嶺、本島中部ノ山地ニ分布ス。

はひすぐり　ハ北地産ノ植物ニシテ咸南、咸北ニ産シ、國外ニアリテハ樺太、満州、黒龍江地方及ビダフリアニ産ス。

くろすぐり　ハ咸北ニ産ス、烏蘇利ヲ經テ樺太ニ分布ス。

はりすぐり　ハ咸北、咸南ニ産シ、北支那、東蒙古、満州ニ分布ス。

くろみのはりりすぐり　ハ咸北ノ山地ヲ南限トシ、北満州ヲ經テ樺太ニ分布ス。

おほもみぢすぐり　ハ金剛山、平北飛來峯等ニテ發見シ、満州ニモアリ、一種毛ノ少ナキてうせんおほもみぢすぐりハ殆ンド全道ノ山地ニ生ズ。

（四）　朝鮮産虎耳草科植物の効用

賞觀用

おほちだけさし（紅花）、たりほのちだけさし（白花）等ハ皆花ヲ賞スベク。たんちゃうさう（白花）ハ京城ニテハいはやつで又ハくさやつでト俗稱シ、花及ビ葉ヲ賞ス。　朝鮮ニテハ餘リニ多生スル故、珍トスル人ナケレドモ、内地ニ移セバ常ニ賞讚ヲ受ク。

ふきもどき　ハ其壯大ナル事他ニ類ナク。　夙ク露西亜ヲ經テ歐州ニ移シ、彼地ニアリテハ特ニ園藝植物トシテ賞讚ス。

ばいくゎうつぎ　類ハ皆庭園樹トナシ得ベク、たううつぎ、てうせんうつぎ等モ亦花ヲ賞スルニ足ル。

食　用

　ふきもどきノ葉柄ハ皮ヲ去リテ生食シ得。

　くろみのはりすぐり、おほもみぢすぐり等ノ果實ハ美味ナリ。

藥　用

　だいもじさう　ノ葉ノ煎出液ハ利尿ノ効アリ。

　やまあぢさい　ノ一形ニテ葉ノ細キヲ特ニあまちゃト稱ス。莖ヲ煎
　出シテ飲ミ得レドモ、朝鮮ニテハ用キ居ラズ。

（五）　朝鮮産虎耳草科木本植物ノ分類及圖說

虎　耳　草　科

　一年生又ハ多年生ノ草本、半灌木、灌木又ハ喬木、直立又ハ纒攀性、葉ハ互生又ハ對生、花ハ兩全又ハ雌雄異株、蕚ハ 5（4—12）個ノ裂片ヲ有ス、蕚片ハ覆瓦狀又ハ鑷合狀、子房ト離生又ハ癒合ス。花瓣ハ 4—5（6—8）個稀ニ無瓣、覆瓦狀又ハ鑷合狀ニ排列ス。雄蕋ハ花瓣ト同數又ハ 10—20 個又ハ多數、花糸ハ離生、往々齒アリ。葯ハ 2 室、花盤ハ扁平、杯狀又ハ裂片アリ。子房ハ 4—6（3—12）室又ハ 1 室、花柱ハ離生又ハ癒合ス、柱頭ハ點狀、頭狀又ハ楯狀、卵子ハ多數、下垂ス、果實ハ蒴又ハ漿果、種子ハ形狀一ナラズ、翼アルモノアリ、胚乳アリ。

　世界ニ 69 屬 700 餘種アリ、朝鮮産ノ木本植物ハ分テ次ノ二亞科三族トナス。

　1) ｛果實ハ漿果、子房ハ一室、側膜胎坐二個アリ。
　　　　　　　　………すぐり亞科、すぐり族。
　　｛果實ハ 3—5 室 ………あぢさい亞科……………2

　2) ｛蒴ハ胞背裂開ス ………ばいくゎうつぎ族。
　　｛蒴ハ胞間又ハ腹面裂開ス ………あぢさい族。

Saxifragaceae *A. P. de Candolle,* Prodr. IV. p. 1. (1830).—*G. Don.* Gen. Syst. Dichlamy. Pl. III. p. 204 (1834).—*Lindley,* Nat. Syst. Bot. p. 162 (1836).—*Endlicher,* Gen. Pl. p. 813 (1836—40).—*A. Engler* in Nat. Pflanzenfam. III. 2a p. 41 (1890); Syllabus p. 116 (1892) —*Dippel,* Handb. Laubholzk. III. p. 308 (1893).

　Syn. Arbustiva *Linnaeus,* Phil. Bot. ed. 1. p. 31 (1751), pro parte.

Portulaceæ, *Adanson*, Fam. Pl. II. p. 235 (1763), pro parte.

Onagræ *Durande*, Notions élém. Bot. p. 287 (1181), pro parte.

Cacti *Durande*, l. c. pro parte—*Jussieu*, Gen. Pl. p. 310 (1789).

Saxifragæ *Durande*, l. c.—*Jussieu*, l. c. p. 308.

Saxifrageæ *Ventenat*, Tab. Veg. III. p. 277 excl. gn. (1799).—*J. St. Hilaire*, Exposit. Fam. II. p. 129 (1805).—*Lamarck & de Candolle*, Fl. Franc. ed. 3. IV. p. 358 (1805); Syn. Fl. Gall. p. 316 (1806); Fl. Franc. ed. 3. augm. IV. p. 358 (1815).—*Bartling*, Ord. Nat. Pl. p. 311 (1830).—*Lindley*, Introd. Bot. p. 49 (1830).—*A.P. de Candolle*, Prodr. IV. p. 17 (1830).—*Spach*, Hist. Nat. Veg. V. p. 37 (1836).—*Loudon*, Arb. & Frut. Brit. II. 3. p. 994 (1838).—*Agardh*, Théor. p. 89 (1858).

Grossulariæ *Lamarck & de Candolle*, Fl. Franc. ed. 3. IV. p. 405 (1805); Syn. Fl. Gall. p. 325 (1806); Fl. Franc. ed. 3. augm. IV. p. 405 (1815).—*Dumortier*, Comm. Bot. p. 58 (1822).—*Kunth*, Nov. Gen. & Spec. VI. p. 58 (1823).—*D. Don*, Prodr. Fl. Nepal. p. 208 (1825).

Saxifrageaæ *Persoon*, Syn. Pl. I. p. 491, obs. sub Saxifraga magellanica (1805).—*Humboldt, Bonpland & Kunth*, Syn. Pl. III. p 358 (1824).—*Grenier & Godron*, Fl. Fran. I. p. 636 (1848).—*Bentham & Hooker*, Gen. Pl. I. pt. 2. p. 629 (1865).

Myrtacei *Persoon*, Syn. Pl. II. pt. 1. p. 24 (1806), pro parte.

Cunoniaceæ *R. Brown* in Flinder's Voy. p. 548 (1814).—*Lindley*, Introd. p. 50 (1830).—*G. Don*, Gen. Syst. Dichlamyd. Pl. III. p. 196 (1834).—*Spach*, Hist. Nat. Veg. V. p. 3 (1836).—*Lindley*, Nat. Syst. p. 161 (1836).

Grossulaceæ *Mirbel*, Elém. II. p. 897 (1815).—*Lindley*, Syn. Brit. p. 106 (1829); Nat. Syst. p. 26 (1836)—*Loudon*, Arb. & Frut. Brit. II. 3. p. 967 (1838)—*Torrey & Gray*, Fl. North Amer. I. 3. p. 544 (1840).

Ribesiæ *Richard*, Bot. Med. II. p. 487 (1823).

Escallonieæ *R. Brown* in Franklin's Voy. p. 766 (1824).—*Lindley*, Nat. Syst. p. 27 (1836).

Philadelpheæ *D. Don* in Edinb. New Phil. Journ. XV. p. 133 (1826).—*A.P. de Candolle*, Prodr. III. p. 205 (1828).—*Lindley*, Introd. Bot. p. 52 (1830).—*G. Don*, Gen. Syst. III. p. 806 (1834).—*Endlicher*, Gen. Pl. p. 1186 (1836—40).—*Agardh*, Theor. p. 149 (1858).

Saxifragaceæ *Dumortier*, Analys. Fam. p. 36 (1829).—*Britton & Brown*, Illus. Fl. II. p. 169 (1897) —*Schneider*, Illus. Handb. I. p. 360 (1905).

Grossulariaceæ *Dumortier*, l. c. p. 37.—*Agardh*, Théor. p. 150 (1858).—*Britton & Brown*, Illus. Fl. II. p. 187.

Galacinæ *G. Don* ex *G. Don*, l. c. p. 203.

Escalloneæ *G. Don*, l. c. p. 192.

Brexiaceæ *Lindley*, Nat. Syst. p. 218 (1836).

Baueraceæ *Lindley*, l. c. p. 161.

Ribesiaceæ *Endlicher*, Gen. Pl. p. 823 (1836—40).—*Dippel*, Handb. III. p. 280 (1893).

Philadelphaceæ *Lindley*, l. c. p. 47 (1836).—*Loudon*, Arb. & Frut. II. 3. p. 950 (1838).

Escalloniaceæ *Lindley*, l. c. p. 992.

Hydrangeaceæ *Agardh*, Théor. p. 148 (1858).

Iteaceæ *Agardh*, l. c. p. 151.

Herbæ annuæ v. perennes, frutices v. arbores, erecti v. scandentes. Folia opposita v. alterna. Flores hermaphroditi v. polygamo-dioici. Calyx 5 (4—12) merus, ovario adnatus v. liber. Petala 4—5 (6—8) rarius O imbricata v. valvata. Stamina petalis isomera v. 10—20 v. ∞. Filamenta libera subulata v. dentata. Antheræ biloculares. Discus planus v. cupularis v. lobatus. Ovarium 4—6 (3—12) loculare v. uniloculare. Styli liberi v. connati. Stigma punctatum v. capitatum v. peltatum. Ovula numerosa pendula anatropa. Fructus capsularis v. baccatus. Semina forma varia sæpe alata. Albumen carnosum v. parcum. Embryo teres.

Genera 69 species ultra 700. Plantæ Koreanæ in sequentes subfamilias et tribos dividuntur.

1 { Fructus baccatus. Ovarium 1—loculare, placentis parietalibus 2. ......Subf. Ribesioideæ......Trib. Ribesieæ.
  Capsula 3—5 locularis ......Subf. Hydrangeoideæ........2.

2 { Capsula loculicide dehiscens. ......Trib. Philadelpheæ.
  Capsula septicide v. ventrali dehiscens. ....Trib. Hydrangeæ.

第一亞科　すぐり亞科

子房ハ一室、側膜胎坐二個、果實ハ漿果。

第　一　族　すぐり族

特徵ハ亞科ニ同ジ、次ノ一屬アリ。

第　一　屬　すぐり屬

通例簇生スル灌木、有刺又ハ無刺、葉ハ互生屢々簇出ス。單葉、通例掌狀ニ缺刻ス、托葉ハ葉柄ニ附キ又ハ之ヲ缺グ。花ハ總狀又ハ繖房花序ヲナシ又ハ獨生又ハ二三個宛生ズ。兩全又ハ雌雄異株、小花梗ニ二個ノ小苞アリ、萼筒ハ卵形、球形又ハ倒卵形ニシテ子房ト癒合シ、往々伸長シテ長キ筒ヲナスアリ。裂片ハ 4—5 個、直立又ハ外卷ス、花瓣ハ萼ニツキ小形ニシテ萼片ト互生ス、雄蕋ハ 4—5 個、花瓣ト互生シ常ニ短小ナレドモ往々長ク抽出ス。子房下位、一室、花柱ハ一個 2—5 裂シ稀ニ分裂セズ。柱頭ハ點狀、頭狀又ハ楯形、果實ハ漿果、種子ニ胚乳アリ。

歐亞、南北米大陸ニ分布シ、136 種アリ、朝鮮ニハ九種ヲ產シ其所屬區分ハ次ノ如シ。

1 { 雌雄異株、又ハ多性　　………………2
　　花ハ兩全　　　　　　………………4

2 { 花ハ數個宛簇出ス、花柱ハ單一、柱頭ハ楯形。
　　　　　………やぶさんざし亞屬(やぶさんざし之ニ屬ス)。
　　花ハ總狀、花柱ハ二叉ス、柱頭ハ點狀。
　　　　　………ざりこみ亞屬……………3

3 { 莖ニ刺アリ、少クモ葉ノ直下ニ一對ノ刺アリ。
　　　　　………とげすぐり節(とげすぐり之ニ屬ス)。
　　莖ニ刺ナシ。………ざりこみ節(ざりこみ、てうせんざりこみ、ほ
　　　　　ざきのやぶさんざし之ニ屬ス)。

4 { 莖ニ刺ナシ。………はひすぐり亞屬…………5
　　莖ハ多數ノ刺アリ。　　　　………6

5 { 苞ハ脱落ス、葉ノ裏面ニ腺點アリ。
　　　　　………くろすぐり節(くろすぐり之ニ屬ス)。
　　苞ハ永存性、葉裏ニ腺點ナシ。
　　　　　………はひすぐり節(はひすぐり、おほもみぢすぐり
　　　　　之ニ屬ス)。

花ハ獨生又ハ二三個宛繖房狀ニ出ヅ。

　　　………はりすぐり亞屬（はりすぐり之ニ屬ス）。

花ハ總狀。　………くろみのはりすぐり亞屬）くろみのはりすぐ

　　　り之ニ屬ス）。

6

Saxifragaceæ Subfam. 1. **Ribesioideae** A. *Engler* in Nat. Pflanzen-
fam. III. 2 a. p. 46 & 88 (1890); Syllabus p. 117 (1892).—*A. Engler*
& *E. Gilg*, Syllab. ed. 7. p. 206 (1912).
Syn. Saxifragaceæ Subfam. Escallonioideæ Ribes *Schneider*, Illus.
Handb. I. p. 369 (1905).

Ovarium uniloculare, placentis parietalibus 2. Fructus baccatus.
Saxifragaceæ Subfam. Ribesioideæ Trib. 1. **Ribesieae** *Bentham* &
Hooker, Gen. Pl. I. pt. 2. p. 633 (1865).

Ingenia ut subfamilia.

Gn. 1. **Ribes** *Tragus*, Stirp. III. p. 995 cum fig. (1552), pro parte.
—*Dodoens*, Nieuv. Herb. p. 683 (1578).—*Clusius*, Rar. Pl. Hist. I.
p. 119 figs. (1601).—*Boerhaave*, Ind. II. p. 254 (1720).—*Linnaeus*,
Gen. Pl. ed. 1. p. 68, n. 196 (1737); Hortus Cliffort. p. 82 (1737);
Sp. Pl. p. 200 (1753); Gen. Pl. ed. 5. p. 94, n. 247 (1754).—*Ludwig*,
Defini. p. 164, n. 533 (1841).—*Hill*, Brit. Herbal. p. 515 (1756).—
Jussieu, Gen. Pl. p. 310 (1789).—*Necker*, Elem. Bot. II. p. 134
(1790).—*Ventenat*, Tab. Regn. Veg. III. p. 287 (1799).—*Persoon*
Syn. Pl. I. p. 251, n. 575 (1805).—*Lamarck & de Candolle*, Fl.
Franc. ed. 3. IV. p. 406 (1805); Syn. Fl. Gall. p. 325 (1806).—*M.
Bieberstein*, Fl. Taurico-Cauc. I. p. 170 (1808).—*Lapeyrous*, Hist.
Arbrégée p. 120 (1813).—*A. P. de Candolle*, Prodr. III. p. 477
(1828).—*Withering*, Arrang. Brit Pl. ed. 7. I. p. 187 (1830).—
Endlicher, Gen .Pl. p. 824, n. 4682 (1836—40).—*Spach*, Hist. Nat.
Vég. VI. p. 160(1838).—*Torrey & Gray*, Fl. North Americ. I. 3. p.
544 (1838).—*Grenier & Godron*, Fl. Fran. I. p. 634 (1848).—*Bentham
& Hooker*, Gen. Pl. I. pt. 2. p. 654 (1865).—*Engler* in Nat. Pflanzen-
fam. III. 2a p. 88 (1890).—*Janczewski* in Mém. Soc. Phys. Hist. Nat.
Genève XXXV. 3. p. 201 (1907).—*Nakai*, Chosen-shokubutsu I. p.
341 (1914).—*Bean*, Trees & Shrubs ed. 2. II. p. 396 (1919).
Syn. Vva crispa *Tragus*, l. c. p. 977 cum fig. (1552).

Ribesium *Dodoens*, Stirp. Hist. Pempt. p. 736 figs (1853).

Oxyacantha *Dalecamps*, Hist. I. p. 131 cum fig. (1587).

Grossularia *Dalecamps*, l. c.—*Gerarde*, Hist. Pl. p. 1143 cum fig. (1597).—*Tournefort*, Inst. Rei Herb. p. 639 t. 409 (1700).—*Boerhaave*, Ind. Pl. II. p. 252 (1720).—*Adanson*, Fam. Pl. II. p. 243 (1763).—*Spach*, Hist. VI. p. 172 (1838).

Frutices sæpe cæspitosi, erecti vel ascendentes vel prostrati, inermes vel aculeati. Folia alterna sæpe fasciculata, petiolata, simplicia, sæpe palmatim lobata. Stipulæ petiolo adnatæ vel destitutæ. Flores racemosi vel corymbosi aut solitarii aut gemini, hermaphroditi vel abortive unisexuales vel dioici. Pedicelli bibracteati. Calycis tubus ovoideus vel sphæricus vel turbinatus ovario adnatus, limbus brevis v. elongato-tubulosus v. campanulatus 4—5 fidus, lobis erectis v. recurvis. Petala fauce calycis adnata et lobis alterna parva. Stamina 4—5 petalis alterna et fauce calycis adnata vulgo brevia sed interdum valde elongata exerta. Ovarium inferum 1—loculare, placentis parietalibus. Styli 1 inserti v. exerti 2 (5) fidi, rarius indivisi. Fructus baccatus globosus v. ovoideus v. oblongus. Semen albuminosum.

Species 136 in Asia, Europa, America bor. et austr. incolæ. Plantæ Koreanæ sunt species 9, quæ in subgeneribus et sectionibus sunt.

1 {Plantæ dioicæ v. polygamæ. ....2.
Plantæ hermaphroditæ. ....4.

2 {Flores glomerati. Styli indivisi. Stigmata peltata.
......Subgn. Fasciculatæ, *Nakai* (Ribes fasciculatum).
Flores racemosi. Styli bifidi. Stigmata punctata.
......Subgn. Berisia, *Spach*...........3.

3 {Caulis aculeatus saltem sub folia stipulari-aculeatus.
......Sect. Diacantha, *Janczewski* (R. diacantha).
Caulis inermis.
......Sect. Euberisia, *Janczewski* (R. distans, R. tricuspe).

4 {Caulis inermis.
......Subgn. Ribesia, *Maximowicz*......5.
Caulis creberrime aculeatus v. aciculatus.......6.

5 {
Bracteæ deciduæ. Folia utrinque reginoso-punctata,
......Sect. Campanulata, *Engler*. (R. ussuriense).
Bracteæ persisientes. Folia non reginoso-punctata.
......Sect. Pelviformis, *Engler*. (R. procumbens, R. manshuricum).

6 {
Flores solitarii v. corymboso-gemini.
......Subgn. Grossularia, *Engler*. (R. burejense).
Flores racemosi.
......Subgn. Grossularioides, *Janczewski*. (R. horridum).

第一亞屬　やぶさんざし亞屬

芽ハ混芽、花ハ短枝ノ頂ニ簇生シ小苞ナシ。子房ニ長キ柄ヲ有シ花梗ト關節ス。蕚ハ椀狀、柱頭ハ楯形、果實ハ紅熟ス。

支那、朝鮮、日本ニ亘リ一種アルノミ。

(1)　しなやぶさんざし

（第　一　圖）

雌雄異株又ハ兩全、灌木高サ 1—1.5 米突、無刺、古枝ノ皮ハ帶黑櫻皮色、二年目ノ枝ノ皮ハ灰色、一年目ノモノハ綠色、葉ハ稍長キ葉柄ヲ有ス。葉柄ハ殆ンド絨毛ニテ被ハレ長サ 1—3 セメ、托葉ハ葉柄ニ附キ細ク切ル、葉身ハ短ク 3—5 叉シ表面ハ無毛又ハ顯微鏡下ニ照セバ細毛散生ス、緣ニ粗鋸齒アリ、葉脈ハ凹入ス。裏面ハ淡綠色、絨毛生ズ、苞ハ卵形又ハ帶卵橢圓形、綠色、緣ニ細キ腺毛アリ、雄花ハ長キ花梗ヲ具へ、花梗ノ中央ニ關節アリ、關節以下ニ毛アリ、蕚ハ椀狀、裂片ハ黃色帶卵橢圓形、外反ス。花瓣ハ蕚片ヨリモ小ニシテ黃色外反ス、倒卵形雄蕋ハ內曲シ短ク蕚片ニ對生ス、葯ハ二室內向、花柱ハ短ク綠色、柱頭ハ楯形、雌花ハ倒卵形ノ子房ヲ有シ蕚筒ハ其上ニ伸長シテ杯狀ヲナシ綠色ナリ、蕚片ハ黃色長サ 1.5 ミリ許外反ス。花瓣ハ倒三角形、黃色、雄蕋ハ五個退化ス。雌蕋ハ雄花樣、子房ハ一室、果實ハ丸ク紅熟シ苦味アリテ食シ得ズ。

平南、黃海、江原以南、濟州島ニ至ル。

（分布）滿州、北支那、日本。

一種枝ニ毛少ク葉裏ハ葉脈上ニノミ微毛アルモノアリ、之ヲ**やぶさん**

さしト云フ、朝鮮ニハ比較的少ケレドモ分布ハしなやぶさんざしニ同ジク唯朝鮮外ニアリテハ日本内地ニ産スルノミ。

Ribes Subgn. 1. **Fasciculatae** *Nakai*, subgn. nov.

Syn. Ribes Subgn. V. Parilla *Janczewski* sect. 1. Hemibotrya *Janczewski*, Monogr p. 256 (1907), pro parte.

Ribes Sect. Ribesia § 2. Alpina *Engler* in Nat. Pflanzenf. III. 2a. p. 92 (1890), pro parte.

Ribes Subgn. Ribesia series c. Alpina *Maximowicz* in Mél. Biol. IX. p. 236, (1873), pro parte.

Ribes Sect. Ribesia *K. Koch*, Dendrol. I. p. 648, (1869), pro parte.

Ribes Subgn. Berisia *Spach* apud *Schneider*, Illus. Handb. I. p. 405, (1905), pro parte.

Gemmæ mixtæ. Flores in apice rami brevis terminales fasciculati. Bracteolæ nullæ. Ovarium longe stipitatum cum pedunculo articulatum. Calyx pelviformis. Stigma peltatum v. peltato-discoideum sæpe laterali leviter bisinuatum. Bacca rubra.

Species unica in China, Corea et Japonia incola.

1. **Ribes fasciculatum** *Siebold* & *Zuccarini*.
(Tab. nostra I.).

In Abhandl. Bayern. Akad. IV. 2. p. 189 (1846).—*Miquel* in Ann. Mus. Bot. Ludg. Bat. III. p. 100 (1867).—*Koch*, Dendrol. I. p. 659 (1869).—*Maximowicz* in Mél. Biol. IX. p. 237 (1873).—*Forbes & Hemsley* in Journ. Linn. Soc. XXIII. p. 279 (1887).—*Engler* in Nat. Pflanzenf. III. 2a p. 92 (1890).—*Palibin*, Consp. Fl. Kor. I. p. 91 (1898).—*Schneider* Illus. Handb. Laubholzk. I. p. 406 (1905).—*Janczewski*, Monogr. p. 395 (1907).—*Nakai*, Fl. Kor. I. p. 224 (1909); Chosen-Shokubutsu I. p. 341 fig. 423 (1914).—*Bean*, Trees and Shrubs ed. 2. II. p. 401 (1916).

var. 1. **chinense** *Maximowicz* in Mél. Biol. IX. p. 238 (1873).—*Janczewski* l. c. p. 397.—*Rehder* in *Bailey*, Stand. Cyclop. p. 2960 (1916).—*Nakai* in Tokyo Bot. Mag. XXX. p. 141 (1916).

Frutex dioicus v. polygamo-dioicus 1—1.5 metralis inermis. Cortex atro-ceraseus, biennis cinereus, hornotini viridis. Folia alterna

distincte petiolata, petiolis subvelutino-ciliatis 1—3 cm. longis.
Stipulæ adnatæ fimbriatæ. Lamina foliorum palmatim breve 3—5
fida, supra glabra v. sub lente minutissime ciliolata grosse mucro-
nato-serrata viridis, venis impressis, subtus velutina. Bracteæ ovatæ
v. ovato-oblongæ virides margine glanduloso-fimbriatæ. Flores ♂
distincte pedicellati, pedicellis medio articulatis et infra articulas
barbatis, supra glabris. Calyx pelviformis, lobis flavidis ovato-
oblongis reflexis. Petala sepalis minora flava recurva obovata fauce
calycis adnata. Stamina incurva brevia sepala opposita, antheris
bilocularibus introrsis. Styli breves virides. Stigma peltato-dis-
coideum. Flores ♀ ovario obovato v. oblongo suffulti, tubo calycis
cupulare viride, sepalis flavis 1.5 mm. longis reflexis petalis obdel-
toideis flavis. Stamina 5 abortiva. Pistillum ut floribus ♂. Ovarium
uniloculare. Placenta 2 parietalia. Bacca rubra inedulis.

Nom. Jap. Yabu-sanzashi v. Shina-yabu-sanzashi.

Hab. in Quelpært et Corea (præter Kankyo bor. et Dagelet).

var. 2. **japonicum** hort. *Janczewski*, l. c. p. 397.—*Nakai* in Tokyo
Bot. Mag. XXX. p. 141 (1916).

Rami pilosi. Folia subtus præter venas pilosas glabra.

Nom. Jap. Yabu-sanzashi.

Hab. in Quelpært et Corea.

Distr. var. 1. Manshuria, China bor. et Japonia.

　　　var. 2. Japonia.

第二亞屬　ざりこみ亞屬

雌雄異株、芽ハ混芽、花ハ總狀、花柱ハ 2 (3) 叉ス。漿果ハ紅色又
ハ黄色。歐亞大陸ニ四種アリ、分テ次ノ二節トス。

第 一 節　とげすぐり節

枝ニ刺アリ、とげすぐり之ニ屬ス。

第 二 節　ざりこみ節

枝ニ刺ナシ、果實ハ濃紅色、ざりこみ、ほざきのやぶさんざし之ニ
屬ス。

Ribes Subgn. **Berisia** *Spach* apud *Janczewski*, l. c. p. 259 (1907). Syn. Ribes Sect. Botryocarpum *G. Don*, Gard. Dict. III. p. 185 (1834) pro parte.—*Loudon*, Arb. et Frutic. Brit. II. p. 975 (1838).

Ribes Sect. Berisia *Spach* in Ann. Sci. Nat. 2 sér. IV. p. 167 (1835) ; Hist. Nat. Vég. VI. p. 167 (1838).

Frutex dioici. Gemmæ mixtæ. Flores racemosi. Styli 2 (3) fidi. Stigmata punctata v. subcapitata.

Ribes Subgn. Berisia Sect. **1. Diacantha**, *Janczcwski* l. c. p. 261 (1907).

Syn. Ribes Sect. Grossularia *Persoon*, Syn. Pl. I. p. 252 (1805) ; pro parte.

Ribes Ribesia *A. P. de Candolle*, Prodr. III. p. 479 (1828) ; pro parte.

Ribes Sect. Botryocarpum *G. Don*, Gard. Dict. III. p 185 (1834) pro parte.—*Loudon* l. c. p. 975 (1838).

Ribes Subgn. Ribesia series c. Alpina *Maximowicz* in Mél. Biol. IX. p. 236 (1873), pro parte.

Ribes Sect. Ribesia § 2. Alpina, *Engler* in Nat. Pflanzenf. III. 2a. p. 92, (1890), pro parte.

Rami aculeati. Bacca rubra v. flava.

Continens R. diacantha.

Ribes Subgn. Berisia Sect 2. **Euberisia** *Janczewski*, l. c. p. 262 (1907).

Syn. Ribes Sect. Ribesia *Persoon*, Syn. Pl. I. p. 251 (1805), pro parte. —*A. P. de Candolle*, l. c. p. 479 (1828), pro parte.—*G. Don*, l. c. p. 185 (1834) ; pro parte.—*Loudon* l. c. p. 977 (1838), pro parte.— *Grenier & Godron*, Fl. Fran. I. p. 635, (1848), pro parte.

Ribes Subgn. Ribesia series c. Alpina *Maximowicz* in Mél. Biol. IX. p. 236, (1873), pro parte.

Ribes Ribesia inermia, *M. Bieberstein*, Fl. Taurico-Cauc. I. p. 170 (1808).

Rbies Sect. Ribesia § 2. Alpina *Engler* in Nat. Pflanzenf. III. 2a. p. 92 (1890), pro parte.

Rami inermes. Bacca coccinea.

Continens R. distans et R. tricuspe.

(2) とげすぐり

(第 二 圖)

雌雄異株ノ灌木。刺アリ、少クモ葉ノ直下ニ一對ノ刺ヲ具フ。二年生ノ枝ノ皮ハ帶紅褐色、古枝ハ灰色ナリ。葉ハ倒卵形、基脚ハ楔形狀ニトガリ先端三叉シ粗鋸齒アリ、但シ央以下ハ鋸齒ナシ、兩面共無毛。總狀花序ハ混芽ノ頂ニ生ジ枝トナルベキ芽ハ其側ヨリ生ズ。總狀花序ハ花密生シ苞アリ、苞ハ倒披針形ニシテ小花梗ヨリモ長ク先端ニ微毛ヲ具フ。小花梗ハ無毛、花ノ直下ニテ關節ス。雄花ハ子房退化消滅シ、萼ハ平タク、萼片ハ橢圓形ニシテ先端ニ小鋸齒ヲ有シ、黃綠色、長サ 1.5 ミリ許、花瓣ハ萼ト同色、狹匙形長サ 0.5—0.7 ミリ、雄蕊ハ五個、花柱ハ 2—3 叉ス。柱頭ハ小頭狀、雌花ハ球形又ハ卵形ノ子房ヲ有シ、萼片ハ卵形、花瓣ハ小サク丸キ倒三角形。 雄蕊ハ退化シテ用ヲナサズ。 花柱ハ二叉ス。果實ハ長味アリテ紅熟ス。

咸北茂山郡ノ産。

（分布）滿州、西比利亞。

2. **Ribes diacantha** *Pallas*, (Tab. nostra II).

Intiner. III. p. 320. app. 722. t. I. f. 2. (1776); Fl. Ross. II. p. 36. t. 66 (1788); Voyages IV. append. p. 691. t. VIII. f. 3. (1793). —*Lamarck*, Encyclop. III. p. 51 (1789).—*Persoon*, Syn. Pl. I. p. 252 (1805).—*A. P. de Candolle*, Prodr. III. p. 479 (1828).—*G. Don*, Gard. Dict. III. p. 185 (1834).—*Spach*, Hist. Nat. Vég. VI. 168 (1838).—*Schneider*, Illus. Handb. I. p. 406. fig. 258 s-u. fig. 261. f-i (1905).—*Nakai*, Fl. Kor. I. p. 226 (1909).—*Janczewski*, l. c. p. 451. f. 161 (1907).

Syn. Ribes Diacantha *Ledebour*, Fl. Ross. II. p. 196 (1844—6).—*Koch*, Dendrol. I. p. 658 (1869).—*Maximowicz* in Mél. Biol. IX. p. 242 (1873).—*Engler* in Nat. Pflanzenfam. III. 2a p. 92 (1890).—*Dippel*, Handb. III. p. 305. f. 266 (1893).—*Komarov*, Fl. Mansh. II. p. 445 (1904).—*Nakai* in Tokyo Bot. Mag. XXX. p. 141 (1916).—*Bean*, Trees and Shrubs ed. 2. II. p. 401 (1916).

R. saxatilis *Pallas* in Nov. Act. Acad. Petrop. X. p. 376 (1796).

R. cuneatum *Karelin* et *Kirylow* in Bull. Soc. Nat. Mosc. (1841) p. 426.

Frutex dioicus aculeatus sub folia aculei stipulares bini oppositi. Ramus hornotinus basi et annotinus rubescenti-fuscus glaber, adultus cinereus. Folia ramorum floriferorum sparsa, brevium fasciculatim congesta petiolata, laminis obovatis basi subcuneato-acutis apice subtrilobatis mucronato-serratis, infra medium integris stipitato-glandulosis trinerviis utrinque glaberrimis. Gemmæ mixtæ ie racemus terminalis et innovationes in axillis foliorum terminalium earundem gemmarum axillares. Racemus densiflorus bracteatus. Bracteæ oblanceolatæ pedicellos superantes apice ciliatæ. Pedicelli glaberrimi sub flores articulati rarius parcissime stipitato-glandulosi. Flos ☂ ovario abortivo, calyce plano, sepalis oblongis apice denticulatis flavido-viridibus 1.5 mm. longis, petalis sepalis concoloribus uninervis angulato-spathulatis 0.5—0.7 mm. longis. Stamina brevia 5 introrsa. Styli apice 2—3 fidi. Stigma subcapitatum. Flos ♀ ovario orbiculare v. ovato, sepalis ovatis, petalis minimis rotundato-obtriangularibus, staminibus abortivis, stylis bifidis. Bacca oblonga coccinea.

Nom. Jap. Toge-suguri.
Hab. in Korea sept.
Distr. Manshuria, Sibiria altaica et baicalensis.

(3) ほざきやぶさんざし

（第 三 圖）

雌雄異株ノ灌木、大ナルハ高サ八九尺トナル。芽ハ細長クトガリ、鱗片ハ一部ハ永存ス。葉柄ノ長サ 3—22 ミリ上面ニ溝ト毛トアリ。葉身ハ淺ク 3—5 叉シ粗鋸齒アリ、表面ハ紅色ニシテ其部ニ微毛アリ、裏面ハ淡白ク無毛ナレドモ葉脈上ニ腺毛アリ。總狀花序ハヤ、疎ニ出デ花軸ニ腺毛アリ。苞ハ薄ク披針形ヲナシ長サ 3—5 ミリ、緣ニ腺鋸齒アリ、先ニ毛アリ。雄花ハ長サ 1.5 ミリ許ノ花梗ト關節シテ約 1 ミリノ柄ヲ有シ、萼ハ椀狀、萼片ハ丸ク、花瓣ハ倒卵橢圓形、雄蕊ハ花瓣ヨリモ長ク、花柱ハ二叉シ、子房ハ退化ス。雌花ハ長サ約 2 ミリノ花梗ト關節シテ短柄ヲ具ヘ、子房ハ倒卵形、無毛、萼片ハ橢圓形、花瓣ハ極小ニシテ

丸ク、雄蕋ハ退化シ、花柱ハ央迄二叉ス。果序ハ長サ二乃至六セメ、漿
果ハ丸ク紅色食フベカラズ。

平北、咸南、咸北ニ分布シ藪林中ニアリ。

（分布）満州。

一種、果序ハ長サ一セメヲ出デザルアリ。之ヲ**こほさきやぶさんざし**
（第四圖）ト云フ。平南、黒水洞ニ産ス。

3. **Ribes distans** *Janczewski* (Tab. nostra III).

In Mém. Soc. Phys. Hist. Nat. Genève XXXV. p. 459 (1907).—
Nakai in Tokyo Bot. Mag. XXX. p. 141 (1916).

R. Maximowiczii (*non Batalin*) *Komarov*, Fl. Mansh. II. p. 443
var. umbrosa et saxatile (1904).—*Nakai*, Fl. Kor. I. p. 225 (1909).

R. alpinum var. mandshuricum *Maximowicz* in Mél. Biol. IX. p.
239 (1873).

R. alpinum (*non Linnaeus*) *Hemsley* in Journ. Linn. Soc. XXIII.
p. 279.—*Palibin*, Consp. Fl. Kor. I. p. 91 (1898).

Frutex dioicus usque 3-metralis cæspitosus. Rami hornotini
primo subrubescenti-virides, demum cinerascentes. Gemmæ acumi-
natæ squamis imbricatis partim subpersistentes. Petioli 3—22 mm.
longi supra canaliculati et ciliolati. Lamina breve palmatim trifida
grosse mucronato-serrata, lobis acuminatis v. obtusiusculis, supra
viridis basi parce pilosa, infra pallidissima glaberrima supra venas
sparsim stipitato-glandulosa. Racemus sub'axiflorus. Axis racemi
glandulosa. Bracteæ membranaceæ lanceolatæ 3—5 mm. longæ
margine glanduloso-serrulatæ apice ciliolatæ. Flores ♂ pedicellis
circ. 1.5 mm. longis, glabris, stipitibus 1 mm. longis glabris, calyce
pelviforme, sepalis subrotundatis, petalis oblongo-obovatis, stamini-
bus petalis longioribus, stylis bifidis, ovario abortivo subnullo.
Flores ♀ pedicello circ. 2 mm. longo, stipite brevissimo, ovario
obovato glabro, sepalis ellipticis, petalis minimis rotundatis basi
constrictis, staminibus abortivis, stylis ad medium bifidis. Infructes-
centia 2—6 cm. longa. Bacca rubra sphærica inedulis.

Nom. Jap. Hozaki-yabusanzashi.

Hab. in Korea sept.

Distr. Manshuria.

var. **breviracemum** *Nakai*, var. nov. (Tab. nostra IV).

Infructescentia vix 1 cm. Cetera ut typicum.

Nom. Jap. Ko-hozaki-yabusanzashi.

Hab. Kokusuido prov. Heinan.

（4） **てうせんざりこみ**

ミリョンセムン、ミョンチャスン（全南）

雌雄異株ノ小灌木。一年生ノ枝ハ褐色又ハ紅褐色、二年生ノモノハ灰
色、老成スレバ黒化ス。 芽ハ細長ク鱗片ハ永存性、葉柄ニハ腺毛アリ。
葉身ハ短ク掌狀ニ三叉シ、表面ニハ微毛散生シ、裏面ハ無毛又ハ微毛散
生ス、中央ノ裂片ハ著シクトガル。 總狀花序ハ花少ク且疎生シ腺毛ア
リ。苞ハ廣倒披針形無毛、雄花ハ短キ花梗ト關節シテ長キ柄ヲ有ス。萼
ハ椀狀、萼片ハ橢圓形ニシテ小鋸齒アリ。花瓣ハ倒卵形ニシテ極メテ小
サク、雄蕋ハ五個、花柱ハ先端二叉シ、子房ナシ、雌花ヲ見ズ。果實ハ
始メ卵形後球形トナリ紅熟ス。

智異山、金剛山等ヲ經テ平北、咸南、咸北ノ山ニ產ス、朝鮮特產ナリ。
一種葉ノ深ク切レ側片ハ小葉片ヲ有スルアリ。 **ざりこみ**（第五圖）ト云
フ。濟州島漢挐山及ビ咸北熊谷嶺ニテ採ル。

（分布）本島。

4. **Ribes tricuspe** *Nakai*.

In Chosen-shokubutsu I. p. 342. f. 426 (1914) et in Tokyo Bot.
Mag. XXX. p. 141 (1918).

Frutex humilis dioicus. Ramus hornotinus fuscus v. rubescenti-
fuscus, annotinus cinerascens, adultus nigricans. Gemmæ lanceolatæ,
squamis persistentibus. Petioli glanduloso-ciliati. Lamina palmatim
breve trifida supra sparse ciliata, subtus glabra v. sparse ciliata,
lobis mediis acuminatis, lateralibus acuminatis mucronato-cuspidatove
serratis. Racemus oliganthus sublaxiflorus stipitato-glandulosus.
Bracteæ late oblanceolatæ falcatæ glabræ. Flos ♂ brevissime pedi-
cellatus sed longe stipitatus, calyce pelviforme sepalis ellipticis
minute serrulatis, petalis obovatis minimis, staminibus 5. Styli

apice bifidi, ovario subnullo. Flos ♀ mihi ignotus. Fructus primo ovoideus demum globosus baccatus ruber edulis.

a. **typicum** *Nakai* in Tokyo Bot. Mag. XXX. p. 142 (1918).

Syn. Ribes distans var. japonicum *Janczewski* in litt. fide *Faurie.*

Folia non inciso-serrata, lobis lateralibus vulgo sine lobulis accessoribus.

Nom. Jap. Chosen-zarikomi.

Nom. Kor. Miryonsemun v. Myongchasun (Zenla).

Hab. in montibus Koreae.

Planta endemica!

var. **japonicum** (*Maximowicz*) *Nakai* (Tab. nostra V).

in Tokyo Bot. Mag. XXX. p. 142 (1918).

Syn. Ribes alpinum var. japonicum *Maximowicz* in Mél. Biol. IX. p 240 (1873).

R. distans var. japonicum *Janczewski*, Monogr. p. 460 (1907).

Folia inciso-serrata, lobis lateralibus basi lobulis accessoribus.

Nom. Jap. Zarikomi.

Hab. in montibus Quelpært et Korea sept.

Distr. Hondo.

第三亞屬　はひすぐり亞屬

無刺ノ灌木。花ハ總狀花序ヲナシ兩全、直ニ花梗ト關節ス。花柱ハ二叉ス。果實ハ食シ得。

分テ次ノ二節トス。

第 一 節　くろすぐり節

苞ハ脱落ス。花ハ鐘狀、くろすぐり之ニ屬ス。

第 二 節　はひすぐり節

苞ハ永存性、花ハ椀狀、はひすぐり、おほもみぢすぐり之ニ屬ス。

Ribes Subgn. III. **Ribesia** *Maximowicz* in Mél. Biol. IX. p. 220 excl. series c. (1873).

Syn. Ribes Sect. Ribesia *Persoon*, Syn. Pl. I. p. 251. (1805), pro parte.

Ribes Sect. Ribesia *Berlandier* in Mém. Soc. Phys. Sci. Nat. Genève

III. 2. t. 2. (1826).—*A. P. de Candolle*, Prodr. III. p. 479 (1828) ; pro parte.—*G. Don*, Gard. Dict. III. p. 185 (1834) ; pro parte.—*Koch*, Dendrol. I. p. 648 (1869).

Ribes Subgn. Ribesia *Berlandier* pro parte apud *Janczewski* l. c. p. 235 (1907).

Ribes Sect. Ribesia *De Candolle* apud *Loudon*, Arb. et. Frutic. Brit. II. p. 977 (1838); pro parte.—*A. Engler* in Nat. Pflanzenf. III. 2a. p. 91 (1890); pro parte.

Ribes Subgn. II. Coreosma *Spach* in *Janczewski*, l. c. p. 239 (1907), pro parte.

Ribes Sect. Cerophyllum *Spach*, Hist. Nat. Vég. Phan. VI. p. 152 (1838).

Ribes Sect. Coreosma *Spach* in Ann. Sc. Nat. 2 sér. IV. p. 21 (1835).

Ribes Sect. Calobotrya *Spach* in Ann. Sc. Nat. 2 sér. IV. p. 20 (1835).

Frutex inermis. Flores hermaphroditi racemosi basi articulati vix stipitati. Styli bifidi. Bacca edulis.

Ribes Subgn. Ribesia Sect. I. **Campanulata** (*Engler*) *Nakai*, comb. nov.
Syn. Ribes Sect. Ribesia § 1. Nigra B. Campanulata, *Engler* in Nat. Pflanzenf. III. 2a. p. 91 (1890).

Ribes Subgn. Ribesia series a Nigra *Maximowicz* in Mél. Biol. IX. p. 220 (1873); pro parte.

Ribes Subgn. Coreosma sect. Eucoreosma *Janczewski*, l. c. p. 245 (1907); pro parte.

Bracteæ deciduæ. Flores campanulati. Continens Ribes ussuriense.

Ribes Subgn. Ribesia Sect. II. **Pelviformis** (*Engler*) *Nakai*, comb. nov.
Syn. Ribes Sect. Ribesia § 1. Nigra A. Pelviformis A. *Engler* in Nat. Pflanzenf. III. 2a. p. 91 (1890).

Ribes Subgn. Ribesia series a Nigra, *Maximowicz* in Mél. Biol. IX. p. 220 (1873); pro parte.

Ribes Subgn. Ribesia series b. rubra *Maximowicz* l. c. p. 235 (1873);
pro parte.

Ribes Subgn. Ribesia *Janczewski*, l. c. p. 235 (1907); pro parte.

Ribes Subgn. Coreosma Sect. VII. Eucoreosma *Janczewski* l. c.
p. 245 (1907); pro parte.

Bracteæ persistentes. Flores pelviformes. Continens Ribes pro-
cumbens et R. manshuricum.

(5) くろすぐり

(第 六 圖)

高サ一米突許ノ灌木。一年生ノ枝ハ緑色短毛ト脂點トアリ。葉柄ハ緑
色短キ縮毛アリ。長サ 1—7 セメ、脂點散在シ基部ニハ絲狀ノ毛アリ。
葉ハ短ク三叉シ概形ハ五角緣ニ粗鋸齒アリ。表面ハ緑色ニシテ短細毛散
生シ同時ニ脂點アリ。裏面ハ淡緑色、脈上ニ短細毛散生シ且一面ニ脂點
アリ。總狀花序ハ花少ク短絨毛アリ、苞ハ卵形、毛アリ、且脫落ス。蕚
片ハ基脚相癒合シ披針形短毛ト脂點トアリ。花瓣ハ長倒披針形又ハ橢圓
披針形先端丸シ。花柱ハ二叉ス。子房ハ球形、短毛ト脂點トアリ。漿果
ハ球形黑熟シ美味ナリ。

咸北茂山郡ニ產ス。

（分布）烏蘇利、樺太。

5. **Ribes ussurien**se *Janczewski* (Tab. nostra VI).
in Bull. Int. Acad. Sci. Cracov (1905) p. 757 et Monogr. p. 349. f.
79 (1907).—*Nakai* in Tokyo Bot. Mag. XXX. p. 143 (1918).
Syn. Ribes nigrum (non *Linnaeus*) *Komarov*, Fl. Mansh. II. p. 435
(1904), pro parte.—*Nakai*, Fl. Kor. I. p. 225 (1909); Chosen-
shokubutsu I. p. 142 fig. 425 (1914).—*Miyabe & Miyake*, Fl. Sachal.
p. 162 (1915).

Frutex circ. 1 m. Ramus hornotinus viridis adpresse pilosus et
reginoso-punctatus. Petioli virides adpresse crispulo-pilosi 1—7 cm.
longi sparsissime reginoso-glandulosi basi fimbriato-barbati. Lamina
foliorum ambitu quinquangularis apice divaricato breve triloba,
margine mucronato-serrata, supra viridis adpresse sparsim pilosa
simulque reginoso-glandulosa, infra pallida, supra venas adpresse

sparsim pilosa et toto crebro reginoso-punctata. Racemus oligan-
thus adpresse velutinus. Bracteæ ovatæ ciliatæ deciduæ. Sepala
basi connata lanceolata adpresse ciliolata et reginoso-punctata.
Petala oblongo-oblanceolata obtusa. Styli bifidi. Ovarium globosum
adpressissime pilosum reginoso-punctatum. Bacca nigra sphærica
edulis.

Nom. Jap. Kuro-suguri.

Hab. in Korea sept.

Distr. Sachalin et Ussuri.

(6) は ひ す ぐ り

(第 七 圖)

低キ灌木ニシテ莖ハ横臥ス。枝ハ緑色、無毛、芽ハ卵形、毛アリ。葉
柄ニハ微毛生ジ長サ 3—30 ミリ、上面ニ溝アリ、又縁ニ腺毛散生ス。葉
身ハ概形五角ニシテ淺ク 3—5 叉シ丸クトガレル鋸齒アリ。表面ハ緑色、
短毛散生シ、裏面ハ淡緑色且脉上ニ微毛アリ。花芽ハ葉芽ト獨立スルヲ
常トシ通例枝ノ側方ニアリ。 總狀花序ハ長サ 2 セメ許、微毛アリ、苞
ハ無毛、永存性、小花梗ハ長サ 2—4 ミリ、腺狀ノ小突起散生シ先端ニ
テ花ト關節ス。子房ハ卵形、無毛長サ 1.5 ミリ、蕚ハ圓形、花瓣ハ小ニ
シテ倒卵形、雄蕋ハ蕚片ト相對ス、花柱ハ二叉ス。柱頭ハ點狀、漿果ハ
紅熟シ球形ニシテ食シ得。

咸北、咸南ノ北部ニ產ス。

（分布）滿州、アムール、樺太、ダフリア。

6. **Ribes procumbens** *Pallas*, (Tab. nostra VII).

Fl. Ross. I. 2. p. 35. t. 65 (1788).—*Willdenow*, Sp. Pl. II. p. 1153
(1797).—*Persoon*, Syn. Pl. I. p. 251 (1805).—*A. P. de Candolle*,
Prodr. III. p. 480 (1828).—*G. Don*, Gard. Dict. III. p. 186 (1806).
—*Loudon*, Arb. et Frutic. Brit. II. p. 981. fig. 730 (1838).—*Lebebour*,
Fl. Ross. II. p. 198 (1844—6).—*Maximowicz*, Prim. Fl. Amur. p.
117 (1859), et in Mél. Biol. IX. p. 224 (1873).—*Dippel*, Handb.
Laubholzk. III. p. 289. f. 158 (1893).—*Fr. Schmidt*, Fl. Amg.-Burej.
p. 43. n. 152 (1868).—*Komarov*, Fl. Mansh. II. p. 436 (1904).—

Schneider, Illus. Handb. Laubholzk. I. p. 423 (1905),—*Janczewski*,
l. c. p. 342 (1907).—*Nakai*, Fl. Kor. I. p. 225 (1909); Chosen-
shokubutsu I. p. 342. f. 424 (1914); in Tokyo Bot. Mag. XXX. p.
143 (1918).

Frutex nanus. Caulis procumbens. Rami glabri virides v. fusco-
virides. Gemmæ ovatæ pilosæ. Petioli pilosi 3—30 mm. longi supra
canaliculati margine sparsim glanduloso-papillosi v. glanduloso-ciliati.
Lamina ambitu quinquangularis apice breve triloba mucronato-
serrata, supra viridis sparsim pilosa, infra pallida et supra venas
pilosa. Gemmæ distinctæ, floriferæ squamis intimis late lanceolatis
margine glanduloso-papillosis. Racemus circ. 2 cm. longus pilosus.
Bracteæ subcoriaceæ persistentes glabræ. Pedicelli 2—4 mm. longi
sparsim glanduloso-papillosi apice cum floribus articulati. Ovarium
ovatum glabrum 1.5 mm. longum. Sepala orbicularia imbricata.
Petala minima obovata. Stamina sepala opposita. Styli bifidi.
Stigmata punctata. Bacca coccinea sphærica edulis.

Nom. Jap. Hai-suguri.

Hab. in Korea sept.

Distr. Manshuria, Amur, Sachalin et Dahuria.

(7) おほもみぢすぐり

(第 八 圖)

高サ 2—2.5 米突ニ達スル灌木。枝ハ太シ、芽ハ卵形、毛アリ、葉柄
ハ長サ 1—6.5 セメ、殆ンド無毛又ハ有毛、上面ニ溝アリ。葉身ハ淺ク
三叉シ、側片ハ又ニ叉スルコトアリ。重鋸齒アリ、表面ハ綠色、微毛散
生シ裏面ニハ絨毛アリ。總狀花序ハ花密ニシテ直立ス、短毛密生ス。苞
ハ廣卵形又ハ球形、緣ニ微毛生ジ、永存性、小花梗ニ微毛生ズ、長サ
1—2 ミリ、花ハ基脚ニテ花梗ト關節ス。蕚ハ倒卵形又ハ廣倒卵形、蕚片
ハ外反シ丸シ、花瓣ハ極小ニシテ外反シ倒卵形、雄蕋ハ長ク抽出ス。花
柱ハ二叉ス。柱頭ハ稍廣シ、漿果ハ球形黑紅化シ食シ得。

江原、平北等ニ產ス。

(分布) 滿洲。

一種葉裏ハ唯葉脈上ニノミ微毛生ジ、花序ハ短毛散生スルアリ。**てう
せんもみぢすぐり**ト云フ。智異山以北、白頭山地方迄生ズ。

7. **Ribes mandshuricum** (*Maximowicz*) *Komarov*

(Tab. nostra VIII).

In Acta Hort. Petrop. XXII. p. 437 (1903); Fl. Mansh. II. p. 437 (1904).—*Nakai,* Fl. Kor. I. p. 226 (1909); Chosen-shokubutsu I. p. 344. f. 428 (1914); in Tokyo Bot. Mag. XXX. p. 144 (1918).

Syn. Ribes multiflorum var. mandshuricum *Maximowicz* in Mél. Biol. IX. p. 229 (1873).—*Korschinsky* in Act. Hort. Petrop. XII. p. 340 (1892).

Ribes multiflorum (non *Kitaibel*) *Forbes & Hemsley* in Journ. Linn. Soc. XXIII. p. 279 (1887).

α. **villosum** *Komarov* in Acta Hort. Petrop. XXII. p. 439 (1903); Fl. Mansh. II. p. 439 (1904).

Frutex usque 2.0—2.5 metralis. Rami robusti hornotini fusco-virides, adpresse ciliati, adulti cinerascentes. Gemmæ ovatæ ciliatæ. Petioli 1.0—6.5 longi subglabri v. puberuli supra canaliculati. Lamina breve trifida v. lobis leteralibus lobulis accessoribus sub-5-fidi, lobis mucronato-duplicato-serratis acuminatis, supra viridis sparse pilosa, subtus subvelutina præcipue supra venas velutina. Inflorescentia racemosa erecta densiflora dense adpresse pilosa. Bracteæ late ovatæ v. rotundatæ margine ciliatæ persistentes. Pedicelli pilosi 1—2 mm. longi. Flores basi articulati. Calyx turbinatus v. obovato-turbinatus sepalis reflexis rotundatis. Petala minima reflexa obovata. Stamina longe exerta. Styli bifidi. Stigmata subdilatata. Infructescentia suberecta. Bacca sphærica maturitate rubescenti-atrata edulis.

Nom. Jap. Ō-momiji-suguri.

Hab. in silvis Koreæ mediæ et sept.

Distr. Manshuria.

β. **subglabrum** *Komarov,* l. c.

Folia subtus secus venas tantum pilosa. Inflorescentia sparse adpresseque pilosa.

Nom. Jap. Chosen-momiji-suguri.

Hab. in montibus Koreæ.

第四亞屬　はりすぐり亞屬

有刺灌木。花梗ハ 1—2 個ノ花ヲ附クルカ又ハ花ハ繖房花序ヲナス。萼片ハ外反ス。雄蕋ハ抽出ス。花柱ハ二叉ス。

Ribes Subgen IV. **Grossularia** *Maximowicz* in Mél. Biol. IX. p. 215. excl. R. ambiguum. (1893).—*Janczewski* l. c. p. 248 (1907).

Syn. Ribes Sect. Grossularia, *Perscon,* Syn. Pl. l. p. 252 (1805); pro parte.

Ribes Sect. Grossularia *A. Richard,* Bot. Med. II. p. 487 (1823). —*Berlandier* in Mém. Soc. Phys. Gen. III. 2. p. 43. t. 1 (1826).—*A. P. de Candolle,* Prodr. III. p. 478. (1828), pro parte—*G. Don,* Gard. Dict. III. p. 177. (1834), pro parte—*Loudon,* Arb. et Frutic. Brit. II. p. 972 (1838).—*A. Engler* in Nat. Pflanzenf. III. 2a p. 89 (1890); pro parte.

Ribes Sect. Grossularia, *Miller* apud *Koch* Dendrol. I. p. 639 (1869).

Ribes Grossulariæ aculeatæ *M. a Bieberstein,* Fl. Taur.-Cauc. I. p. 170 (1808).

Frutex spinosus. Pedunculi 1—2 floris v. flores corymbosi. Sepala vulgo reflexa. Stamina vulgo exerta. Styli bifidi.

(8)　は り す ぐ り
（第 九 圖）

高サ一米突許横ニ擴ガル。枝ハ灰色、刺ハ硬ク多數アリ。特ニ葉ノ下ニハ 3—7 個宛横ニ並ビテ生ズ。葉柄ハ微毛アリ、長サ 0.5—3.0 セメ、葉身ハ短ク五叉シ、表面ニハ微毛散生シ綠色、裏面ハ淡綠色、微毛散生ス。花ハ葉腋ニ一個宛生ジ下垂ス。花梗ニハ微毛生ジ且有柄ノ腺散生ス。小苞ノ上ニテ關節ス、苞ハ微毛アリテ綠ニ鋸齒アリ。子房ニモト刺アリ、萼筒ハ長サ 3—4 ミリ、萼片ハ橢圓狀倒披針形ニシテ微毛アリ。花瓣ハ倒披針形ニシテ先丸ク雄蕋ヨリ少シク短カシ。花柱ハ深ク二叉ス。柱頭ハ點狀、漿果ハ黑色、刺アレドモ食シテ美味ナリ。

咸南、咸北ノ山地ニ生ズ。

（分布）滿洲、北支那、東蒙古。

8. **Ribes burejense** *Fr. Schmidt,* (Tab. nostra IX).

Fl. Amg.-Burej. p. 42. n. 151. tab. I. f. 1. (1868).—*Maximowicz* in Mél. Biol. IX. p. 216 (1873).—*Komarov,* Fl. Mansh. II. p. 435

(1904).—*Janczewski*, Monogr. p. 371. f. 99 (1907).—*Nakai*, Fl. Kor. I. p. 224 (1909); Chosen-shokubutsu I. p 343. f. 427 (1914); in Tokyo Bot. Mag. XXX. p. 140 (1918).

Frutex circ. 1 m. altus divaricato-ramosus. Ramus cinereus aculeis regidis horridus, aculeis sub folia 3—7 validioribus. Petioli pilosi 0.5—3.0 cm. longi. Lamina breve 5-loba mucronato-inciso-serrata, supra sparse pilosa viridis, infra pallida sparse pilosa. Flores solitarii cernui. Pedicelli pilosi et sparsim stipitato-glandulosi supra bracteola articulati. Bracteæ pilosæ et margine serrulatæ. Ovarium aculeatum et ciliatum. Calycis tubus 3—4 mm. longus, lobis oblongo-oblanceolatis extus pilosis. Petala oblanceolata obtusa staminibus paulo breviora. Styli alte bifidi. Stigma punctatum. Bacca nigra aculeata edulis.

Nom. Jap. Hari-suguri.

Hab. in montibus Koreæ sept.

Distr. Manshuria, China bor. et Mongolia orient.

第五亞屬　くろみのはりすぐり亞屬

有刺ノ灌木。花ハ總狀花序ヲナス、萼ハ淺ク、雄蕋ハ短ク、花柱ハ二叉ス。

Ribes Subgn. **Grossularioides**, *Janczewski*, Monogr. p. 246 (1907).

Syn. Ribes Subgn. Ribesia series b. Rubra, *Maximowicz* in Mél· Biol. IX. p. 225 (1873); pro parte.

R. Sect. Ribesia § 2 Rubra, *A. Engler* in nat. Pflanzenf. III. 2a. p. 92 (1890).

Frutex spinosus. Flores racemosi. Stamina brevia. Styli bifidi.

(9)　くろみのはりすぐり
（第 十 圖）

小灌木。枝ハ帶黃褐色、帶黃色針狀ノ刺ニテ一面ニ被ハル。葉ノ直下ノ刺ハ輻狀ニ出ヅ、葉柄ハ長サ 0.2—5.2 セメ、小針狀ノ刺散生ス。上面ハ溝ト微毛トアリ、葉身ハ掌狀ニ 5—7 叉シ、裂片ハ菱形ヲナス、凡テ深ク缺刻シ、上面ハ綠色直立セル小刺疎ニ出ヅ。裏面ハ淡綠色ニシテ脈上ニ直立セル小刺アリ、總狀花序ハ下垂シ花疎ニ出デ有柄ノ腺ニテ

密ニ被ハル同時ニ縮毛アリ、苞ハ長サ 1—2 ミリ、披針形又ハ倒披針形、縁ニ腺アリ、小花梗ニ二個ノ小苞アリ、花ハ小苞ノ直上ニテ關節ス。子房ニハ多數ノ腺毛アリ、萼片ハ丸シ、花瓣ハ扇狀半圓形、花柱ハ二叉ス。漿果ハ丸ク黑色、腺毛アリ、甘味ナリ。

咸北ノ高山ニ生ズ。

（分布）滿州、樺太。

9. **Ribes horridum** *Ruprecht* (Tab. nostra X).

ex *Maximowicz*, Prim. Fl. Amur. p. 117 (1859); in Mél. Biol. IX. p. 226 (1873).—*Komarov*, Fl. Mansh. II. p. 446 (1907).—*Nakai* in Tokyo Bot. Mag. XXX. p. 143 (1918).

Syn. Ribes lacustre (non *Poiret*) *Janczewski*, Monogr. p. 352 (1907) quoad plantam ex Asia.—*Miyabe & Miyake*, Fl. Sachal p. 160 (1915).

R. lacustre var. horridum *Janczewski*, l. c. p. 508 (1915).

Frutex, ramis diffusis. Rami fuscescentes aculeis acicularibus flavescentibus horridi. Aculei sub folia verticillatim congesti. Petioli 0.5—5.2 cm. longi sparse spinuloso-hispidi supra canaliculati et ciliolati. Lamina palmatim 5—7 fida lobis mediis rhombeis, omnibus inciso-laciniatis v. mucronato-serratis, supra viridis sparse erecto-spinulosa et secus venas primarias adpresse crispulo-ciliata, subtus pallida et supra venas erecto-spinulosa. Inflorescentia racemosa declinata laxiflora creberrime stipitato-glandulosa simulque adpressissime crispulo-ciliata. Bracteæ 1—2 mm. longæ lanceolatæ v. oblanceolatæ margine glanduloso-setulosæ. Pedicelli bibracteolati. Flores supra bracteoli articulati. Ovarium creberrime stipitato-glandulosum. Sepala rotundata. Petala flabellato-hemisphærica. Styli bifidi, Bacca sphærica nigra stipitato-glandulosa matura grata.

Nom. Jap. Kuromino-harisuguri.

Hab. in montibus Koreæ sept.

Distr. Manshuria et Sachalin.

第二亞科　あぢさい亞科

喬木、灌木稀ニ草本、葉ハ對生、子房ハ下位又ハ半上位、蒴ハ 3—5 室、次ノ二族アリ。

第一族 **ばいくゎうつぎ族**

蒴ハ胞背裂開ス、花ハ皆有性。

朝鮮ニ次ノ二屬アリ。

花ハ通例四數ヨリ成ル、星狀毛ナシ。 ……………ばいくゎうつぎ屬

花ハ通例五數ヨリ成ル、星狀毛アリ。 ……………うつぎ屬

第二族 **あぢさい族**

蒴ハ胞間裂開ス又ハ腹面裂開ス、無性花ヲ有スルコト多シ。

朝鮮ニ次ノ二屬アリ。

花柱ハ一個、蒴ニ十稜アリ。 ………………いはがらみ屬

花柱ハ 2–3 個。 …………………………あざさい屬

Saxifragaceæ Subfam. II. **Hydrangeoideae** *A. Engler* in Nat. Pflanzenf. III. 2a. p. 46 (1890) et S,llab. p. 116 (1892).—*C. K. Schneider*, Iilus. Handb. I. p. 361 (1905).—*A. Engler & E. Gilg*, Syllab. ed. 7. p. 206 (1912).

Arbores v. frutices v. rarius herbæ. Folia opposita. Ovarium inferum v. semisuperum. Capsula 3—5 locularis.

Saxifragaceæ Subfam. Hydrangeoideæ Trib. 2. **Philadelpheae** *A. Engler* in Nat. Pflanzenfam. III. 2a. p. 46 (1890); Syllabus. p. 117 (1892).—*Schneider*, Illus. Handb. I. p. 361 (1905).—*Engler & Gilg*, Syllabus p. 206 (1912).

Syn. Caprifoliaceæ-Hydrangeaceæ *Lindley*, Introd. p. 207 (1830), pro parte.

Saxifragaceæ-Hydrangeeæ *A. P. de Candolle*, Prodr. IV. p. 13 (1830), pro parte.

Cunoniaceæ Trib. Philadelpheæ *Lindley* apud *Spach*, Hist. Nat. Vég. V. p. 13 (1836).

Saxifragaceæ Subord. Philadelpheæ *Torrey & Gray*, Fl. North America I. 3. p. 594 (1840).

Saxifragaceæ Trib. Hydrangeæ *Bentham & Hooker*, Gen. Pl. I. pt. 2. p. 631 (1865), pro parte.

Saxifragaceæ Unterfam. Philadelpheæ *Dippel*, Handb. Laubholzk. III. p. 332 (1893).

Capsula loculicide dehiscens. Flores omnes ɪertiles.—Genera 2 in Korea adsunt.

⎰Flores tetrameri. Planta sine pilis stellulatis. ......Philadelphus.
⎱Flores pentameri. Planta cum pilis stellulatis...... Deutzia.

Saxifragaceæ Subfam. Hydrangeoideæ Trib. 3. **Hydrangeae** *A. Engler*, l. c. l. c.—*Schneider*, l. c. p. 382.—*Engler & Gilg*, l. c. p. 206. Syn. Saxifragaceæ Trib. Hydrangeeæ *A. P. de Candolle*, Prodr. IV. p. 13 (1830), pro parte.

Cunoniaceæ Trib. Hydrangeæ *de Candolle* apud *Spach*, Hist. Nat. Vég. V. p 19 (1836).

Saxifragaceæ Subord. Hydrangeæ *Torrey & Gray*, Fl. North America I. 3. p. 591 (1840).

Saxifragaceæ Trib. Hydrangeæ *Bentham & Hooker*, Gen. Pl. I. pt. 2. p. 631 (1865), pro parte.

Saxifragaceæ Unterf. Hydrangeæ *Dippel*, Handb. III. p. 312. Capsula septicide vel ventrali dehiscens.—Genera 2 in Korea adsunt.

⎰Styli 1. Capsula 10-costata. ....Shizophragma.
⎱Styli 2—3. ....Hydrangea.

第 二 屬　ばいくわうつぎ屬

灌木。葉ハ一年生、對生、托葉ナシ、單葉、花ハ腋生又ハ總狀花序又ハ織房花序ヲナス。萼筒ハ倒卵形ニシテ子房ト癒合ス、萼片ハ 4(5) 個、鑷合狀、花瓣ハ 4 (5) 個、雄蕊ハ 20—40 個、花絲ハ細シ、子房ハ 3-5 室、花柱ハ 3—5 個、離生又ハ下部癒合ス。柱頭ハ長ク內向、卵子ハ多數アリ。蒴ハ 3 —4 室、胞背裂開ス。種子ハ楕圓形、胚乳アリ。

北米、歐亞ニ亘リ約三十種アリ。朝鮮產ノモノハ六種ニシテ次ノ如ク區別シ得。

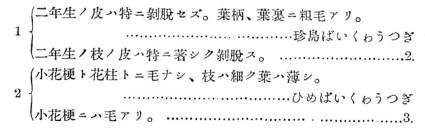

1 ⎰二年生ノ皮ハ特ニ剝脱セズ。葉柄、葉裏ニ粗毛アリ。
　 　……………………………珍島ばいくわうつぎ
　 ⎱二年生ノ枝ノ皮ハ特ニ著シク剝脱ス。…………………2.

2 ⎰小花梗ト花柱トニ毛ナシ、枝ハ細ク葉ハ薄シ。
　 　……………………………ひめばいくわうつぎ
　 ⎱小花梗ニハ毛アリ。………………… ………………3.

3 { 花柱ハ無毛。 ……………………………………………………4.
  { 花柱ハ有毛。 ……………………………………………………5.

4 { 小花梗ニ微毛アリ、葉ハ薄ク、花瓣ハ卵形、圓形又ハ橢圓形。
    ………………………………うすばばいくゎうつぎ
  { 小花梗ニ開出スル絨毛アリ、葉ハヤヽアツシ。
    …………………………おほばいくゎうつぎ

5 { 花柱ハ其分岐ニモ亦微毛アリ、枝ニハ開出セル毛アリ。
    ……………………………しらげばいくゎうつぎ
  { 花柱ノ基部ニ微毛アリ、枝ニハ微毛アルト無キモノトアリ。
    ……………………………てうせんばいくゎうつぎ

Gen. 2. **Philadelphus**, *Linnaeus*, Gen. Pl. ed. 1. p. 140. n. 392 (1737); Hort. Cliff. p. 188 (1737); Sp. Pl. p. 470 (1753); Gen. Pl. ed. V. p. 211. n. 540 (1754).—*Houttuyn*, Pflanzensyst. III. p. 641 (1778).—*Jussieu*, Gen. Pl. p. 325 (1789).—*Necker*, Elem. Bot. II. p. 79 (1790).—*Willdenow*, Sp. Pl. II. 2. p. 447 (1799).—*Persoon*. Syn. Pl. II. 1. p. 24 (1806).—*Dietrig*, Gartenlexic. VII. p. 142 (1807).—*Aiton*, Hort. Kew. ed. 2. III. p. 180 (1811).—*Lamarck*, Illustr. Pl. 420 (1823).—*A. P. de Candolle*, Prodr. III. p. 205 (1828).—*G. Don*, Gard. Dict. II. p. 807 (1832).—*Loudon*, Arb. et Frutic. Brit. II. p. 951 (1938).—*Endlicher*, Gen. Pl. p. 1187. n. 6105 (1836—40).—*Spach*, Hist. Nat. Vég. V. p. 13 (1836).—*Torrey & A. Gray*, Fl. North Americ. I. 3. p. 594 (1838).—*Bentham & Hooker*, Gen. Pl. I. 2. p. 642 (1865).—*Maximowicz*, Rev. Hydr. p. 35 (1876).—*Engler* in Nat. Pflanzenf. III. 2a. p. 69 (1890).—*Schneider*, Illus. Handb. I. p. 362 (1905).—*A. H. Moore*, in *Bailey*, Stand. Cylop. V. p. 2579 (1916).

Syn. Syringa *Dalecamps*, Hist. Gen. Pl. I. p. 355, fig. (1587), pro parte.—*Tournefort*, Instist. p. 617 t. 389 (1700).—*Ludwig*, Defin. Gen. Pl. p. 141, n. 463 (1747).—*Adanson*, Fam. Pl. II. p. 244 (1763).

Frutex ramosus. Folia annua opposita, serrata v. integra, exstipullata. Flores axillares solitarii v. decussatim corymbosi v. racemosi. Calycis tubus turbinatus ovario ádnatus, sepalis 4 (5) valvatis. Petala 4 (5) convoluta. Stamina 20—40 filamentis subulatis. Ovarium inferum 3—5 loculare. Styli connati v. liberi 3—5. Stigmata

oblonga introrsa. Ovula numerosa. Capsula 3—5 locularis loculicide
3—5 valvis. Semina oblonga albuminosa.

Species circ. 30 in Asia, Europa et America bor. incolæ. Species
Koreanæ 6 quæ in sequenti modo inter sese distinguendæ.

1 { Cortex rami biennis haud vel rarissime fissus. Petioli et pagina
    inferior foliorum scabri. ....P. scaber *Nakai.*
    Cortex rami biennis in particulis irregulariter fissus et demum
    sejunctus. ....2.

2 { Pedicelli et styli glabri. Ramus gracilis. Folia tenuia.
    ....P. pekinensis *Ruprecht.*
    Pedicelli pilosi v. patentim hirtelli. ....3.

3 { Styli glaberrimi. ....4.
    Styli pilosi. ....5.

4 { Pedicelli pilosi. Folia membranacea. Petala ovata v. rotundata
    v. oblonga. ....P. tenuifolius *Ruprecht & Maximowicz.*
    Pedicelli subpatentim villosuli. Folia non membranacea.
    ....P. mandshuricus *Nakai.*

5 { Styli per totam longitudinem pilosi. Ramus patentim hirtellus.
    ....P. lasiogynus *Nakai.*
    Styli basi pilosi. Ramus pilosus v. subglaber.
    ....P. Schrenckii *Ruprecht.*

(10) 珍島はいくゎうつぎ (新稱)

(第十一圖)

高サ一乃至一米突半、分岐非常ニ多シ。樹膚ハ灰色又ハ淡褐灰色、二
年生ノ枝ノ皮ハ決シテ剝脫セズ、其故日本産ノばいくゎうつぎ等ト共ニ
獨立ノ節 Satsumani ニ入ルベキ種ナリ。一年生ノ枝ノ皮ハ栗色又ハ帶
褐栗色ニシテ白毛生ズ。葉柄ハ長サ二乃至八ミリ粗毛アリ、葉身ハ卵形、
基脚ハ微凸頭、先端ハ凸頭、緣ニハ疎大ナル腺鋸齒アリ。三脈著シク、
表面ハ綠色ニテ僅カニ微毛散生シ、緣ニハ細毛密生シ、裏面ハ白綠色ニ
シテ曲レル剛毛アリ。總狀花序ハ若枝ノ先端ニ生ジ五乃至七花アリ、軸
ニ密毛アリ。小花梗ハ長サ二乃至三ミリ白微毛アリ。萼筒ハ半圓形ニシ
テ微毛アリ、萼片ハ四個、卵形、外面ハ無毛、內面ニハ白キ密毛アリ。花

瓣ハ四個、廣卵形、先端鈍、花柱ハ無毛、柱頭ハ四裂シ外卷ス。未ダ果
實ヲ見ズ。

全南、珍島ノ二高山尖察山、女貴山ニ生ズ、朝鮮特産種ナリ。

10. **Philadelphus scaber** *Nakai*, sp. nov.
{Sect. Satsumani *Koehne*}
(Tabula nostra XI).

Frutex 1—1.5 m. altus ramosissimus. Cortex cinereus vel cinereo-
fuscescens, biennis haud fissus, annuus rubro-castaneus vel rubro-
fuscus albo-pubescens. Petioli 2—8 mm. longi scabro-ciliati. Lamina
ovata basi mucronata, apice cuspidata, margine argute grosseque
glanduloso-serrata, trinervis, supra viridis parcissime pilosella,
margine ciliata, subtus pallida vel albescens subcurvato-hispida.
Racemus terminalis brevis ciliatus 5—7 floris. Pedicelli 2—3 mm.
longi albo-ciliati. Calycis tubus hemisphæricus parce ciliolatus, lobi
4 ovato-mucronati extus glabri, intus lanati. Petala 4 late ovata
obtusa. Styli glabri. Stigmata quadrifissa recurva. Capsulam
nondum vidi.

Nom. Jap. Chinto-baikwa-utsugi.

Species proxima ad Philadelphus Satsumi, sed foliis grossius
argute serratis subtus albescentibus scabris exquo bene distinguenda.

(11)　ひめばいくゎうつぎ

高サ 2—3 米突ノ灌木。皮ハ灰色、二年生ノ枝ハ栗色、一年生ノ枝ハ
綠色又ハ帶紅綠色、微毛アリ。　葉ハ卵形、兩端トガル、表面ハ綠色、微
毛散生シ、裏面ハ淡綠色、葉脈上ニノミ微毛アリ、葉柄ニモ微毛アリ。
花序ハ總狀無毛、果實ハ倒卵形ニシテ十脈ハ凹ム、萼片ハ卵形、外面ハ
無毛、內面ニ微毛アリ、花柱ハ無毛四叉ス、柱頭ハ長ク內向。

智異山ニ産ス。

（分布）滿州、支北那。

11. **Philadelphus pekinensis** *Ruprecht*.

In Mél. Biol. II. p. 543 (1856).—*Komarov*, Fl. Mansh. II. p. 430
(1904).—*Schneider*, Illus. Handb. Laubholzk. I. p. 373. fig. 247. p.-r.

fig. 238. e.-f. (1905).—*Nakai* in Tokyo Bot. Mag. XXIX. p. 65 (1915).

P. coronarius var. pekinensis, *Maximowicz*, Revis. Hydr. p. 42 (1867).—*Franchet*, Pl. David. I. p. 125 (1884).—*Forbes & Hemsley* in Journ. Linn. Soc. XXIII. p. 277 (1887).—*Palibin*, Consp. Fl. Kor. I. p. 91 (1898).

Frutex 2—3 metralis. Cortex cinereus, ramorum annotinorum castaneus, hornotinus viridis v. rubescenti-viridis parce pilosus. Folia ovata utrinque attenuata v. acuta, supra viridia sparsissime pilosa, infra pallida supra venas sparsissime pilosa, petiolis pilosis supra canaliculatis. Inflorescentia decussato racemosa glaberrima. Flores mihi ignoti. Fructus turbinatus leviter 10—sulcatus, sepalis ovatis extus glabris intus pubescentibus. Styli glaberrimi apice 4—fidi. Stigmata oblonga introrsa.

Nom. Jap. Hime-baikwa-utsugi.

Hab. in montibus Koreæ austr. et mediæ.

Distr. Manshuria et China bor.

(12) おほばいくゎうつぎ

高サ 3—4 米突ノ灌木。皮ハ灰色、二年生ノ枝ハ剝ゲ、褐灰色、一年生ノハ緑色、微毛アリ。葉ハ卵形又ハ卵橢圓形、基脚トガリ、先端ハ急ニトガル、表面ハ緑色、微毛アリ、裏面ハ淡緑色脈上ニ微毛アリ、緣ニハ鋸齒アリ、花序ハ總狀ニシテ微毛アリ、小花梗ニハ絨毛アリ、蕚筒ニハ絨毛アリ、蕚ハ外面ニ微毛內面ニ絨毛アリ。花瓣ハ丸ク白色、四個、雄蕋ハ花瓣ヨリモ短シ、花柱ハ四叉シ無毛、果實ハ倒卵形長サ 5—6 ミリ。

中部ノ山林ニ生ズ。

12. **Philadelphus mandshuricus** *Nakai*

In Tokyo Bot. Mag. XXIX. p. 66 (1915).

P. coronarius var. Satsumi *Nakai*, Fl. Kor. I. p. 221 (1909), pro parte.

P. Schrenckii *Komarov*, Fl. Mansh. II. p. 329 (1902); pro parte.

Frutex 3—4 metralis. Cortex cinereus, ramorum annotinorum fusco-cinereus fissus, hornotinus viridis v. parce rubescens ciliatus. Folia ovata v. ovato-oblonga, basi acuta v. mucronata, apice cuspidata, supra viridia pilosa, subtus pallida secus venas pilosa, margine remote papilloso-dentata v. argute serrata. Inflorescentia racemosa pilosa. Pedicelli villosuli. Calycis tubus villosulus. Sepala extus pilosa, intus albo-velutina. Petala 4 rotundata alba. Stamina petalis breviora. Styli 4—fidi glaberrimi. Fructus turbinatus 5—6 mm. longus.

Nom. Jap. Ô-baikwa-utsugi.

Hab. in montibus Koreæ mediæ.

Distr. Manshuria.

(13)　うすばばいくゎうつぎ

高サ 3—4 米突ノ灌木。皮ハ灰色、二年生ノ枝ハ栗色又ハ帶褐灰色剝脱ス。一年生ノ枝ハ綠色、微毛アリ、葉ハ卵形又ハ廣卵形又ハ橢圓形鋸齒アリ。表面ハ綠色、殆ンド毛ナク、裏面ハ淡綠色、無毛、葉脈上ニノミ微毛アリ。花序ハ總狀微毛アリ、小花梗ニ微毛アリ、花瓣ハ四個、圓形又ハ廣卵形、花柱ハ四叉シ無毛。

智異山以北全道ノ山野ニ生ズ。

分布、滿州、アムール。

13.　**Philadelphus tenuifolius** *Ruprecht & Maximowicz*

In Mél. Biol. II. p. 425 & 512 (1856).--*Maximowicz*, Prim. Fl. Amur. p. 108 (1859).—*Schneider*, Illus. Handb. Laubholzk. I. p. 372. fig. 238 m-n. (1905).—*Nakai*, Chosen-shokubutsu, I. p. 335. fig. 413 (1914) ; in Tokyo Bot. Mag. XXIX. p. 64 (1915).

P. coronarius var. Satsumi (non *Maximowicz*) *Nakai*, Fl. Kor. II. p. 485 (1911).

P. coronarius var. tenuifolius *Maximowicz*, Revis. Hydr. p. 38 (1867).—*Dippel*, Handb. Laubholzk. III. p. 336 (1893).

Frutex 3—4 metralis. Cortex cinereus, ramorum biennium castaneum v. fusco-cinereus rupsus, hornotinus viridis pilosus v. subglaber. Folia ovata v. late ovata v. elliptica v. ovato-lanceolata argute serrata v. remote papilloso-serrata, supra viridia subglabra, subtus pallida glabra v. secus venas tantum pilosula. Inflorescentia

racemosa pilosa. Pedicelli pilosi. Petala 4 rotundata v. late ovata.
Styli 4 –fidi glabri.

Nom. Jap. Usuba-baikwa-utsugi.

Hab. in montibus et silvis peninsulæ Koreanæ.

Distr. Manshuria et Amur.

（14）　てうせんばいくゎうつぎ

（第 十 二 圖）

高サ 3—4 米突ノ灌木。皮ハ灰色、二年生ノ枝ノ皮ハ剝グ、葉ハ卵形
又ハ廣卵形又ハ橢圓卵形又ハ橢圓形。表面ハ綠色殆ンド無毛、裏面ハ淡
綠色、葉脈上ニ微毛アリ、緣ニ鋸齒アリ。花序ハ總狀微毛アリ、花ハ下
方ノモノハ腋生ナリ、蕚ハ殆ンド毛ナシ、蕚片ハ內面ニハ緣ト先トニ微
毛アリ。花瓣ハ白色、圓形又ハ廣卵形、花柱ハ四叉シ基脚ニ微毛アリ。
果實ニ微毛アルト無毛ノモノトアリ。

全道ノ山野ニ生ズ。

（分布）アムール、滿州、烏蘇利、對馬。

14. **Philadelphus Schrenckii** *Ruprecht*

(Tab. nostra XII).

In Mél. Biol. II. p. 542 (1856).—*Maximowicz*, Prim. Fl. Amur. p.
109 (1859).—*Regel*, Tent. Fl. Uss. n. 187 (1862).—*Komarov*, Fl.
Mansh. II. p. 401. (1902) ; pro parte—*Schneider*, Illus. Handb. Laub-
holzk. I. p. 372. fig. 238. c. (1905).—*Nakai*, Chosen-shokubutsu I. p.
336. fig. 414 (1914) ; in Tokyo Bot. Mag. XXIX. p. 65 (1915).

P. coronarius var. mandshuricus *Nakai*, Fl. Kor. II. p. 485 (1911).

P. coronarius var. pekinensis *Nakai*, Fl. Kor. I. p. 222 (1909).

P. coronarius var. Satsumi *Maximowicz*, Rev. Hydr. p. 40. (1876) ;
pro parte—*Yabe* in Tokyo Bot. Mag. XVII. p. 198 (1903).--*Nakai*,
Fl. Kor. I. p. 221. (1909) ; pro parte.

P. Schrenckii var. Jackii *Koehne* in *Fedde*, Repert. X. p. 127
(1911).

Frutex 3–4 metralis. Cortex cinereus, ramorum biennium fissus.
Folia ovata v. late ovata v. oblongo-ovata v. elliptica, supra viridia

fere glabra, subtus pallida secus venas pilosa, margine argute v. papilloso-remoteque serrata. Inflorescentia racemosa pilosa. Flores inferiores sæpe axillares. Calyx subglaber. Sepala intus apice et margine ciliolata. Petala alba rotundata v. late obovata. Styli 4—fidi basi pilosi. Fructus parce pilosus v. glaber.

Nom. Jap. Chosen-baikwa-utsugi.

Hab. In montibus Koreæ.

Distr. Insula Tsushima, Manshuria, Ussuri et Amur.

(15) しらげばいくゎうつぎ

(第十三圖)

高サ 3 米突程ノ灌木。皮ハ灰白色。二年生ノ枝ノ皮ハ剝脱ス。一年生ノ枝ハ横ニ直立セル毛ヲ有シ帶紅褐色ナリ、葉ハ卵形著シクトガリ、鋸齒アリ。表面ハ無毛、裏面ニハ微毛アリ。葉柄ニハ長キ毛アリ。花序ハ短ク毛多シ、花ニ香氣アリ。小花梗ト蕚筒トニハ毛多シ。蕚ハ卵形ニシテトガリ、外面ハ無毛、內面ハ緣ニ沿ヒテ絨毛アリ、花瓣ハ丸シ。雄蕋ハ花瓣ヨリモ短シ。花柱ハ央迄四叉シ全長ニ微毛アリ。

京畿道光陵ノ樹林中ニアリ。

朝鮮特產。

15. **Philadelphus lasiogynus** *Nakai*

(Tab. nostra XIII).

In Tokyo Bot. Mag. XXIX. p. 67 (1915).

Frutex 3—metralis ramosus. Cortex griseo-cinereus, ramorum biennium fissus. Ramus hornotinus patentim hirtellus rubescenti-fuscus. Folia ovata acuminata remote serrata, supra glabra, subtus pilosa, petiolis hirsutis. Racemus brevis hirtellus. Flores suaveolentes. Pedicelli et calycis tubi pilosi. Sepala ovato-acuminata, extus glabra, intus secus margines villosula. Petala rotundata. Stamina tenuia. Styli ad medium 4—fidi per totam longitudinem pilosi.

Nom. Jap. Shirage-baikwa-utsugi.

Hab. in silvis Koreæ mediæ.

Planta endemica!

第三屬 う つ ぎ 屬

灌木。星狀毛ヲ有ス。葉ハ對生一年生又ハ二年生、全緣又ハ鋸齒ア
リ、有柄又ハ無柄、托葉ナシ。花ハ腋生又ハ圓錐花叢又ハ繖房花序ヲナ
ス。萼筒ハ鐘狀、子房ト癒合シ、萼片ハ 5 個、花瓣ハ 5 個、鑷合狀又
ハ覆瓦狀ニ排列ス。雄蕊ハ 10 個、花絲ハ細ク又ハ兩側ニ齒狀ノ翼アリ、
子房ハ下位 3—4 室。花柱ハ 3—4 個。蒴ハ 3—5 室、胞間並ニ花柱ノ
間ニテ裂開ス、種子多シ。種子ハ扁平、皮ニ網脈アリ、胚乳ヲ有ス。

亞細亞、北米ニ亙リ 40 種アリ。朝鮮ニ七種ヲ產シ次ノ二節ニ區分ス
ベシ。

第 一 節　眞正うつぎ節

花瓣ハ鑷合狀ニ排列ス。花序ハ總狀又ハ圓錐花叢ヲナシ又ハ花ハ獨
生。分テ次ノ三亞節トス。

第一亞節　う つ ぎ 亞 節

花序ハ總狀又ハ圓錐花叢ヲナス。ながほうつぎ之ニ屬ス。

第二亞節　いはうつぎ亞節

花ハ若枝ノ先端ニ 1—3 個宛生ズ。子房ハ半上位。萼片ハ細シ。いは
うつぎ之ニ屬ス。

第三亞節　てうせんうめうつぎ亞節

花ハ花芽中ニ 1—3 個宛生ズ。子房ハ下位、萼片ハ三角形又ハ廣披針
形、てうせんうめうつぎ、ちいさんうめうつぎ、かいなんうつぎ之ニ屬
ス。

第 二 節　間性うつぎ節

花序ハ繖房、花瓣ハ覆瓦狀ニ排列ス。てうせんうつぎ、だううつぎ之
ニ屬ス。

Gn. 3. **Deutzia** *Thunberg*, Nov. Gen. Pl. I. p. 19 cum fig. (1781),
Fl. Jap. p. 10 (1784).—*Jussieu*, Gen. Pl. p. 431 (1789).—*Willdenow*,
Sp. Pl. II. i. p. 730 (1799).—*Dietrig*, Garten Lex. III. p. 589 (1803).
—*Persoon*, Syn. Pl. I. p. 505 (1805).—*A. P. de Candolle*, Prodr. IV.

p. 16 (1830).—*G. Don*, Gen. Syst. II. p. 808 (1832).—*Spach*, Hist. Nat. Vég. V. p. 18 (1836).—*Endlicher*, Gen. Pl. p. 1187. n. 6107 (1836—40).—*Siebold & Zuccarini*, Fl. Jap. I p. 17 (1836).—*Loudon*, Arboret. & Frutic. Brit. II. p. 956 (1838).—*Bentham & Hooker,* Gen. Pl. I. 2. p. 642 (1865).—*Maximowicz*, Rev. Hydr. p. 18 (1867). —*Engler* in Nat. Pflanzenf. III. 2a. p. 72 (1890).—*Schneider*, Illus. Handb. I. p. 376 (1905).—*Rehder* in *Bailey*, Stand. Cyclop. II. p. 992 (1914).

Frutex vulgo stellulato-pilosus. Folia opposita annua v. biennia. serrata v. integra, petiolata v. sessilia, exstipullata. Flores axillares v. racemosi v. paniculati v. corymbosi. Calycis tubus campanulatus ovario adnatus. Sepala 5. Petala 5 induplicatim valvata v. imbricata. Stamina 10. Filamenta subulata v. utrinque alato-producta. Ovarium inferum 3—4 loculare. Styli 3—4. Capsula 3—5 locularis septicide in coccos 3—5 v. inter stigmata dehiscens, polysperma. Semina compressa, testa reticulata albuminosa.

Species circ. 40 in Asia et America bor. incolæ.

Deutzia Sect. I. **Eudeutzia** *A. Engler* in Nat. Pflanzenfam. III. 2a. p. 72 (1900); pro parte.—*Schneider* in Mitteil. Deutsch. Dendrol. Gesells. XIII. p. 176 (1904) et Illus. Handb. I. p. 377 (1905).— *Rehder* in *Sargent*, Pl. Wils. I. p. 17 (1911).—*Nakai* in Tokyo Bot. Mag. XXXV. p. 81 (1921).

Petala induplicato-valvata. Inflorescentia racemosa v. paniculata v. flores solitarii.

Deutzia Sect **Eudeutzia** Subsect. I. **Scabrae** *Rehder* in *Sargent*, Pl. Wils. I. p. 17 (1911).—*Nakai* in Tokyo Bot. Mag. XXXV. p. 81 (1921).

Inflorescentia racemosa v. paniculata. Calycis dentes lati.

—Continet Deutziam paniculatam.

Deutzia Sect. **Eudeutzia** Subsect. II. **Grandiflorae** *Rehder* in *Sargent*, Pl. Wils. I. p. 22 (1911).—*Nakai* in Tokyo Bot. Mag. XXXV. p. 93 (1921).

Inflorescentia in apice rami hornotini foliosi terminalis 1—3 flora. Ovarium semisuperum. Dentes calycis angusti.

—Continet Deutziam prunifoliam.

Deutzia Sect. **Eudeutzia** Subsect. III. **Coreanae** *Rehder* in *Sargent,* Pl. Wils. I. p. 22 (1911).—*Nakai* in Tokyo Bot. Mag. XXXV. p. 94 (1921).

Inflorescentia in gemmis propriis fere semper efoliosa 1—3 flora. Ovarium inferum. Dentes calycis triangulares v. lanceolati.

—Contient Deutziam coreanam, D. Tozawæanam et Deutziam triradiatam.

Deutzia Sect. II. **Meso-Deutzia** *Schneider* in Mitteil. Deutsch. Dendrol. Gesells. XIII. p. 184 (1904) et Illus. Handb. I. p. 382 (1905).—*Rehder* in *Sargent,* Pl. Wils. I. p. 22 (1911).—*Nakai* in Tokyo Bot. Mag. XXXV. p. 95 (1921).

Inflorescentia corymbosa. Petala imbricata.

—Contient Deutziam glabratam et Deutziam parvifloram.

(16)　**ながほらつぎ**

（第 十 四 圖）

灌木。皮ハ無毛、帶紅褐色、後不規則ニ縱列ス、葉ハ卵楕圓形又ハ楕圓形又ハ倒卵楕圓形、兩端トガリ、葉柄ハ短ク、裏面ハ無毛且淡綠色、表面ハ綠色ニシテ三放射ノ星狀毛ヲ具フ、緣ニ不規則ノ小鋸齒アリ、花序ハ若枝ノ先端ニ出デ圓錐花叢ヲナシ無毛。萼ハ鐘狀ニシテ顯微鏡下ニ照セバ星狀毛ニテ被ハル、ヲ見ル、萼片ハ三角形ニシテ長サ 0.8 ミリ、花瓣ハ鑷合狀ニ排列シ楕圓形、長サ 4—5 ミリ、雄蕋ハ 5 個花糸ハ細ク毛モ齒モナシ。花盤ハ小星狀毛アリ、花柱ハ 3 個無毛、柱頭ハ長シ、蒴ハ球形、徑三ミリ許、萼片ハ其中央ニ位ス。先端並ニ基脚ニテ裂開ス。

咸南、慶北ノ山ニ生ジ稀品ナリ。

朝鮮特產。

16. **Deutzia paniculata** *Nakai* (Tab. nostra XIV).

In Tokyo Bot. Mag. XXVII. p. 31 (1913) et in *Matsumura*'s Icones Pl. II. 4. p. 65. Pl. 117 (1904) ; Chosen-shokubutsu I. p. 337. fig. 417 (1914) ; in Tokyo Bot. Mag. XXXV. p. 88 (1921).

Frutex. Cortex rubescenti-fuscus glaberrimus deinde longitudine irregulariter striatus. Folia ovato-elliptica v. elliptica v. obovatoelliptica, utrinque acuminata, breviter petiolata, subtus glaberrima et palildiora, supra viridia pilis stellulatis triradiatis scabra, margine irregulariter serrulata. Inflorescentia terminalis paniculata basi foliosa glaberrima. Calyx campanulatus sub lente minutissime impresso-punctulatus ubi stellulatis, lobis triangularibus 0.8 mm. longis. Petala induplicato-valvata elliptica 4—5 mm. longa. Stamina 5. Filamenta subulata glaberrima. Discus sub lente stellulatus. Styli 3 glabri. Stigmata oblonga. Capsula globosa diametro circ. 3 mm., disco valde elevato hemisphærico, ita sepala in medio capsulæ posita, ab apice et basi in trivalvis dehiscens et stylis persistentibus coronata.

Nom. Jap. Nagaho-utsugi.

Hab. in montibus prov. Hamgyoeng bor. & Kyongsan bor.

Planta endemica.

(17) いはうつぎ

(第十五圖)

岩石地ニ着生スル植物。高サ 2—3 尺内外、古枝ハ灰褐色又ハ暗灰褐色、若枝ニハ星狀毛散出ス。葉柄ハ長サ 1—6 ミリ、上面ニハ細キ溝アリ、始メハ星狀毛密生スレドモ秋ニハ殆ンド無毛トナル。葉身ハ卵形又ハ卵楕圓形、基脚ハトガリ、先端ハ長クトガル、表面ニハ 4—6 射出ノ星狀毛散生シ、綠色ナリ。裏面ハ淡綠色シテ 4—8 射出ノ星狀毛散生シ後無毛トナル。緣ニ鋸齒アリ、花梗ハ長サ 20 ミリ以下ニシテ星狀毛アリ。蕚筒ハ長サ 2 ミリ、其裂片ハ綠色、細ク長サ 3—7 ミリ、花瓣ハ白色、鑷合狀ニ排列シ長サ 12—13 ミリ、外面ニノミ星狀毛アリ。花柱ハ三個花瓣ト同長ナリ。花盤ニハ短キ星狀毛アリ、子房ハ半上位、果實ハ三室、花柱ハ永存ス。

黃海、平南、平北ノ三道ノ岩石地ニ生ズ。

（分布）南滿州。

一種葉幅廣ク、其基脚ハ丸キカ又ハ少シク凹ムモノアリ、裏面ニハ星狀毛密生ス。之ヲ**ひろはいはうつぎ**（第十五圖 i—k）ト云フ、平南大聖山ノ產。

17. Deutzia prunifolia *Rehder*

(Tab. nostra XV a—h).

In *Sargent*, Pl. Wils. I. p. 22 (1911).—*Nakai* in Tokyo Bot. Mag. XXXV. p. 93 (1921).

D. grandiflora (non *Bunge*) *Komarov*, Fl. Mansh. II. p. 432 (1904). —*Nakai*, Fl. Kor. II. p. 486 (1911), pro parte.—*Yabe*, Enum. Pl. South Mansh. p. 61 (1912).

Frutex nanus circ. 0.5—1.0—metralis rarissime 1.5 metralis altus vulgo saxatilis. Ramus annotinus claro-fuscus v. intense fuscus. Ramus juvenilis pilis radiatis patentim pubescens. Petioli 1—6 mm. longi supra anguste canaliculati primo pilis radiatis pubescentes sed in auctumno glabrescentes. Lamina ovata v. oblongo-ovata basi acuta apice acuminata v. longe attenuata 15—72 mm. longa 8—40 mm. lata, supra pilis 4—6 radiatis pilosa viridis, infra pallida pilis 4—8 radiatis pilosa demum glabrescens, margine argute subglandu-loso-serrulata. Flores 1—3 in apice rami hornotini lateralis brevis 2—4 foliati terminales. Pedunculi si adsunt usque 20 mm. longi stellulato-tomentosi. Calyx stellulato-tomentosi 2 mm. longus, lobis viridibus angustis 3—7 mm. longis. Petala alba æstivatione valvata 12—13 mm. longa 3—4 mm. lata intus glabra extus stellulato-pilosa. Stamina petalis breviora. Filamenta alata apice recurvato-dentata. Antheræ ovatæ flavæ 1 mm. longæ. Styli tres petalis æquilongi apice stigmatosi. Discus adpresse stellulatus. Ovarium semisupe-rum. Capsula globosa 3—locularis stylis persistentibus.

Nom. Jap. Iwa-utsugi.

Hab. in rupibus Coreæ boreali-occidentalis.

Distr. Manshuria austr.

var. **latifolia**, *Nakai* (Tab. nostra XV. f. i—k) in Tokyo Bot. Mag. XXXV. p. 94 (1921).

Folia late ovata basi obtusa v. subcordata, infra pilis stellulatis patentim pubescentia. Petala usque 15 mm. longa.

Nom. Jap. Hiroha-iwa-utsugi.

Hab. in rupibus montis Taiseizan, prov. Heinan.

(18)　**てうせんうめうつぎ**

（第十六圖）

岩上ニ生ズル小灌木。高サ 1―2 尺、皮ハ灰色不規則ニ剝グ、二年生
ノ枝ハ帶紅色一年生ノモノハ緑色二樣ノ毛ニテ被ハルーハ有柄ノ星狀毛
ニシテーハ無柄ノモノナリ。葉ハ楕圓形又ハ披針形基脚及ビ先端トガ
リ、緣ニ不規則ノ鋸齒アリ。表面ハ緑色無柄ノ 4―5 射出ノ星狀毛散生
シ、裏面ニハ無柄ノ 4―6 射出ノ星狀毛散生ス。花ハ枝ノ側方ニアル花
芽中ニ生ジ 1―3 個宛束生ス、稀ニ花序ノ下ニ 1―2 個ノ葉ヲ備フルモ
ノアリ、花芽ノ鱗片ハ多數相重ナリ、永存性ナリ。小花梗ハ長サ 2―5
ミリ、星狀毛密生ス。萼筒ハ鍾狀子房ニ附キ、星狀毛密生ス。萼片ハ三
角形又ハ短三角形殆ンド無毛、花瓣ハ白ク長サ 15―20 ミリ、雄蕊ハ 10
個、花糸ハ兩側ニ齒アリ、葯ハ橢圓形白色、花柱ハ三個、柱頭ハ長シ、
子房ハ下位、三室、蒴ハ鐘狀三溝アリ、萼ト花柱トヲ戴ク。

　京畿（光陵、北漢山、昌德宮秘園等）慶北、（香山）江原（金剛山）、忠
北（淸州）ニ生ジ朝鮮特產ナリ。

18. **Deutzia coreana** *Léveillé* (Tab. nostra XVI).

In *Fedde*, Rep. VIII. p. 283 (1910).—*Rehder* in *Sargent*, Pl. Wils.
I. p. 22 (1911).—*Nakai*, Fl. Kor. II. p. 486 (1911) et Veg. Diamond
mts p. 174. n. 304 (1919) et in Tokyo Bot. Mag. XXXV. p. 49
(1921).

D. grandiflora (non *Bunge*) *Palibin*, Consp. Fl. Kor. I. p. 91
(1898).—*Nakai*, Fl. Kor. I. p. 223 (1909); II. p. 486. (1911); pro
parte, Chosen-shokubutsu I. p. 338. f. 418 (1914).

Frutex nanus 1―2 pedalis saxatilis. Cortex cinereus irregulariter
fissus, annotinus rubescens, hornotinus viridis et pilis dimorphis
pilosus, pilis alliis stipitato-stellulatis, alliis adpresse stellulatis. Folia
oblonga v. lanceolata, basi acuta, apice acuminata, margine argute
irregulariter serrata, supra viridia pilis adpressis stellulatis 4―5
radiatis pilosa, infra pallida pilis adpressis 4―6 radiatis pilosa.
Flores in gemmis propriis 1―3 glomerati, laterales rarius foliis
1―2 suffulti. Gemmæ squamis imbricatis ∞ persistentibus. Pedi-
celli 2―5 mm. longi pilis stellulatis dense vestiti. Cálycis tubus

campanulatus ovario adnatus pilis stellulatis dense vestitus. Sepala triangularia v. breve triangularia subglabra. Petala primo induplicato-valvata 15—20 mm. longa. Stamina 10. Filamenta subulata tridentata. Antheræ oblongæ albæ. Styli liberi 3. Stigmata oblonga. Ovarium inferum triloculare. Capsula campanulata trisulcata stylis et sepalis persistentibus coronata.

Nom. Jap. Chosen-ume-utsugi.

Hab. in rupibus prov. Kogen, Keiki, Keinoku, Keinan & Chuhok. Planta endemica!

(19) ちいさんいはうつぎ

(第十七圖)

岩上ニ生ズル小灌木ニシテ高サ二尺許分岐多シ。皮ハ灰色、一年生ノモノハ帶紅色、有柄ノ星狀毛散生シ、無柄ノモノハ殆ンドナシ。芽ハ卵形ニシテ鱗片多ク 4—7 射出ノ星狀毛散生ス、葉柄ハ 2—5 ミリ、無毛、上面ニ小溝アリ、葉身ハ橢圓形又ハ披針形先端ハトガリ緣ニ不規則ノ鋸齒アリ。表面ハ綠色 3 射出ノ星狀毛散生シ、裏面ハ淡綠色 3 射出ノ星狀毛少シク生ズ。未ダ花ヲ見ズ。果實ハ枝ノ側方ノ花芽中ニ一個宛生ズ、花梗ノ長サハ 3—4 ミリ、短柄アリ 3 射出ノ星狀毛散生ス。果實ハ廣鍾狀四室表面ニ 4 射出ノ星狀毛アリ、蕚片ハ披針形無毛又ハ基部ニノミ射出ノ星狀毛アリ。花柱ハ 4 個永存性。

智異山系ノ岩石地ニ生ジ、朝鮮特產ナリ。

19. **Deutzia triradiata** *Nakai* (Tab. nostra XVII.)

D. grandiflora (non *Bunge*) *Nakai*, Veg. mt Chirisan p. 34 n. 224 (1915).

Arcte affinis specie præcedente, sed exqua foliis utrinque pilis triradiatis pilosis, flore solitario, sepalis lanceolatis, ovario 4---loculare distincta.

Planta saxatilis fere 2-pedalis alta ramosissima. Cortex cinereus, ramorum hornotinorum subrubescens, pilis stellulatis stipitatis scabris, pilis adpressis fere destitutis. Gemmæ ovatæ multisquamatæ pilis adpressis 4—7 radiatis parcissime pilosæ. Petioli 2—5 mm. longi glabri supra canaliculati. Lamina foliorum oblonga v. lanceolata, apice acuminata, basi acuta v. cuspidata, margine irregulariter serrata, supra viridis pilis triradiatis pilosa, infra pallida pilis triradiatis sparsissime pilosa v. fere glaberrima. Flores mihi ignoti. Fructus in gemmis lateralibus squamis imbricatis persistentibus obvallatis solitarii, pedicello 3—4 mm. longo pilis triradiatis breve stipitatis scabro, late campanulatus 4—locularis, facie pilis adpressis 4—radiatis pilosus. Sepala acuminata glabra v. basi pilis 4—radiatis parcissimi pilosa. Styli 4 persistentes. Stigmata oblonga.

Nom. Jap. Chiisan-ume-utsugi.

Hab. in rupibus montium Chirisan.

Planta endemica!

(20) 海南うつぎ (新種)

(第 十 八 圖)

高サ一米突以下ノ小灌木, 樹膚ハ灰色、一年生ノ枝ハ帶紅色、横ニ立テル剛毛密生ス。此剛毛ハ先端星狀トナリ。葉柄ハ長サ二乃至三ミリ、四放射ノ星狀毛疎生ス。葉身ハ廣披針形又ハ帶卵披針形又ハ卵形長サ 2—4.7 ミリ、幅9—14 ミリ許、表面ハ綠色無毛、裏面ハ淡綠ニシテ3—4放射ノ星狀毛ニ被ハル。緣ハ全長ニ亘リテ粗鋸齒アリ、鋸齒ノ先ハ腺狀トナル。葉脚ハトガリ、葉先ハ著シクトガル。花ハ枝ノ側方ノ花芽ヨリ出ヅ。未ダ花ヲ見ズ。果實ハ一芽中ニ一個宛、果梗ハ長サ 2—7 ミリ星狀ノ立剛毛アリ。蕚筒ハ半圓形 4—5 放射ノ星狀毛アリ。蕚片ハ卵形、五個。花托ハ無毛、平ナリ。花柱ハ三個長シ。

全南、海南郡、大興寺ノ山ニ生ズ、特産ナリ。

20. **Deutzia Tozawae** *Nakai*, sp. nov.

(Tabula nostra XVIII).

Frutex nanus vix 1 m. Cortex cinereus. Rami hornotini rubescentes patentim hispidi, hispidis apice 3—4 radiato-stellata. Petioli 2—3 mm. longi, pilis 4—radiatis parcissime stellati. Lamina foliorum late lanceolata vel ovato-lanceolata vel ovata 2.0—4.7 cm. longa

9—14 mm. lata, supra viridia glaberrima, infra pilis 3—4 fidis stellata pallida, margine per totam longitudinem eroso-serrata, serris apice glandulosis, basi acuta vel cuneata, apice cuspidata vel attenuata. Flores laterales in gemmis propriis evoluti solitarii. Pedunculi 4—7 mm. longi patentim stellato-hispidi. Calycis tubus hemisphæricus pilis 4—5 radiatis parce vestitus, lobi 5 ovati. Discus haud elevatus. Styli 3 elongati.

Nom. Jap. Kainan-utsugi.

Hab. in rupibus montium templi Taikoji prov. Zennan.

This species is closely allied to Deutzia coreana, but the stellat - hairs on the undersurface of the leaves are always 3—4 radiated, the leaves are very conspicuously erose-serrated, and the annual twigs as well as the peduncles are distinctly hispid.

After the name of Dr. *M. Tozawa*, the director of the Forestal Experiment Station of the Government-General of Chosen this plant was named.

(21) てうせんうつぎ

(第十九圖)

高サ 3—4 米突ノ灌木。皮ハ灰色又ハ褐灰色不規則ニ剝グ、一年生ノ枝ハ帶紅色無毛、芽ハ卵形無毛鱗片多シ、葉柄ハ 2—10 ミリ、溝ト翼トアリ。 葉ハ廣披針形又ハ倒廣披針形又ハ長楕圓形又ハ卵楕圓形長サ 2—14 セメ、幅 1.0—4.5 セメ許、基脚ヨリ銳鋸齒アリ、先端著シクトガリ、基脚ハ弱心臟形又ハ丸ク又ハトガリ、表面ハ綠色殆ンド無毛又ハ 3—4 射出ノ星狀毛散生ズ。裏面ハ淡綠色無毛、花序ハ繖房、花多ク、無毛、蕚ハ無毛椀狀、蕚片ハ卵形、丸キカ又ハトガル。花瓣ハ白色丸ク長サ 5—8 ミリ、雄蕋ハ 10 個、其中 5 個宛長短アリ。花盤ハ無毛、花柱ハ三個稀ニ二個、無毛、子房ハ下位、萼ハ鍾狀幅 4 ミリ內外。

全道ノ山野ニ生ズ。

(分布) 滿州、支那(山東)。

21. **Deutzia glabrata** *Komarov* (Tab. nostra XXI).

In Acta Hort. Petrop. XXII. p. 433 (1903); Fl. Mansh. II. p. 433 (1904).—*Nakai*, Fl. Kor. I. p. 222. t. XII. f. 1. (1909); Veg. Isl.

Wangto p. 7 (1914); Chosen-shokubutsu I. p. 337. f. 416 (1914);
Veg. mt Chirisan p. 34. n. 223 (1915); Veg. Diamond mts p. 174.
n. 308 (1918); in Tokyo Bot. Mag. XXXV. p. 95 (1921).—*Rehder*
in Pl. Wils. I. p. 24 (1911).

D. glaberrima *Koehne* in *Engler*, Bot. Jahrb. XXXIV. Beiblatt
LXXV. p. 38 (1904).

D. Fauriei *Léveillé* in *Fedde*, Repert. VIII. p. 283 (1910).

Frutex 3—4 metralis. Cortex cinereus v. fusco-cinereus irregulari-
ter fissus, ramorum hornotinorum rubescens glaber. Gemmæ ovato-
acuminatæ squamis ∞ imbricatis glabræ. Petioli 2—10 mm. longi
alato-sulcati. Folia late lanceolata v. late oblanceolata v. oblongo-
elliptica v. ovato-oblonga 2—11 cm. longa 1.0—4.5 cm. lata e basi
acute serrulata, apice acuminata, basi subcordata v. rotundata v.
acuta, supra viridia fere glabra v. pilis stellulatis 3—4 radiatis
sparsissime pilosa, infra pallida glaberrima. Corymbus amplus
multiflorus glaber. Calyx glaber cupularis, lobis ovatis obtusis v.
acutis. Petala alba rotundata concava 5—8 mm. longa primo im-
bricata. Stamina 10, quarum 5 ceteris longiora. Antheræ rotundatæ
albidæ. Discus glaber. Styli 3 (2) glaberrimi. Stigmata oblonga.
Ovarium perfecte inferum. Capsula campanulata 3—sulcata circ. 4
mm. lata.

Nom. Jap. Chosen-utsugi.
Hab. in montibus et silvis Koreæ totius.
Distr. China (Shang-tung) et Manshuria.

(22) たううつぎ
(第二十圖)

高サ 3—4 米突、分岐多シ。老成セル枝ノ皮ハ暗灰色、一年生ノモノ
ハ帶褐綠色又ハ綠色 7—10 射出ノ小星狀毛散生ス。葉柄ハ長サ 3—12 ミ
リ、7—10 射出ノ小星狀毛密生ス、葉身ハ楕圓形又ハ卵楕圓形、鋸齒ア
リ、表面ハ綠色、4—6 射出ノ星狀毛散生シ、裏面ハ淡綠色、4—8 射出
ノ星狀毛散生ス。 繖房花序ハ花多ク枝ニ 6—10 射出ノ小星狀毛生ズ。
萼ハ鐘狀小星狀毛密生シテ灰色ヲ呈ス。萼齒ハ廣卵形、緣ハ無毛、花瓣
ハ白色丸ク長サ 3—5 ミリ、外面ニノミ 6—10 射出ノ小星狀毛アリ。雄

蕋ハ 10 個、花絲ハ細シ、花盤ハ小星狀毛生ズ。蒴ハ幅 3—5 ミリ。

全道ノ山野ニ生ズ。

（分布）滿州、アムール、北支那。

22. **Deutzia parviflora** *Bunge* (Tab. nostra XX).

Enum. Pl. China bor. n. 184 (1832).—*Walpers*, Repert. II. p. 152 (1843).—*Maximowicz*, Prim. Fl. Amur. p. 110 (1859) et Revis. Hydrang. p. 33 (1867).—*Forbes & Hemsley* in Journ. Linn. Soc. XXIII. p. 276 (1887).—*Franchet*, Pl. David. p. 124 (1884).—*Korshinsky* in Acta Hort. Petrop. XII. p. 338 (1892).—*Dippel*, Handb. Laubholzk. III. p. 353. f. 187 (1893).—*Diels* in *Engler* Bot. Jahrb. XXIX. p. 381 (1900).—*Komarov*, Fl. Mansh. II. p. 431 (1904).—*Nakai*, Fl. Kor. I. p. 223 (1909); II. p. 486 (1911); Chosen-shokubutsu I. p. 337. f. 415 (1914); Veg. mt Chirisan p. 34. n. 225 (1915); Veg: Diamond mts p. 174. n. 309 (1918); in Tokyo Bot. Mag. XXXV. p. 96 (1921).—*Rehder* in *Sargent*, Pl. Wils. I. p. 23 (1911).—*Yabe*, Enum. Pl. South Manch. p. 61 (1921).—*Bean*, Trees and Shrubs I; p. 484 (1914).

D. parviflora var. amurensis *Regel*, Tent. Fl. Uss. n. 189. t. 5. f. 7—14 (1861) et in Gartenflora XI. p. 278. t. 370. f. 4—12 (1862).

D. corymbosa var. parviflora *Schneider* in Mitteil. Deutsch. Dendrol. Gesells. XIII. p. 184 (1904) et Illus. Handb. I. p. 382. f. 244 k—m (1905).

Frutex 3—4 metralis ramosissimus. Cortex ramorum adultorum sordide cinereus, ramorum hornotinorum subcastaneo-viridis v. viridis, pilis minutissimis stellulatis 7—10 radiatis sparse vestitus v. subglaber. Petioli 3—12 mm. longi pilis minutissimis stellulatis 7—20 radiatis pilosi. Lamina oblonga v. ovato-oblonga serrulata supra viridia pilis stellulatis 4—6 radiatis pilosa, infra pallida pilis stellulatis 4—8 radiatis pilosa v. subglabra. Corymbus multiflorus, ramis pilis minutissimis stellulatis 6—10 radiatis scabris. Calyx campanulatus pilis minutissimis stellulatis griseus, dentibus late ovatis margine glabris. Petala alba rotundata 3—5 mm. longa, intus glabra extus pilis minutissimis stellulatis 6—10 radiatis scabra.

Stamina 10, filamentis subulatis. **Discus** pilis minutissimis stellulatis scaber. Capsula 3—5 mm. lata.

Nom. Jap. To-utsugi.

Hab. in silvis et montibus Koreæ totius.

Distr. Manshuria, Amur et China bor.

第四屬 あぢさい屬

直立又ハ傾上スル灌木又ハ纏攀性又ハ小喬木。葉ハ單葉、對生、永存性又ハ脱落ス。全緣又ハ鋸齒アリ又ハ羽狀ニ缺刻ス、有柄、托葉ナシ。花序ハ枝ノ先端ニ生ジ複繖房花序ヲナス、苞ハ脱落性往々大形ナリ。花ハ皆兩全又ハ外方ノモノハ中性、蕚筒ハ倒卵形又ハ半球形、蕚片ハ兩全花ニテハ 4—5 個齒狀、無性花ニハ花瓣狀ニシテ大形且脈著シ、花瓣ハ 4—5 個、脱落性、離生又ハ先端癒合ス。雄蕋ハ 8—20 個、葯ハ二室内向、子房ハ 2—4 室下位又ハ半上位、花柱ハ 2—4 個、離生又ハ基脚癒合ス、卵子ハ多數、蒴ハ花柱ノ間ニ當ル所ニテ裂開ス。種子ハ小ニシテ翼アルモノアリ、胚乳アリ。

亞細亞及ビ北米ニ約四十種アリ、朝鮮ニ二種アリ而シテ次ノ二亞屬ニ屬ス。

第一亞屬、眞正あぢさい亞屬。

概ネ直立性ノ灌木。決シテ纏攀セズ。葉ハ一年生、花冠ハ離生、雄蕋ハ 8—10 個。

第一節、脱瓣節。

花瓣ハ早ク凋落ス。種子ハ兩端ニ翼狀突起アリ。やまあぢさい之ニ屬ス。

第二亞屬、帽狀瓣節。

纏攀性、葉ハ一年生、花瓣ハ先端完全ニ癒合シ開花ト共ニ帽狀ニ離脱ス。雄蕋ハ 10—20 個。つるあぢさい之ニ屬ス。

Gn. 4. **Hydrangea** *Linnaeus*, Corollarium generum plantarum p. 7. n. 956 (1737).—*Gronovius*, Fl. Virg. I. p. 50 (1739).—*Linnaeus*, Sp. Pl. ed. 1. p. 397 (1753); Gen. Pl. ed. 5. p. 189, n. 492 (1754).—*Houttuyn*, Pflanzensyst. III. p. 587 (1778).—*Necker*, Elem. Bot. II. p. 386 (1790).—*Willdenow*, Sp. Pl. II. pt. 1. p. 633 (1799).—*Ventenat.* Tab. Regn. Veg. III. p. 280 (1799).—*Dietrig*, Gart. Lex. IV. p. 702

(1804).—*Persoon*, Syn. Pl. I. p. 486 (1805).—*Aiton*, Hort. Kew. ed. 2. III. p. 63 (1811).—*Nuttall*, Gen. North American Pl. p. 284, n. 404 (1818).—*Lamarck*, Illustr. t. 370 (1823).—*Courtois*, Syll. Pl. Nov. II. p. 39 (1828).—*A.P. de Candolle*, Prodr. IV. p. 13 (1830).—*Siebold* in Acta Phys-Med. Acad. Cæs.-Leop. XIV. pt. 2. p. 686 (1829).—*G. Don*, Gen. Syst. III. p. 232 (1834).—*Endlicher*, Gen. Pl. p. 820, n. 4668 (1836).—*Spach*, Hist. Nat. Vég. V. p. 21 (1836).—*Loudon*, Arb. & Frutic. Brit. II. p. 994 (1838).—*Torrey & A. Gray*, Fl. North America I. pt. 3. p. 591 (1840).—*K. Koch*, Dendr. I. p. 550 (1869). *Bentham & Hooker*, Gen. Pl. I. pt. 2. p. 640 (1865).—*Maximowicz*, Rev. Hydr. p. 6 (1867).—*C. B. Clarke* in *Hooker*, Fl. Brit. Ind. II. p. 403 (1878).—*Engler* in Nat. Pflanzenfam. III. 2a. p. 74 (1890).— *C.K. Schneider*, Illus. Handb. Laubholzk. I. p. 384 (1905).—*Rehder* in *Bailey*, Stand. Cyclop. III. p. 1619 (1915).—*Bean*, Trees & Shrubs ed. 2. I. p. 623 (1919).

Syn. Hydrangea *Gronovius* ex *Linnaeus*, Gen. Pl. ed. 2. p. 154, n. 435 (1743).—*Jussieu*, Gen. Pl. p. 310 (1789).—*Siebold*, Fl. Jap. I. p. 101 (1840).

Hortensia *Commerson* ex *Jussieu*, l. c. p. 214 (1789).—*Ventenat*, l. c. p. 281.—*Persoon*, l. c. p. 505.

Frutex erectus v. ascendens v. scandens v. rarius arborescens. Folia simplicia opposita persistentia v. decidua, integra v. serrata v. pinnatisecta v. varie lobata petiolata exstipullata. Inflorescentia in apice rami hornotini terminalis. Flores corymboso-decompositi v. corymboso-paniculati. Bracteæ deciduæ sæpe magnæ. Flores omnes fertiles v. exteriores steriles. Calycis tubus turbinatus v. hemisphæricus v. obovatus; limbis in floribus 4—5 dentatis primo imbricatis, in floribus sterilibus petaloideis et venosis. Petala 4—5 decidua, libera v. apice connata. Stamina 8—20. Antheræ biloculares introrsæ. Ovarium perfecte v. imperfecte 2—4 loculare inferum v. semisuperum. Styli 2—4 liberi v. basi connati. Stigmata terminalia v. introrsa. Ovula numerosa. Capsula inter stylos vertice dehiscens. Semina minuta exalata v. alata albuminosa. Embryo cylindricus. Cotyledones brevissimi.

Species circ. 40 in Asia et America incolæ. Species Koreanæ

tantum duæ quæ duobus subgeneribus sunt.

Hydrangea Subgn. I. **Euhydrangea** (*Maximowicz*) *C.K. Schneider*, Illus. Handb. I. p. 384 (1905).

Syn. Hydrangea Sect. I. Euhydrangea *Maximowicz*, Rev. Hydr. p. 6 (1867).—*A. Engler* in Nat. Pflanzenf. III. 2a. p. 75 (1890).

Frutex erectus v. ascendens nunquam scandens. Folia annua. Petala libera. Stamina 8—10.

Hydrangea Subgn. Euhydrangea Sect. **Piptopetalae** (*Maximowicz*) *Nakai.*

Syn. Hydrangea Sect. Euhydrangea series Piptopetalæ *Maximowicz*, Rev. Hydr. p. 8 (1867).

Hydrangea Sect. Euhydrangea subsect. Piptopetalæ *Engler*, l. c. p. 75.

Hydrangea Subgn. Euhydrangea Sect. Japonosinenses, Schneider subsect. Piptopetalæ *Schneider*, l. c. p. 388 (1905).

Petala caduca. Semina utrinque alato-producta. Continent H. serratam.

Hydrangea Subgn. II. **Calyptranthe** (*Maximowicz*) *Schneider*, l. c. p. 393 (1905).

Syn. Hydrangea Sect. Calyptranthe *Maximowicz*, l. c. p. 76.

Frutex v. arborea scandens. Folia annua. Petala apice connata decidua. Stamina 10—20. Continent H. petiolarem.

(23) やまあぢさい

(第二十一圖)

灌木。莖ハ簇生ス。老成セル枝ノ皮ハ褐色又ハ褐灰色、一年生ノ枝ハ綠色基部ハ褐色トナリ微毛アリ。葉柄ハ上面ニ小溝アリ、葉身ハ廣橢圓形又ハ橢圓形基脚ハ或ハ尖リ或ハ丸ク、銳ク尖リ又ハ尾狀ニ尖ル、緣ニ銳鋸齒アリ、表面ハ無毛、側脈ニ毛アリ。裏面ハ主脈ニ微毛アルカ又ハ無毛、主脈ノ分岐點ニ毛アリ。花序ハ岐繖花序ヲナシ微毛アリ。緣ノ花ハ花瓣狀ノ大形ノ萼片ヲ有シ、白色、紅色、碧色、肉色等アリ。概ネ無性ナルモ稀ニ有性ノモノアリ。兩全花ハ三角形ノ永存性ノ萼片ヲ有ス。花瓣ハ白色、碧色、薔薇紅色等アリ。雄蕋ハ 5 個抽出ス。花柱ハ 2—3 個、果實ハ卵形。

濟州島、全羅南北、慶尚南北等ニ生ズ。

一種花ハ全部兩全花ニシテ白色又ハ碧色ナルアリ。濟州島ニ生ズ。た
んなやまあぢさいト云フ。又一種無性花ノ蕚ニ粗鋸齒アルモノアリ、智
異山ニ生ズ之ヲはなやまあぢさいト云ヒ日本內地ニモアリ、共ニやまあ
ぢさいノ一品ニスギズ。

本種ヲてまりばな又ハあぢさいト同種トスルハ諸學者皆一致スル所ナ
レドモ大ニ誤レリ。てまりばな系ノモノハ東海道ノ海岸地方（伊豆、安
房、上總、豆南諸島）ニ生ジ各部皆大形ニシテ葉ハ厚ク著シク光澤ニ富
ム。乾燥標本ニテハ其特徵消滅シ易シ。

23. **Hydrangea serrata** (*Thunberg*) *Seringe*
(Tab. nostra XXI).

in *De Candolle*, Prodr. IV. p. 15 (1730).—*Koch*, Dendrol. I. p.
357 (1869).—*Dippel*, Handb. Laubholzk. III. p. 325. f. 173 (1893).

Syn. Viburnum serratum *Thunberg*, Fl. Jap. p. 124 (1784).

Hydrangea Thunbergii *Siebold* in Nova Acta Leopold Carol. XIV.
2. p. 690 (1829).—*Siebold & Zuccarini*, Fl. Jap. I. p. 111 (1840).—
G. Don, Gard. Dict. III. p. 233 (1834).—*Miquel* in Ann. Mus. Bot.
Lugd. Bat. III. p. 98 (1867).—*Maximowicz*, Rev. Hydr. p. 15 (1867).
—*Franchet & Savatier*, Enum. Pl. Jap. I. p. 153 (1875).—*Bean*,
Trees & Shrubs ed. 2. I. p. 630.

H. opuloides *Koch* var. serrata *Rehder* in *Bailey*, Stand. Cyclop.
p. 1621 (1915).

var. **acuminata** (*Siebold & Zuccarini*) *Nakai*, comb. nov.

Syn. H. acuminata *Siebold & Zuccarini*, Fl. Jap. I. p. 110. t. 56 et
57. I. (1840).—*Miquel*, l. c. p. 97 (1867).

H. Hortensia var. acuminata *A. Gray* in schéd. fide *Maximowicz*
Rev. Hydr. p. 13 (1867).—*Franchet & Savatier*, l. c. p. 151 (1875).

H. opuloides var. g. acuminata *Dippel*, Handb. Laubholzk. III. p.
323 (1893).—*Schneider*, Illus. Handb. I. p. 391 (1905).—*Rehder*, l.
c. p. 1621 (1915).

H. opuloides var. angustata (non *Schneider*) *Matsumura*, Ind. II
2. p. 189 (1912).

H. coreana *Nakai*, Chosen-shokubutsu I. p. 340 fig. 421 (1914).

Frutex cæspitosus. Cortex adultus fuscatus v. fusco-cinereus,
hornotinus viridis pilosus. Petiolus supra canaliculatus. Lamina

foliorum elliptica, basi acuta v. rotundata, apice acuminata v. cau-
dato-acuminata, margine argute serrata, supra glabra venis laterali-
bus ciliatis, infra venis primariis ciliatis v. glabra in axillis venarum
ciliata. Inflorescentia pilosa cymoso-paniculata. Flores marginales
sepalis magnis corollaceis ovatis v. rotundatis integris violaceo-
cæruleis v. albis v. carneis v. roseis vulgo steriles interdum fertiles.
Flores hermaphroditi sepalis persistentibus triangularibus quam 1
mm. brevioribus. Petala alba v. cærulea v. carnea v. rosea. Stamina
5 exerta. Styli 2—3. Stigmata oblonga introrsa. Capsula ovata.

Nom. Jap. Yama-ajisai.

Hab. in montibus Quelpært et Coreæ austr.

f. **fertilis** *Nakai.*

Flores omnes fertiles, albi v. cærulei.

Hab. in Quelpært.

f. **Buergeri** (*Siebold & Zuccarini*) *Nakai.*

Syn. Hydrangea acuminata v. Buergeri *Siebold & Zuccarini,* Fl.
Jap. p. 111. (1840).

H. Buergeri *Siebold & Zuccarini,* l. c. p. 111 et tab. 57. II.

Sepala florum sterilium grosse dentata.

Hab. in montibus Chirisan.

Distr. sp. Japonia.

Hydrangea macrophylla *Seringe,* (Viburnum macrophyllum *Thun-
berg*, Fl. Jap. p. 125, 1784. Hortensia opuloides *Lamarck*, Ency-
clopedia III. p. 136, 1789) quocum hæc sæpe confusa est species
diversa quæ est planta littoralis cum foliis crassis lucidis, et omnibus
partibus majoribus. Illa est in hortis vulgatissime colitur propter
ejus pulchros flores, et remote antiquo jam in Europam transportata.

(24) つるあぢさい

(第二十二圖)

攀緣性ノ灌木ニシテ樹幹又ハ岩上ニ着生ス。皮ハ縱ニ剝グ二年生ノ枝
ノ皮ハ褐色光澤アリ、一年生ノ枝ハ帶褐綠色無毛又ハ上方ニ微毛アリ。
葉柄長シ、葉身ハ卵形又ハ圓形、基脚ハ或ハ丸ク或ハトガリ、緣ニ銳鋸
齒アリ。表面ハ綠色、主脈ニノミ微毛アリ、裏面ハ淡綠色、脈上ニ微毛

アルモノト無毛ノモノトアリ、花序ハ岐繖花序ヲナシ枝ノ先端ニ生ジ微毛アリ。縁ノ花ハ無性トナルコト多シ、萼筒ハ無毛、萼齒ハ極メテ短シ。 花瓣ハ 5 個先端癒着シ開花ト共ニ帽狀ニ離脱ス。 雄蕊ハ 10—15 個、花柱ハ 2—3 個、子房ハ 2—3 室、果實ハ蒴、丸シ。

濟州島及ビ欝陵島ニ產ス。

（分布）北海道、本島、四國、九州。

一種葉ノ基脚彎入スルアリ、之ヲ**ごとうづる**（第二十三圖）ト云フ。雄蕊ハ 10—20 個アリ、欝陵島ニ產シ分布ハ**つるあぢさい**ニ同ジ。

24. Hydrangea petiolaris *Siebold & Zuccarini*
(Tab. nostra XXII).

Fl. Jap. I. p. 108. t. 54 (1840).—*Miquel* in Ann. Mus. Bot. Lugd. Bat. III. p. 98 (1867).—*Franchet & Savatier*, Enum. Pl. Jap. I. p. 153 (1975).—*Rehder* in *Sargent*, Pl. Wils. I. p. 41 (1911).—*Bean*, Trees & Shrubs I. p. 628 (1916).

Syn. H. scandens (non *Seringe* nec *Poeppig*) *Maximowicz*, Revis. Hydr. p. 16 (1867).—*Dippel*, Handb. Laubholzk. III. p. 327 (1893).

var. **ovalifolia** *Franchet & Savatier*, Enum. Pl. Jap. I. p. 154 (1875). —*Boissieu* in Bull. Herb. Bois. V. p. 692 (1897).—*Schneider*, Illus. Handb. I. p. 393 (1905).—*Matsumura*, Ind. II. 2. p. 181 (1912).

Syn. Hydrangea petiolaris *Siebold & Zuccarini*, l. c.

H. scandens var. petiolaris *Maximowicz*, l. c. p. 16 (1867).

H. tiliæfolia *Léveillé* in *Fedde*, Repert. VIII. p. 282 (1910).

Arborescens alte scandens. Cortex longitudine fissa, rami annotini fusca lucida. Ramus hornotinus fusco-viridis glaber v. superne pilosus. Folia longe petiolata ovata v. rotundata basi rotundata apice mucronata v. cuspidata margine argute serrata, supra viridia præter venas primarias adpresse pilosas glabra, subtus pallidissima secus venas parce pilosa v. glabra. Inflorescentia cymoso-paniculata pilosa. Flores marginales steriles v. omnes fertiles. Calycis tubus turbinatus glaber, lobi brevissimi v. subnulli. Petala apice connata et sub anthesin ut calyptra decidua. Stamina 10—15. Styli 2 v. 3. Ovarium 2—3 loculare. Capsula subglobosa.

Nom. Jap. Tsuru-ajisai.

Nom. Quelpært. Namson-acc.

Hab. in Dagelet et Quelpært.

var. **cordifolia** (*Siebold & Zuccarini*) *Franchet & Savatier*, (Tab. nostra XXIII) Enum. Pl. Jap. I. p. 154 (1875).—*Boissieu* in Bull. Herb. Boiss. V. p. 692 (1897).—*Schneider*, l. c. I. p. 393 (1905).— *Matsumura*, l. c. p. 181 (1912).

Syn. Hydrangea cordifolia *Siebold & Zuccarini*, Fl. Jap. I. p. 113. t. 59. f. II. (1840).—*Miquel* in Ann. Mus. Bot. Lugd. Bat. III. p. 98 (1867).

H. scandens var. cordifolia *Maximowicz*, Rev. Hydr. p. 16 (1867).

H. bracteata *Siebold & Zuccarini*, Fl. Jap. I. p. 176. t. 92 (1841).

H. petiolaris var. bracteata *Franchet & Savatier*, l. c. p. 154.— *Matsumura*, l. c. p. 182.

Folia basi dilatata subcordata v. cordata. Stamina 10—20.

Nom. Jap. Goto-zuru.

Hab. in rupibus et silvis Dagelet.

Distr. sp. Kiusiu, Shikoku, Hondo et Yeso.

第 五 屬　いはがらみ屬

攀纏性ノ灌木又ハ喬木。葉ハ單葉、對生、有柄、托葉ナシ。一年生、全緣又ハ鋸齒アリ。花序ハ枝ノ先端ニ生ジ複織房花序ヲナス。花ハ緣ニアル物ハ通例無性ナリ、兩全花ハ蕚ハ子房ト癒合シ十縱線アリ、蕚齒ハ5 個、果實トナレバ離脫ス。花瓣ハ 5 個、鑷合狀ニ排列シ、脫落ス。雄蕋ハ 10 個抽出ス。子房ハ 4—5 室、花柱ハ單一。柱頭ハ 4—5 叉ス。果實ハ縱脈ニ沿ヒ裂開ス。種子ハ扁平、兩端尾狀ニ突出ス。

日本、支那ニ亙リ 3 種アリ、其中一種ハ朝鮮ニモアリ。

(25)　い は が ら み

（第二十四圖）

繩攀性。葉ハ長キ葉柄ヲ具ヘ、葉身ハ心臟形又ハ廣卵形、大形ノ銳鋸齒アリ。表面ハ綠色主脈ニ沿ヒテ微毛アリ。裏面ハ淡白ク脈上ニ微毛アルカ又ハ無毛ナリ、主脈ノ分岐點ニ密毛アリ。花序ハ岐織花序ニシテ大形且微毛アリ。緣ノ花ハ 1—2 個ノ大形ノ卵形又ハ心臟形全緣ノ蕚片ニ

退化ス、兩全花ノ蕚ハ無毛、花瓣ハ白色、脱落ス。雄蕋ハ長ク抽出シ長サ 4－5 糎許、朔ハ十稜アリ。

濟州島及ビ欝陵島ニ産ス。

（分布）日本。

Gn. 5. **Schizophragma** *Siebold* & *Zuccarini*, Fl. Jap. p. 58 (1837). —*Endlicher*, Gen. Pl. p. 821. n. 4670 (1836—40).—*Walpers*, Repert. V. p. 836 (1846).—*Bentham* & *Hooker*, Gen. Pl. I. 2. p. 641 (1865). —*Engler* in Nat. Pflanzenf. III. 2a. p. 76 (1890).—*Rehder* in *Bailey*, Stand. Cyclop. VI. p. 3112 (1917).

Frutex v. arboreus scandens. Folia opposita petiolata exstipullata annua serrata v. integra. Inflorescentia cymoso-paniculata. Flores marginales steriles. Calycis tubus ovario adnatus turbinatus 10—costatus, dentes 5 imbricati in fructu decidui. Petala 5 valvata decidua. Stamina 10 exerta. Ovarium 4—5 loculare. Stylus simplex. Stigma 4—5 lobatum. Capsula longe v. breve turbinata secus costas longitudine fissa. Semina compresso-fusiformia utrinque caudato-producta.

Species 3 in Japonia, China et Korea incolæ.

25. **Schizophragma hydrangeoides** *Siebold* & *Zuccarini*
(Tab. nostra XXIV).

Fl. Jap. p. 60. t. 26 (1837); in Abhandl. Muench. Akad. IV. 2. p. 192 (1845).—*Walpers*, Repert. V. p. 836 (1846).—*Maximowicz*, Rev. Hydr. p. 18 (1876).—*Franchet* & *Savatier*, Enum. Pl. Jap. I. p. 154 (1875).—*Engler* in Nat. Pflanzenf. III. 2a. p. 77 (1890).—*Boissieu* in Bull. Herb. Boiss. V. p. 692 (1897).—*Dippel*, Handb. Laubholzk. III. p. 330. f. 176 (1893).—*Schneider*, Illus. Handb. Laubholzk. I. p. 393, f. 252. a—i (1905).—*Takeda* & *Nakai* in Tokyo Bot. Mag. XXIII. p. 51 (1909).—*Rehder* in *Sargent*, Pl. Wils. I. p. 43 (1911); in Stand. Cyclop. VI. p. 3112 (1917).—*Nakai*, Fl. Kor. II. p. 486 (1911); Veg. Isl. Quelp. p. 51, n. 699 (1914); Chosen-shokubutsu I. p. 339. fig. 419 (1914); Veg. Dagelet Isl. p. 20. (1919).

Syn. Hydrangea Taquetii *Léveillé* in *Fedde*, Rep. VIII. p. 282 (1910).

Frutex v. arboreus scandens. Folia longe petiolata cordata v.

late ovata argute grosse serrata, supra viridia secus venas primarias pilosa, infra albida secus venas pilosa v. subglabra et in axillis venarum primariarum barbata.   Inflorescentia cymoso-paniculata ampla pilosa. Flores marginales in sepala ovata v. cordata integra 1—2 reducta. Calyx glaber. Petala alba decidua. Stamina elongata 4—5 mm. longa. Capsula fusca 10—costata secus costas longitudine fissa.

Nom. Jap. Iwa-garani.

Nom. Quelp. Notchul-nam.

Hab. in rupibus et supra truncos arboris Quelpært et Dagelet.

Distr. Japonia.

（六）　朝鮮産虎耳草科木本植物の和名、朝鮮名、學名の對稱表

和　　　名	朝　鮮　名	學　　　名
しなやぶさんざし		Ribes fasciculatum *Siebold & Zuccarini* var. chinense *Maximowicz*.
やぶさんざし		Ribes fasciculatum *Siebold & Zuccarini*. var. japonicum Hort.
とげすぐり		Ribes diacantha *Pallas*.
ほざきやぶさんざし		Ribes distans *Janczewski*. var. typicum *Nakai*.
こほざきやぶさんざし		Ribes distans *Janczewski*. var. breviracemum *Nakai*.
てうせんざりこみ		Ribes tricuspe *Nakai*. var. typicum *Nakai*.
ざりこみ		Ribes tricuspe *Nakai*. var. japonicum *Nakai*.
くろすぐり		Ribes ussuriense *Janczewski*.
はひすぐり		Ribes procumbens *Pallas*.
おほもみぢすぐり		Ribes mandshuricum *Komarov*. var. villosum *Komarov*.
てうせんもみぢすぐり		Ribes mandshuricum *Komarov*. var. subglabrum *Komarov*.
はりすぐり		Ribes burejense *Fr. Schmidt*.
くろみのはりすぐり		Ribes horridum *Ruprecht*.
珍島ばいくゎうつぎ		Philadelphus scaber *Nakai*.

和　　　名	朝　鮮　名	學　　　名
ひめばいくゎうつぎ		Philadelphus pekinensis *Ruprecht.*
おほばいくゎうつぎ		Philadelphus mandshuricus *Nakai.*
うすばばいくゎうつぎ		Philadelphus tenuifolius *Ruprecht & Maximowicz.*
てうせんばいくゎうつぎ		Philadelphus Schrenckii *Ruprecht.*
しらげばいくゎうつぎ		Philadelphus lasiogynus *Nakai.*
ながほうつぎ		Deutzia paniculata *Nakai.*
いはうつぎ		Deutzia prunifolia *Rehder.*
ひろはいはうつぎ		Deutzia prunifolia *Rehder.* var. latifolia *Nakai.*
てうせんうめうつぎ		Deutzia coreana *Léveillé.*
ちいさんうめうつぎ		Deutzia triradiata *Nakai.*
海南うつぎ		Deutzia Tozawæ *Nakai.*
てうせんうつぎ		Deutzia glabrata *Komarov.*
たううつぎ		Deutzia parviflora *Bunge.*
やまあぢさい		Hydrangea serrata *Seringe.* var. acuminata *Nakai.*
…………………		Hydrangea serrata *Seringe.* f. fertilis *Nakai.*
…………………		Hydrangea serrata *Seringe.* f. Buergeri *Nakai.*
つるあぢさい		Hydrangea petiolaris *Siebold & Zuccarini.* var. ovalifolia *Franchet & Savatier.*
ごとうづる	ナムソンアック（濟州島）	Hydrangea petiolaris *Siebold & Zuccarini.* var. cordifolia *Franchet & Savatier.*
いはがらみ	ノッチュルナム（濟州島）	Schizophragma hydrangeoides *Siebold & Znccarini.*

第 壹 圖

しなやぶさんざし

Ribes fasciculatum, *Sieboid & Zuccarini.*
var. chinense, *Maximowicz.*

a. 雄花ヲ附クル雄本ノ枝（自然大）。
b. 雄花（廓大）。
c. 雄花ヲ縱斷ス（廓大）。
d. 果實ヲ附クル雌本ノ枝（自然大）。

第 一 圖

Yamada T. del.

Matsudaira N. sculp.

と　げ　す　ぐ　り

Ribes diacantha, *Pallas.*

a.　花ヲ附クル雌本ノ枝（自然大）。
b.　雌花序ノ一部（廓大）。
c.　葉緣ノ一部ヲ廓大ス。

第 二 圖

Yamada T. del.

Matsudaira N. sculp.

第 三 圖

ぼざきやぶさんざし

Ribes distans, *Janczewski.*

a. 雄花序ヲ附クル雄本ノ枝（自然大）。
b. 雄花（廓大）。
c. 雄花被ノ一部（ 〃 ）。
d. 花柱ト柱頭（ 〃 ）。
e. 雌花序ヲ附クル雌本ノ枝（自然大）。
f. 雌花（廓大）。
g. 雌花ヲ開キタルモノ（廓大）。

第 三 圖

Yamada T. del.

Matsudaira N. csulp.

第　四　圖

小ほざきやぶさんざし

Ribes distans *Janczeswski.*
var. breviracemum, *Nakai.*

果序ト葉トヲ附クル枝（自然大）。

Kanogawa I. del.

Matsudaira N. sculp.

第　五　圖

ざ　り　こ　み

Ribes tricuspe, *Nakai.*

var. japonicum, (*Maximowicz*) *Nakai.*

a.　雄花序ヲ附クル枝（自然大）。
b.　果序ヲ附クル枝（自然大）。
c.　雄花序ノ一部（廓大）。
d.　雄花ノ花被ノ一部ヲ去リテ内部ヲ見ル（廓大）。

Nakai T. & Yamadawa T. del.

Matsudaira N. sculp:

第 六 圖

く ろ す ぐ り

Ribes ussuriense, *Janczewski.*

a. 未熟ノ果實ヲ附クル枝 (自然大)。
b. 未熟ノ果實 (廓大)。

第 六 圖

Yamada T.del.

Matsudaira N. sculp.

第　七　圖

は　ひ　す　ぐ　り

Ribes procumbens, *Pallas.*

a.　花序ヲ附クル枝（自然大）。
b.　花（3 倍大）。
c.　花ヲ縱斷シテ萼片ト花瓣ト雄蕊トノ關係ヲ示ス（廓大）。
d.　雌蕊（廓大）。

b ×5

Yamada T. del.

Matsudaira N. sculp.

第 八 圖

おほもみぢすぐり

Ribes mandshuricum, (*Maximowicz*) *Komarov.*
α.　villosum, *Komarov.*

a.　花序ヲ附クル枝（自然大）。
b.　果序ヲ附クル枝（自然大）。
c.　花（廓大）。

第 八 圖

Yamada T. del.

Matsudaira N. sculp.

第　九　圖

は　り　す　ぐ　り

Ribes burejense, *Fr. Schmidt.*

a. 花ヲ附クル枝（自然大）。
b. 未熟ノ果實（廓大圖）。
c. 花ヲ開キテ內部ヲ見ル（廓大圖）。

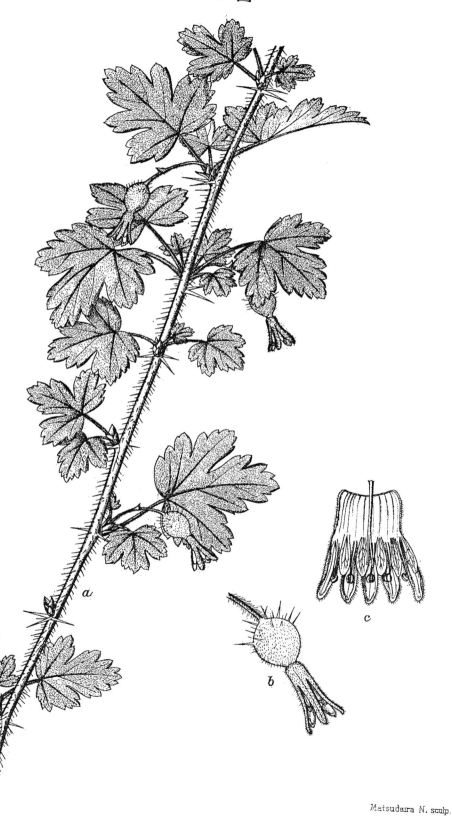

a

b

c

Yamada T. del.

Matsudaira N. sculp.

第 十 圖

くろみのはりすぐり

Ribes horridum, *Maximowicz.*

a.　果序ヲ附クル枝（自然大）。
b.　花（廓大圖）。
c.　雄蕊（廓大圖）。
d.　花序ヲ附クル枝（自然大）。

第　十　圖

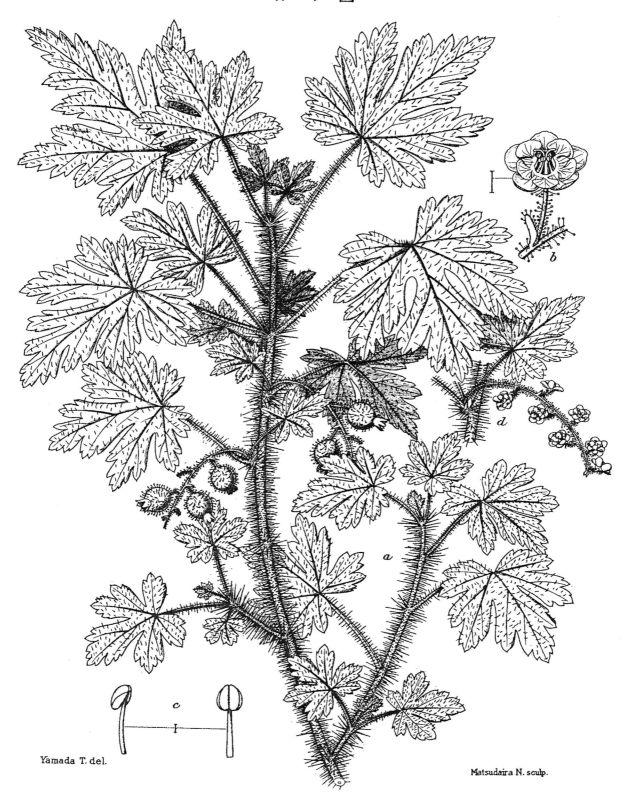

Yamada T. del.

Matsudaira N. sculp.

第十一圖

珍島ばいくわうつぎ

Philadelphus scaber, *Nakai.*

a. 葉ヲ附クル枝（自然大）。
b. 葉ト花序トヲ附クル枝（自然大）。
c. 鋸歯ヲ廓大ス。
d. 蕚（五倍大）。
e. 雌蕋（〃）。

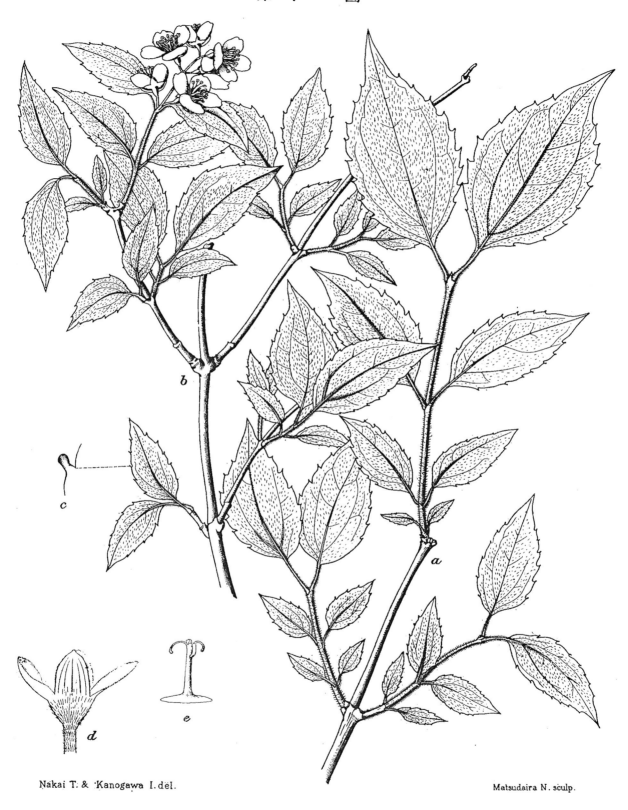

Nakai T. & Kanogawa I. del.

Matsudaira N. sculp.

第 十 二 圖

てうせんばいくわうつぎ

Philadelphus Schrencki, *Ruprecht.*

a. 花序ヲ附クル枝 （自然大）。
b. 果序ヲ附クル枝 （自然大）。
c. 雄蕊 （3 倍大）。
d. 花柱ト柱頭 （3 倍大）。

Kanogawa I.del.

Matsudaira N.sculp.

第 十 三 圖

しらげばいくゎうつぎ

Philadelphus lasiogynus, *Nakai.*

a.　花ヲ附クル枝（自然大）。
b.　雌蕋（3 倍大）。

第 十 三 圖

Kanogawa I. del.

Matsudaira N. sculp.

第 十 四 圖

な が ほ う つ ぎ

Deutzia paniculata, *Nakai.*

a. 花序ヲ附クル枝（自然大）。
b. 花ノ内面ヲ示ス（廓大）。
c. 花ヲ背面ヨリ見ル（廓大）。
d. 子房ノ斷面（廓大）。
e. 花式圖。
f. 果序（自然大）。

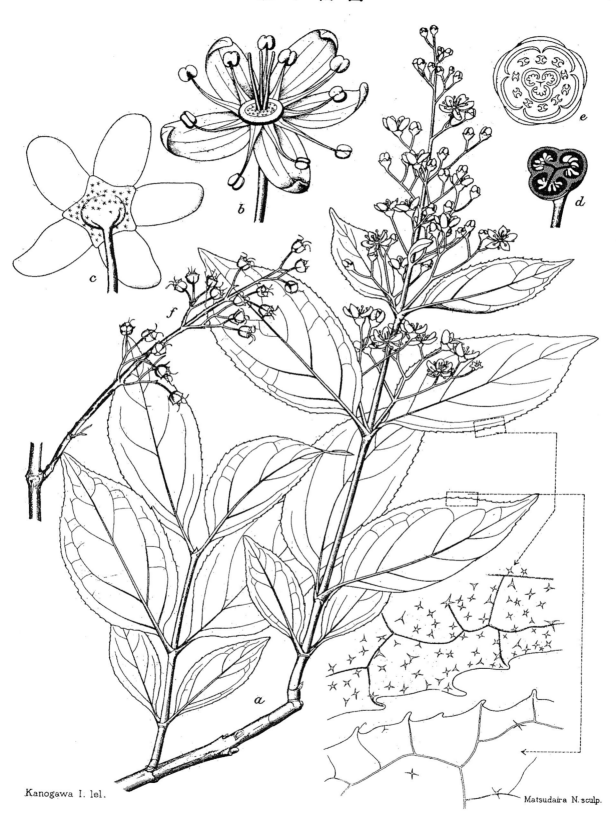

Kanogawa I. lel.

Matsudaira N. sculp.

第 十 五 圖

(a—h)　い　は　う　つ　ぎ

Deutzia prunifolia, *Rehder.*

a.　花ヲ附クル枝（自然大）。
b.　果實ヲ附クル枝（　〃　）。
c.　若枝（　〃　）。
d.　長キ雄蕊（3 倍大）。
e.　短キ雄蕊（3 倍大）。
f.　果實（廓大）。
g.　葉裏主脈上ノ毛（廓大）。
h.　葉ノ表面ノ一部ヲ廓大ス。

(i—k)　　ひろはいはうつぎ

Deutzia prunifolia, *Rehder*
var. latifolia, *Nakai.*

i.　花ヲ附クル枝（自然大）。
j.　葉裏ノ一部ヲ廓大ス。
k.　葉ノ表面ノ一部ヲ廓大ス。

Kanogawa I. del.

Matsudaira N. sculp.

第 十 六 圖

てうせんうめうつぎ

Deutzia coreana, *Léveillé.*

a. 將ニ開カントスル蕾ヲ附クル枝（自然大）。
b. 花ヲ附クル枝（自然大）。
c. 葉ノ表面ノ一部ヲ廓大ス。
d. 葉裏ノ一部ヲ廓大ス。
e. 若枝ノ一部ヲ廓大ス。
f. 花瓣ノ外面ノ一部ヲ廓大ス。
g. 大形ノ雄蕊（廓大）。
h. 小形ノ雄蕊（〃）。
i. 果實ヲ附クル枝（自然大）。
j. 果實ヲ廓大ス。

Kanogawa I. del.

Matsudaira N. sculp.

第 十 七 圖

ちいさんいはうつぎ

Deutzia triradiata, *Nakai*.

a. 果實ヲ附クル枝（自然大）。
b. 葉ノ表面ノ一部ヲ廓大ス。
c. 葉裏ノ一部ヲ廓大ス。
d. 若枝ノ一部ヲ廓大ス。
e. 果實ヲ廓大ス。
f. 花ヲ附クル枝（自然大）。

Kanogawa I. del.

Matsudaira N. sculp.

第 十 八 圖

海 南 う つ ぎ

Deutzia Tozawae, *Nakai.*

a. 葉ヲ附クル枝（自然大）。
b. 葉ト果實トヲ附クル枝（自然大）。
c. 一年生ノ枝ヲ廓大シテ其刺ヲ見ル。
d. 葉裏ノ廓大圖。
e. 葉表ノ廓大圖。

第 八 十 圖

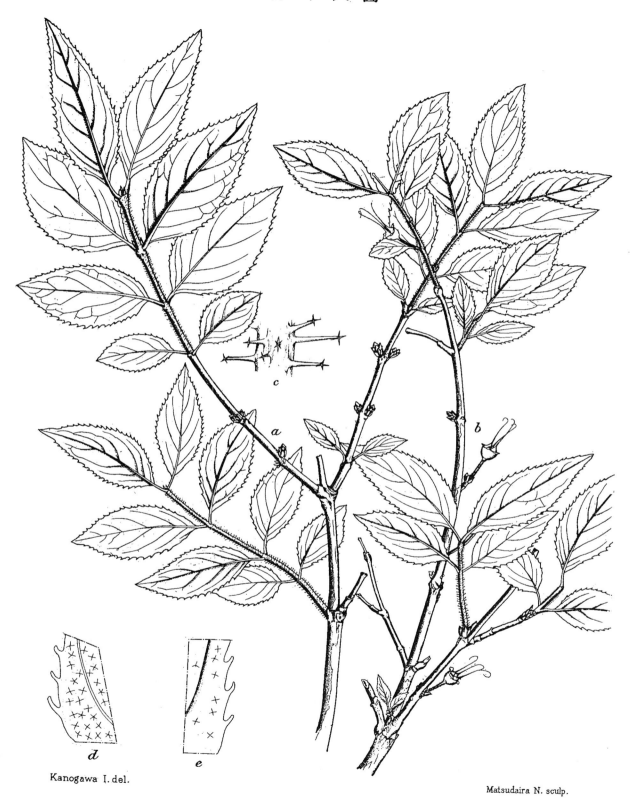

Kanogawa I. del.

Matsudaira N. sculp.

第 十 九 圖

てうせんうつぎ

Deutzia glabrata, *Komarov.*

a. 花序ヲ附クル枝（自然大）。
b. 萼（ 〃 ）。
c. 果序ヲ附クル枝（ 〃 ）。

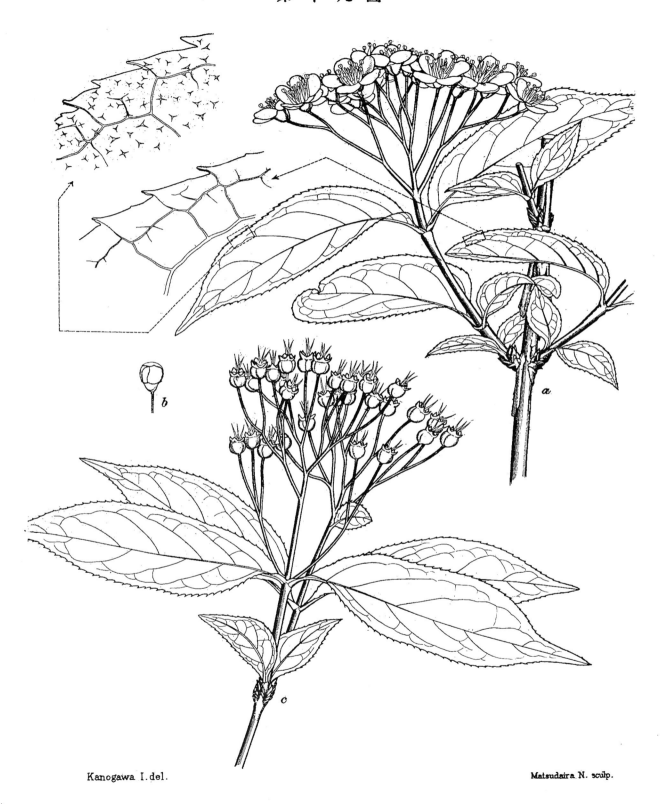

Kanogawa I.del.

Matsudaira. N. sculp.

第 二 十 圖

た う う つ ぎ

Deutzia parviflora, *Bunge.*

a. 大形ノ花ヲ附クル枝（自然大）。
b. 小形ノ花ヲ附クル枝（自然大）。
c. 小形ノ果實ヲ附クル枝（ 〃 ）。
d. 大形ノ果實ヲ附クル枝（ 〃 ）。
e. 果實（廓大）。

第 二 十 圖

Kanogawa I. del.

Matsudaira N. sculp.

第二十一圖

や ま あ ぢ さ い

Hydrangea serrata, (*Thunberg*) *Seringe.*
var. acuminata, (*Siebold & Zuccarini*) *Nakai.*
f. coreana, *Nakai.*

a.　花序ノ一部（自然大）。
b.　蕾（廓大）。
c.　花（　〃　）。
d.　果序ヲ附クル枝（自然大）。
e.　果實（廓大）。

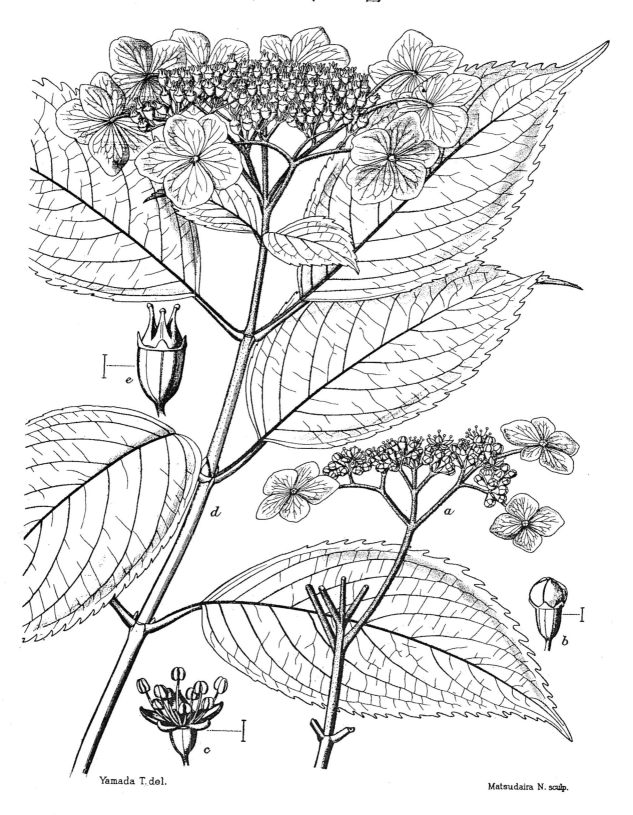

Yamada T. del.

Matsudaira N. sculp.

第二十二圖

つ る あ ぢ さ い

Hydrangea petiolaris, *Siebold & Zuccarini.*

    a. 果序ヲ附クル枝（自然大）。

    b. 蕾（廓大）。

    c. 花（〃）。

    d. 果實（〃）。

Matsudaira N. sculp.

Kanogawa I. del.

第二十三圖

ご　と　う　づ　る

Hydrangea petiolaris, *Siebold & Zuccarini.*
var. cordifolia, *Franchet & Savatier.*

a.　花序ヲ附クル枝（自然大）。
b.　花ノ廓大圖。

索　引

INDEX

第 5 巻

14, 15輯

INDEX TO LATIN NAMES

Latin names for the plants described in the text are shown in Roman type. Italic type letter is used to indicate synonyms. Roman type number shows the pages of the text and italic type number shows the numbers of figure plates.

In general, names are written as in the text, in some cases however, names are rewritten in accordance with the International Code of Plant Nomenclature (i.e., Pasania cuspidata β. Sieboldii → P. cuspidata var. sieboldii). Specific epithets are all written in small letters.

As for family names (which appear in CAPITALS), standard or customary names are added for some families, for example, Vitaceae for Sarmentaceae, Theaceae for Ternstroemiaceae, Scrophulariaceae for Rhinanthaceae etc.

和名索引　凡例

本文中の「各科の分類」の項に記載・解説されている植物の種名（亜種・変種を含む），属名，科名を，別名を含めて収録した。また図版の番号はイタリック数字で示してある。

原文では植物名は旧かなであるが，この索引では原文によるほかに新かな表示の名を加えて利用者の便をはかった。また科名については各巻でその科の記述の最初を示すとともに，「分類」の項で各科の一般的解説をしているページも併せて示している。原文では科名はほとんどが漢名で書かれているが，この索引では標準科名の新かな表示とし，若干の科については慣用の別名でも引けるようにしてある。

朝鮮名索引　凡例

本文中の「各科の分類」の項で和名に併記されている朝鮮語名を，その図版の番号（イタリック数字）とともに収録した。若干の巻では朝鮮語名が解説中に併記されず，別表で和名，学名と対照されている。これらについてはその対照表のページを示すとともに，それぞれに該当する植物の記述ページを（　）内に示して便をはかった。朝鮮名の表示は巻によって片かな書きとローマ字書きがあるが，この索引では新カナ書きに統一した。

조선삼림식물편

지은이: 편집부

발행인: 윤영수

발행처: 한국학자료원

서울시 구로구 개봉본동 170-30

전화: 02-3159-8050   팩스: 02-3159-8051

문의: 010-4799-9729

등록번호: 제312-1999-074호

ISBN: 979-11-6887-146-5